Diogenes Taschenbuch 64/xvi

D1932237

JULES VERNE
Les
NAUFRAGÉS
DU
JONATHAN

Jules Verne

Die Gestrandeten

Band I

Übersetzt von Karl Wittlinger
Mit dreißig Illustrationen
von George Roux

Diogenes

Der Titel des Originals lautet
›Les Naufragés du Jonathan‹ (J. Hetzel, Paris 1909)
Die Illustrationen sind der französischen
Erstausgabe entnommen
Die Erstausgabe dieser Neuübersetzung
erschien 1968 im Diogenes Verlag

Veröffentlicht als Diogenes Taschenbuch, 1977
Alle Rechte vorbehalten
Copyright © 1968 by
Diogenes Verlag AG Zürich
100/77/E/1
ISBN 3 257 20409 4

INHALT

ERSTES KAPITEL

DAS GUANAKO

Es war ein graziles Tier: langer, elegant gebogener Hals, runde Kruppe, schlanke, nervige Beine, zierliche Flanken, rotbraunes, weiß getupftes Fell, kurzer und sehr buschiger Schwanz. Seine landläufige Bezeichnung: *Guanako.*

Von weitem sehen diese Wiederkäuer wie Pferd und Reiter aus – und schon mancher Reisende ist dieser Täuschung erlegen und hat eine am Horizont vorbeigaloppierende Herde für einen Trupp Berittener gehalten.

Das *Guanako,* von dem hier die Rede ist, war das einzige sichtbare Lebewesen in dieser einsamen Gegend. Es verhielt auf dem Rücken eines Hügels, der sich nur wenig über die weite Pampa erhob. Ringsum wogte der rauschende Schilfteppich, Lanzenspitzen scharfer Binsen wuchsen aus Stachelbüschen.

Das Tier steckte die Nase in den Wind und witterte die Gerüche, die eine schwache östliche Brise herantrug. Mit wachen Augen und spitzen Ohren stand es bereit, beim geringsten verdächtigen Geräusch zu fliehen.

Das Hochplateau war nicht gleichförmig flach, sondern durchfurcht von zahlreichen Rinnen, die heftige Platzregen in die Erde gewaschen hatten.

Durch einen dieser natürlichen Laufgänge schlich einer der Eingeborenen dieses Landes – ein Indio, den das *Guanako* trotz der geringen Entfernung nicht wahrnehmen konnte, auf den Hügel zu.

Er war beinahe nackt, hatte sich nur Fetzen irgendeines Fells umgebunden. Er arbeitete sich langsam und geräuschlos immer näher an sein Wild heran, um es nicht aufzuscheuchen. Das *Guanako* jedoch spürte die Nähe einer Gefahr und begann unruhig zu werden.

Da pfiff das Lasso durch die Luft und rollte sich über das Tier. Aber der lange Riemen verfehlte sein Ziel. Er rutschte vom Rücken herunter und fiel zu Boden.

Ein mißlungener Wurf! Als der Indio auf dem Hügel stand, war die erhoffte Beute längst hinter einer Baumgruppe verschwunden.

Und damit waren die Rollen vertauscht: das Wild gerettet – und der Jäger in höchster Gefahr!

Denn kaum hatte er sein an den Gürtel geknüpftes Lasso wieder eingezogen und aufgewikkelt und wollte gerade den Hügel hinuntersteigen, da hörte er in nächster Nähe ein wildes Knurren. Und schon sprang es ihn an!

Ein Jaguar von ungewöhnlicher Größe! Sein graubraunes Fell war übertupft mit schwarzen Flecken, und jeder Fleck hatte in seiner Mitte einen hellen Punkt wie die Pupille eines Auges.

Der Eingeborene wußte um die Gefährlichkeit dieser Raubkatze, die ihn mit einem einzigen Biß zermalmen konnte. Er sprang zurück, rutschte dabei unglücklich über einen rollenden Kiesel aus, verlor das Gleichgewicht und fiel rückwärts um. Auf der Erde sitzend, hob er die eine Hand schützend vors Gesicht, mit der andern zog er einen aus Seehundsknochen gefertigten spitzen Dolch aus seinem Gürtel und versuchte sich zu verteidigen. Und einen Augenblick schien es, als könne er sich aufrichten und so eine bessere Position gewinnen. Aber der Augenblick war nicht lang genug. Der schon leicht verwundete Jaguar warf sich über ihn. Wehrlos fiel der Indio wieder zurück, und die Pranken des Raubtiers krallten sich in seine Brust. Er war verloren.

In diesen Prankenschlag hinein peitschte ein trockener Flintenschuß. Die Kugel traf den Jaguar mitten ins Herz, er brach tot und schwer über seinem Opfer zusammen.

Hundert Schritte entfernt schwebte ein weißes Pulverwölkchen über der Steilküste. Dort stand ein Mann auf den Klippen und hielt das Gewehr noch im Anschlag.

Ein Weißer – kein Stammesbruder des Eingeborenen; das war selbst auf diese Entfernung deutlich. Die Haut sonnenverbrannt, aber nicht braun. Auch hatte er nicht die breite Nase zwischen tiefen Augenhöhlen und starken Backenknochen und die fliehende Stirn über den kleinen Augen – Merkmale der Indiorasse. Von allem das Gegenteil! Ein intelligentes Gesicht – die hohe Stirn zerfurcht von

strengen Falten: ein Mann, der über vieles intensiv nachgedacht hatte.

Er trug die Haare kurz geschnitten. Sie waren grau wie sein Bart. Das Alter konnte man nur ungefähr bestimmen: vierzig Jahre – vielleicht auch fünfzig.

Er war von hohem Wuchs und schien die Kraft

eines Athleten mit eiserner Konstitution und unverwüstlicher Gesundheit zu vereinen. Seine Physiognomie war markant und von sprühender Energie – seine ganze Persönlichkeit Ausdruck des natürlichen Stolzes, der sich so grundlegend unterscheidet von der aufgeblasenen Selbstgefälligkeit vieler Dummköpfe. Er war ein echter Aristokrat in jeder Bewegung und jeder Gebärde.

Er stellte fest, daß ein zweiter Schuß nicht mehr notwendig war, ließ den Lauf sinken, entlud, klemmte die Flinte unter den Arm und ging weg – in südlicher Richtung.

Dort breitete sich unter den Klippen eine weite Wasserfläche aus. Der Mann beugte sich über einen Felsen und rief hinunter: »Karroly!«, und fügte noch zwei oder drei Worte hinzu – in einer rauhen und gutturalen Sprache.

Wenige Minuten später tauchte im Einschnitt zwischen zwei Klippen ein Bursche von ungefähr siebzehn Jahren auf. Dicht hinter ihm ein Mann mittleren Alters. Offensichtlich waren die beiden Indios – dem Typ nach zu urteilen, der sich so deutlich von dem des Weißen unterschied, der gerade durch einen Meisterschuß seine Treffsicherheit bewiesen hatte.

Der Ältere, ein Mann um die Vierzig, war muskulös, breitschultrig, mit mächtigem Brustkasten. Der eckige Kopf saß auf einem stämmigen Hals. Die Haut war besonders dunkelbraun, das Haar glänzend schwarz. Die durchdringenden

Augen lagen unter spärlichen Brauen, der Bart hatte nur noch einzelne Haare. Der Mann war über fünf Fuß groß, und in seinem ganzen Wesen stritten sich deutlich tierhafte Instinkte mit menschlichen Regungen. Aber es waren keine wilden Ausbrüche zu befürchten. Eher mochte man an einen guten und treuen Hund denken – etwa an einen jener mutigen Neufundländer, die zu verläßlichen Gefährten und schließlich zu Freunden ihres Herrn werden. Und wie ein Hund kam er ja auch tatsächlich angelaufen, sowie er seinen Namen hörte.

Der Junge vor ihm – allem Anschein nach sein Sohn – war geschmeidig wie eine Schlange und völlig nackt. Geistig schien er seinem Vater weit überlegen. Seine Stirn war weniger flach, aus den lebhaften Augen sprach Verstand – ja sogar Verständnis und Ehrlichkeit.

Als die drei Männer beieinanderstanden, wechselten der Weiße und der ältere Indio einige kurze Sätze in der Indiosprache, die neben ihrem gutturalen Klang als besonderes Merkmal kurze Zäsuren inmitten einzelner Worte aufweist. Dann liefen sie zu dem Schwerverletzten hin, der neben dem verendeten Jaguar im Gras lag.

Er hatte sich noch unter dem toten Tier hervorwälzen können und hatte dann das Bewußtsein verloren. Aus seiner von dem Prankenhieb der Raubkatze zerfetzten Brust quoll das Blut. Als er spürte, wie man seinen Fellschurz zerschnitt, öffnete er ein wenig die Augen.

Er erkannte die Menschen, die ihm zu Hilfe kamen. In seinen Augen glomm ein matter Schimmer von Freude und Hoffnung, und seine blutleeren Lippen formten mühsam einen Namen:

»Der Kaw-djer!«

Kaw-djer ist ein Wort aus der Eingeborenensprache. Es heißt so viel wie Freund, Helfer, Retter. Und offenbar war damit der weiße Mann gemeint – denn dieser nickte zustimmend.

Während er dem Verwundeten die erste Hilfe zukommen ließ, rannte Karroly wieder zurück in den Einschnitt, der zur Küste hinunterführte, und kam ebenso rasch zurück mit einer Jagdtasche, die Verbandzeug und einige mit den Heilsäften einheimischer Kräuter gefüllte Flaschen enthielt.

Karroly hielt den Kopf des Stammesbruders in seinem Schoß, der Kaw-djer behandelte die entblößte Brust des Verletzten, wusch die Wunden und stillte die Blutung. Dann drückte er die Wundränder gegeneinander, legte Mull auf, den er in den Saft der Heilkräuter getaucht hatte, und wickelte schließlich den Brustkorb in seinen Wollgürtel – in der Hoffnung, der ganze Verband würde durch diese Einschnürung zusammenhalten.

Ob der Unglückliche zu retten war? Der Kaw-djer glaubte nicht daran. Keine ärztliche Kunst und kein ärztliches Mittel würden diese Wunden vernarben lassen, die offensichtlich sogar Magen und Lunge aufgerissen hatten.

Als der Verletzte wieder einmal die Augen öffnete, fragte ihn Karroly sofort:

»Wo ist jetzt dein Stamm?«

»Dort – dort«, murmelte der Eingeborene und hob die Hand nach Osten.

»Acht oder zehn Meilen von hier – am Kanalufer«, meinte der Kaw-djer, »wo wir letzte Nacht die Lagerfeuer gesehen haben.«

Karroly bestätigte es durch Kopfnicken.

»Das sind höchstens vier Stunden«, fuhr der Kaw-djer fort. »Aber wir bekommen bald Flut und müssen deshalb bis Sonnenuntergang warten.«

»Ja«, sagte Karroly.

Und der Kaw-djer:

»Halg und du – ihr tragt den Mann hinunter und legt ihn ins Boot. Mehr können wir vorerst nicht für ihn tun.«

Karroly und sein Sohn beeilten sich, den Befehl auszuführen. Sie luden sich den Verletzten auf und stiegen mit ihm hinunter zum Strand. Dann kehrte einer zurück und holte den Jaguar, dessen Fell bei den fremden Pelzhändlern einen guten Preis zu erzielen versprach.

Während sie sich dieser doppelten Aufgabe entledigten, wanderte der Kaw-djer zu einem der Felsen hinüber, die den Klippensaum überragten. Dort hatte er freien Blick nach allen Richtungen.

Zu seinen Füßen wand sich eine bizarr durchbrochene Uferlinie, die den nördlichen Abschluß eines mehrere Meilen breiten Sunds bildete. Das Ufer jenseits dieser Meerenge war mit seinen tiefen Einschnitten, Buchten und vorgelagerten Inseln und Inselchen nur noch in ganz verschwommenen Umrissen eher zu ahnen als zu sehen.

Weder das östliche noch das westliche Ende die-

ses von hohen, gefährlichen Klippen umsäumten Sunds konnte man erkennen.

Gegen Norden zogen sich endlose Prärien und Plateaus hin, zerschnitten von zahlreichen Flüßchen, die sich als tosende Wildbäche oder in donnernden Wasserfällen ins Meer stürzten. Aus diesen unermeßlichen Pampas ragten grüne Inseln mit dichten Waldungen heraus, in denen man aber vergebens nach menschlichen Ansiedlungen gesucht hätte.

Es war Abend, und die Wipfel einer solchen Waldinsel leuchteten rot und golden unter der sinkenden Sonne. Dahinter grenzten die schweren Massen einer Bergkette den Horizont ab; über ihnen standen die Gletscherkronen in bläulich strahlendem Weiß.

Nach Osten zu war das Relief der Landschaft noch prägnanter. Senkrecht stieg die Küste in mehreren Terrassen an und ragte schließlich unvermittelt hoch – als schroffe Gipfel, die sich im Blau des Himmels verloren.

Dieses ganze Land schien völlig menschenleer. Und die gleiche Öde lag über dem Wasser. Nirgends ein Schiff – nicht einmal ein Rindenkanu oder eine Segelpiroge. Und weit und breit – weder auf den Inseln im Süden noch an der Küste oder im Innern des Plateaus – erhob sich nicht das geringste Rauchwölkchen als Anzeichen dafür, daß es hier menschliche Wesen gab.

Der Tag ging zu Ende, und über Land und Meer lag jener Hauch stiller Besinnlichkeit, der in die Dämmerung hinüberleitet. Große Vögel kreisten auf der Suche nach ihrem nächtlichen Schlafplatz und zerrissen den Abend mit ihrem Geschrei.

Der Kaw-djer stand aufrecht und bewegungslos, die Arme vor der Brust verschränkt, wie ein

Standbild auf dem Felsen, den er bestiegen hatte. Auf seinem Gesicht lag eine Verklärung eigener Art. Seine Augen funkelten im Feuer heiliger Begeisterung. Er schaute über diese endlosen Flächen von Wasser und Stein – das letzte Land auf dieser Welt, das keinem untertan war. Das letzte Gebiet, das die Gesetze der Menschen noch nicht unter ihr Joch gebeugt hatten.

Lange blieb er so stehen, im Licht gebadet und vom Sturm gepeitscht. Dann breitete er die Arme aus und atmete tief ein, als wolle er mit einer einzigen Umarmung diese ganze majestätische Unendlichkeit umfassen und sie mit einem einzigen Atemzug einsaugen. Er hob den Blick, als ob er so den Himmel herausfordern und die Erde überschauen könne. Und von seinen Lippen brach ein Ruf. Der Schrei, in dem sich sein ganzes wildes Begehren konzentrierte – und verriet: nach einer absoluten, unbedingten, unbegrenzten Freiheit.

Es war der Aufschrei aller, die jede staatliche Ordnung verdammen. Die berühmte Formel, die sich inzwischen schon jedem als Schlachtruf anarchistischer Maxime eingeprägt hat. Sie besteht aus vier Worten und enthält das ganze Credo dieser höchst fragwürdigen politischen Philosophie.

»Kein Gott, kein Herr!« rief er mit schallender Stimme – und beugte sich über den Rand des Felsens, als ob er den unermeßlichen Horizont in einer allumfassenden Umklammerung an die Brust drücken wolle.

ZWEITES KAPITEL

EIN MENSCH VOLLER GEHEIMNISSE

Geographen gaben all den Inseln und Inselgruppen, die zwischen Atlantik und Pazifik die Südspitze des amerikanischen Kontinents bilden, den gemeinsamen Namen *Magellanien.* Der südlichste Teil des eigentlichen Festlands ist Patagonien. Es erstreckt sich bis zu den großen Halbinseln König Wilhelm und Brunswick und läuft aus im Kap Froward. Alles, was nicht mit diesem Festland verbunden, sondern durch die Magellanstraße von ihm getrennt ist, gehört zu dem Archipel, dem man zu Recht den Namen jenes berühmten portugiesischen Seefahrers aus dem sechzehnten Jahrhundert gegeben hat.

Infolge seiner besonderen geographischen Lage war dieser Teil der Neuen Welt bis 1881 noch von keinem der zivilisierten Staaten annektiert worden, nicht einmal von seinen Angrenzern, Chile und der Republik Argentinien. Sie waren damals damit beschäftigt, sich die Pampas von Patagonien streitig zu machen. *Magellanien* gehörte niemandem, und so konnten sich dort in völliger Unabhängigkeit menschliche Ansiedlungen heranbilden.

Dabei handelt es sich um ein Gebiet von ganz beträchtlicher Ausdehnung. Eine Inselwelt von fünfzigtausend Quadratkilometern. Läßt man die Unzahl von Eilanden geringerer Bedeutung beiseite, so bleiben als Kern Feuerland, La Terre de Désolation, die Inseln Clarence, Hoste, Navarin – dann Kap Hoorn, bestehend aus den Inseln Grévy, Wollaston, Freycinet, Hermitte und Herschell, und schließlich die südlichsten Inselchen, Riffe, Steine – so wie eben der Kontinent allmählich in die Antarktis hinein abbröckelt.

Von den verschiedenen Teilgebieten *Magellaniens* hat Feuerland die größte Flächenausdehnung. Im Norden und Westen wird es begrenzt von den zerklüfteten Steilhängen, die sich vom Kap Esperitu Santo bis zur Magellanstraße erstrecken.

Im Westen springt eine ganz ausgewaschene Halbinsel weit ins Meer vor; ihre höchste Erhebung ist der Berg Sarmiento (2070 Meter). Im Südosten endet die Insel im Kap San Diego, das an eine kauernde Sphinx erinnert, deren Schwanz im Isthmus von Le Maire hängt.

Auf dieser großen Insel hat sich im April 1880 das abgespielt, was im ersten Kapitel erzählt wurde. Die Meerenge, die der Kaw-djer bei seinen fiebrigen Meditationen vor Augen hatte, war der Beagle-Kanal im Süden von Feuerland; jenseits liegen die Inseln Gordon, Hoste, Navarin und Picton. Noch weiter südlich kommt nur noch der bizarre Archipel von Kap Hoorn.

Ungefähr zehn Jahre vor dem Tag, an dem

unser Roman beginnt, war der Mann, dem die Eingeborenen bald den Ehrentitel Kaw-djer zulegten, zum erstenmal auf Feuerland angetroffen worden.

Wie war er hergekommen? Zweifellos an Bord eines der zahlreichen Schiffe, Segler oder Dampfer, die sich durch die Arme des Labyrinths von *Magellanien* lotsen lassen, um dort und an den westlich vorgelagerten pazifischen Inseln von den Indios Guanako- und Schaffelle, Nandufedern und Seehundshäute einzuhandeln.

So ließ sich das Auftauchen des fremden Mannes leicht erklären – nicht aber seine Herkunft sowie Sinn und Zweck seines Bleibens. Denn Fragen nach seinem Namen, seiner Nationalität und den Motiven seiner Anwesenheit hätte er wohl kaum beantwortet. Man wußte nicht einmal, ob er aus der Alten oder aus der Neuen Welt kam.

Mit einem Wort: Man hatte keine Ahnung, wer er war. Nun muß allerdings dazu gesagt werden, daß niemals irgend jemand den Versuch gemacht hatte, etwas über ihn zu erfahren. In diesem Land gab es keine Behörden; wer also hätte an Recherchen gleich welcher Art interessiert oder dazu berechtigt sein sollen? Man befand sich ja nicht in einem durchorganisierten Staat, wo die Polizei sich liebevoll um die Vergangenheit aller Leute kümmert und es keinem erlaubt, längere Zeit unerkannt zu bleiben. Hier gab es kein Gericht und kein Gesetz, hier konnte jeder unabhängig von

Konventionen, Sitten und Gebräuchen seine eigenen Vorstellungen von Freiheit praktizieren.

Während der ersten beiden Jahre seiner Anwesenheit auf Feuerland hatte der Kaw-djer keinen festen Wohnsitz. Er durchstreifte die Insel kreuz und quer und schloß Freundschaft mit den Eingeborenen, zeigte sich aber niemals in einer der wenigen Faktoreien, die von weißen Ansiedlern betrieben wurden. Wenn er mit einem irgendwo vor dem Archipel ankernden Schiff Verbindung aufnahm, so geschah das stets über einen Indio. Und er tat es nur, wenn er seine Vorräte an Munition und Medikamenten auffüllen mußte. Diese Waren kompensierte er mit Naturalien oder bezahlte in spanischer und englischer Währung – an Geld fehlte es ihm nie.

Die übrige Zeit wanderte er von Stamm zu Stamm, von Lager zu Lager. Er lebte wie die Eingeborenen von der Jagd und vom Fischfang. Er wohnte – an der Küste oder im Innern des Landes – mitten unter den Indiofamilien in ihren Laubhütten und Zelten, pflegte die Kranken und kümmerte sich um Witwen und Waisen. So wurde er von diesen armen Menschen geliebt und verehrt, und bald war er unter dem Namen Kaw-djer vom einen bis zum anderen Ende der Insel bekannt und berühmt.

Daß er ein hochgebildeter Mann war, stand außer Zweifel. Vor allem besaß er fundierte medizinische Kenntnisse. Er beherrschte auch mehrere Sprachen so perfekt, daß ihn Franzosen, Engländer, Deutsche, Spanier und Norweger für einen Landsmann halten konnten. Diesen umfassenden Sprachkenntnissen hatte der rätselhafte Mann bald das *Jaghon* zugefügt. Er sprach auch dieses

Idion, das über ganz *Magellanien* verbreitet ist und dessen sich die Missionare für ihre Übersetzungen aus der Bibel bedienen, fehlerfrei und ohne Akzent.

Man sollte keinesfalls den weitverbreiteten Irrtum übernehmen, *Magellanien,* wohin der Kawdjer sich zurückgezogen hatte, sei eine unbewohnbare Gegend. Dieses Land ist viel besser als der Ruf, in den es die Berichte der ersten Forschungsreisenden gebracht haben. Natürlich darf man hier nicht das Paradies auf Erden suchen – und jeder weiß auch, daß seine Südspitze, das Kap Hoorn, von ebenso häufigen wie heftigen Stürmen heimgesucht wird. Doch gibt es – selbst in Europa – genügend Landstriche, die eine zahlreiche Bevölkerung unter weit härteren Existenzbedingungen zu ernähren haben.

Die Luft ist zwar sehr feucht auf diesem Archipel, dafür verdankt er aber seiner Lage inmitten weiter Ozeane eine unbestreitbare Regelmäßigkeit des Klimas. Es gibt hier keine strengen Fröste wie im nördlichen Rußland oder in Skandinavien. Die mittlere Temperatur fällt im Winter kaum unter minus fünf Grad Celsius und steigt im Sommer selbst bei stärkster Sonnenbestrahlung nicht über plus fünfzehn Grad im Schatten.

Es gibt keine meteorologischen Beobachtungsergebnisse über dieses Land – aber man braucht sie auch nicht. Der bloße Augenschein verbietet jedes übertrieben pessimistische Urteil. Die Vegetation erreicht eine Üppigkeit und Mannigfaltigkeit, wie man sie in anderen Zonen dieser Breite nicht kennt. Es gibt unermeßliche Weideflächen, die riesige Herden ernähren könnten, und ausgedehnte Waldgebiete mit einer Überfülle von antarktischen Buchen, Birken, Berberitzen und Chinarindenbäumen. Und zweifellos würden sich auch unsere Nutzpflanzen dort akklimatisieren – selbst der Weizen hätte durchaus eine Chance.

Trotzdem ist dieses keineswegs unbewohnbare Land so gut wie unbewohnt. Die Bevölkerung besteht nur aus einer kleinen Anzahl Indios, für die man die Sammelbezeichnung Feuerländer oder *Yacanas* erfunden hat. Es sind noch echte Wilde; sie stehen auf der untersten Stufe zivilisatorischer Entwicklung. Sie sind fast völlig nackt und führen ein elendes Nomadenleben.

Viele Jahre vor dem Beginn unseres Romans hatte Chile Punta-Arenas an der Magellanstraße gegründet, als Stützpunkt und Ansiedlung, und auf diese Weise dem unbekannten Gebiet einige Aufmerksamkeit geschenkt. Aber weiter war das Interesse nicht gediehen, und obwohl die kleine Kolonie florierte, wurde nie der Versuch unternommen, auf dem Archipel selbst Fuß zu fassen.

Welche Verkettung von Umständen und Ereignissen mochte den Kaw-djer in diese nur wenigen Menschen bekannte Gegend verschlagen haben? Auch das wußte niemand. Doch konnte man dieses Geheimnis vielleicht noch am ehesten erraten, wenn man daran dachte, wie er von den Klippen herunter seine stolze Herausforderung an den Himmel mit dem leidenschaftlichen Dank an die Freiheit der Natur verband.

›Kein Gott, kein Herr!‹ Das war nichts anderes als der klassische Schlachtruf der Anarchisten.

Es muß also unterstellt werden, daß der Kaw-djer – auch er – jener Bewegung angehörte, jenem suspekten und heterogenen Haufen von Kriminellen und Phantasten, von denen man die einen nur als neidische Egoisten und Querulanten, Räuber und Mörder bezeichnen kann, während der andere Flügel aus Poeten und verrückten Idealisten besteht, die von einer Menschheit träumen, für die alles Böse in Vergessenheit gerät, sobald es keine Gesetze mehr gibt, um es zu bekämpfen.

Zu welchem dieser beiden Extreme zählte wohl der Kaw-djer? War er einer der verbitterten Agitatoren, ein Verfechter der gewaltsamen Durchsetzung jener Ideen? Hatte man ihn deshalb überall ausgewiesen? Mußte er sich hier – am äußersten Ende der Welt – verstecken?

Solche Vermutungen indes widerlegten sich selbst durch die philanthropische Lebensweise, die der Kaw-djer seit seiner Ankunft an den Tag legte. Wer so oft Menschen gerettet hatte, konnte nicht die Zerstörung von Menschenleben als Grundsatz predigen.

Mochte er also Anarchist sein – und tatsächlich

war er einer, sein programmatischer Ruf von den Klippen herunter ließ keinen Zweifel zu! Aber dann gehörte er zu den romantischen Träumern, nicht zu den gewerbsmäßigen Bombenwerfern und Messerstechern.

Unter solchen Voraussetzungen konnte sein Exil nur ein freiwilliges sein – als logische Konsequenz aus einem vorangegangenen inneren Kampf und Entschluß –, nicht aber eine von fremdem Willen diktierte Strafe. Zweifellos hatte er in seinem Wunschtraum von absoluter Freiheit das Joch der Gesetze nicht mehr ertragen, das dem Staatsbürger von der Wiege bis zur Bahre auf den Nacken drückt, und es war der Augenblick gekommen, wo er nicht mehr atmen konnte in dem Sumpf der zahllosen Konventionen und Bestimmungen, mit denen sich der Bürger um den Preis seiner Unabhängigkeit und Würde ein bißchen Bequemlichkeit und materielle Sicherheit erschachert. Und da es ihm seine Anständigkeit verbot, die eigenen gesellschaftspolitischen Vorstellungen mit Gewalt durchzusetzen, war ihm keine Wahl geblieben, als auf die Suche zu gehen nach einem Land, wo man diese moderne Art der Menschenversklavung nicht kannte.

So mochte er am Ende in *Magellanien* gelandet sein, dem letzten Punkt auf dieser Welt, wo noch die völlig uneingeschränkte Freiheit herrschte.

Während der ersten Zeit seines Aufenthalts – ungefähr zwei Jahre lang – verließ der Kaw-djer die große Insel, wo er an Land gegangen war, überhaupt nicht.

Das Vertrauen, das er sich bei den Eingeborenen erworben hatte – und damit sein Einfluß auf ihre Stämme –, wurde immer größer. Von den Nachbarinseln, wo andere Rassen lebten, kamen Canoe- oder Pirogen-Indianer und konsultierten den weißen Mann.

Diese armseligen Indios, die sich ebenfalls von der Jagd und vom Fischfang ernährten, ruderten und segelten zu dem ›Wohltäter‹ herüber, sobald sich dieser am Ufer des Beagle-Kanals zeigte. Und keiner kehrte ohne Rat und Hilfe zurück. In bösen Zeiten, wenn wieder einmal irgendeine Epidemie ausgebrochen war, setzte er unbedenklich sein Leben ein, um der Plage Herr zu werden.

Schließlich verbreitete sich der Ruf seiner Wundertaten über den ganzen Archipel. Er drang auch über die Magellanstraße. Überall wurde davon geredet, daß ein weißer Mann auf Feuerland von dankbaren Eingeborenen den Titel eines Kaw-djer erhalten hatte, und mehrmals wurde er aufgefordert, doch auch einmal nach Punta-Arenas zu kommen.

Aber er lehnte jedesmal nachdrücklich ab und ließ sich von keiner Instanz überreden. Er wollte nie mehr unfreies Land betreten.

Gegen Ende des zweiten Jahres seiner selbstgewählten Verbannung kam es zu einem Vorfall, der nicht ohne Einfluß auf sein künftiges Leben bleiben konnte.

Wenn sich der Kaw-djer auch weigerte, die auf patagonischem Territorium liegende chilenische Niederlassung Punta-Arenas aufzusuchen, so hinderte das natürlich die Patagonier keineswegs, ab und zu in den Archipel einzudringen.

Mit ihren Pferden setzen sie in wenigen Stunden über die Magellanstraße, und dann unternehmen sie ausgedehnte Streifzüge – in Amerika nennt man sie ›raids‹ – kreuz und quer durch Feuerland. Sie überfallen die Eingeborenen, plündern die Lager aus, brennen die Zelte nieder und nehmen die Kinder als Sklaven mit.

Zwischen den Patagoniern und den Feuerländern gibt es in bezug auf Rasse und Lebensart ziemlich ausgeprägte ethnologische Unterscheidungsmerkmale. Die Patagonier sind viel mehr zu fürchten als die Feuerländer. Während diese vom Fischfang und nur in Familien leben, sind die Jäger Patagoniens in Stämmen unter dem Befehl von Häuptlingen zusammengefaßt und organisiert.

Die Feuerländer sind auch kleiner und schwächer als ihre Nachbarn auf dem Festland. Man erkennt sie gleich an ihren großen, eckigen Köpfen mit den stark vorspringenden Backenknochen, an den ausgefransten Augenbrauen und der flachen Stirn. Man muß sie für ziemlich beklagenswerte Geschöpfe halten, wenngleich ihre Rasse keineswegs am Aussterben ist. Dafür bürgt die Unzahl ihrer Kinder, die sich wie Rudel junger Hunde um die Lagerplätze tummeln.

Von den Patagoniern sagten wir schon, daß sie hochgewachsene, kräftige und wohlproportionierte Burschen sind. Sie tragen keine Bärte und lassen ihr langes, schwarzes Haar offen über die Schultern fallen; an der Stirn halten sie es durch ein Band zusammen. Ihr olivbraunes Gesicht ist um die Kiefer breiter als an den Schläfen, ihre Augen verraten mongolischen Ursprung – sie blitzen aus ziemlich engen, tiefliegenden Schlitzen beiderseits der breiten Stupsnase.

Sie sind unerschrockene und zähe Reiter und brauchen die weiten Flächen, die sie auf ihren nicht weniger unermüdlichen Pferden durchfliegen können, als Weideplätze und Jagdgebiete für das Guanako, das Peruschaf und den Nandu.

Schon öfter hatte sie der Kaw-djer irgendwo auf einem ihrer Raubzüge angetroffen, aber zu einer bewaffneten Auseinandersetzung war es zwischen ihm und den grausamen Plünderern, die weder Chile noch Argentinien im Zaum halten konnten, noch nie gekommen.

Es war im November 1872 – sein Weg hatte ihn an die Westküste von Feuerland geführt. Da mußte er zum erstenmal zugunsten der Indios gegen die Patagonier eingreifen.

Die Inutil-Bucht, Teil der Magellanstraße, endet im Norden in Sumpfgebiet. Sie bildet einen tiefen Einschnitt – ziemlich genau gegenüber jener

Stelle, wo Sarmiento seine Kolonie Port-Famine unseligen Angedenkens gegründet hatte.

Eine Schar Patagonier war am Südufer der Inutil-Bucht an Land gegangen und überfiel ein Lager der *Yacanas,* in dem etwa zwanzig Familien wohnten. Die Angreifer waren zahlenmäßig weit überlegen und auch stärker und besser bewaffnet als die Verteidiger.

Diese versuchten natürlich trotzdem Widerstand zu leisten – unter der Führung eines Canoe-Indios, der mit seiner Piroge herübergekommen war.

Dieser Mann war Karroly. Er befand sich gerade auf der Rückfahrt von Punta-Arenas, wohin er ein Schiff geleitet hatte. Er versah nämlich den Dienst eines Lotsen für die Küstenfahrzeuge, die sich in den Beagle-Kanal und in das Labyrinth der Kap-Hoorn-Inselgruppe hineinwagten.

Karroly organisierte den Widerstand und versuchte mit Unterstützung der *Yacanas* die Angreifer zurückzuschlagen. Aber die Kräfte waren zu ungleich verteilt, als daß der Kampf lange dauern konnte: Das Lager wurde überrannt, die Zelte zusammengeschlagen. Es floß Blut – die Familien wurden versprengt.

Der Sohn Karrolys hieß Halg und war damals neun Jahre alt. Er blieb während des Kampfes in der Piroge und wartete auf die Rückkehr seines Vaters. Da liefen plötzlich zwei Patagonier auf ihn zu.

Der Junge wollte nicht vom Strand wegrudern.

Denn das hätte zwar ihn und die Piroge in Sicherheit gebracht, dafür aber seinem Vater den einzig möglichen Fluchtweg abgeschnitten.

Einer der Patagonier sprang in das Boot und packte das Kind bei den Armen.

In diesem Augenblick kam Karroly, der nach aussichtslosem Kampf gerade noch aus dem eroberten Lager fliehen konnte. Er befreite seinen Sohn, den der eine Patagonier schon wegschleppte. Der andere Räuber schoß ihm einen Pfeil nach, der glücklicherweise am Ohr vorbeischwirrte.

Bevor der zweite Pfeil in der Sehne lag, krachte ein Flintenschuß: Tödlich getroffen, wälzte sich der eine Patagonier am Boden – sein Komplize ergriff die Flucht.

Der Schuß war von einem Weißen abgefeuert worden, den der Zufall an den Kampfplatz geführt hatte. Und es konnte kein anderer gewesen sein als der Kaw-djer.

Jeder Augenblick war kostbar: Rasch wurde die Piroge am Ankertau eingeholt, der Kaw-djer und Karroly sprangen mit dem Jungen an Bord und stießen ab.

Sie waren schon eine gute Kabellänge vom Ufer entfernt, als die ersten Hagelschauer patagonischer Pfeile auf sie niederprasselten. Sie hatten Glück: Nur ein Pfeil traf den kleinen Halg in die Schulter.

Die Verletzung war nicht ungefährlich, deshalb wollte der Kaw-djer die neuen Freunde nicht im

Stich lassen, solange seine Hilfe gebraucht wurde. Er blieb auf der Piroge und fuhr mit – rund um Feuerland, dann in den Beagle-Kanal und schließlich in eine versteckte kleine Bucht der Insel Neuva, wo Karroly seine Hütte aufgeschlagen hatte.

Der Junge war inzwischen außer Gefahr – die Wunde begann zu verheilen. Karroly wußte nicht, wie er seiner Dankbarkeit Ausdruck geben sollte.

Er verankerte seine Piroge und bat den Kaw-djer, der am Ufer auf ihn wartete, ihm zu folgen.

»Dort drüben steht mein Haus«, sagte er, »dort lebe ich mit meinem Sohn. Wenn du dich nur ein paar Tage bei uns ausruhen willst, freuen wir uns, und meine Piroge wird dich dann über den Kanal zurückbringen. Wenn du aber für immer bleiben willst, ist mein Haus dein Eigentum und ich bin dein Diener.«

Von diesem Tag an hatte der Kaw-djer die Insel Neuva – und damit Karroly und seinen Sohn – nicht mehr verlassen. Er stattete die Behausung des Indios etwas wohnlicher aus, und dieser konnte seinen Beruf als Lotse bald unter besseren Arbeitsbedingungen wieder aufnehmen: Seine untüchtige Piroge wurde durch eine solide Schaluppe ersetzt – Überbleibsel eines gestrandeten norwegischen Dampfschiffes. Der Kaw-djer hatte sie gekauft und gab ihr den Namen *Wel-Kiej.* – In diese Schaluppe wurde auch der vom Jaguar verletzte Indio niedergelegt.

Aber diese neue Existenz hielt den Kaw-djer nicht davon ab, seine philanthropischen Ziele weiter zu verfolgen. Wie bisher besuchte er die Eingeborenenfamilien und war immer überall zu finden, wo er raten oder helfen konnte.

So vergingen mehrere Jahre, und alles deutete darauf hin, daß der Kaw-djer dieses freie Leben auf einem freien Fleckchen Erde bis zu seinem Tod weiterführen würde.

Da bereiteten unerwartete Ereignisse seinen Plänen und seinem Frieden ein jähes Ende.

DRITTES KAPITEL

DAS ENDE EINES FREIEN LANDES

Die Insel Neuva liegt in der östlichen Einfahrt zum Beagle-Kanal. Sie ist acht Kilometer lang und vier Kilometer breit und hat die Gestalt eines unregelmäßigen Fünfecks. Es fehlt hier nicht an Baumbestand – insbesondere an Buchen, Eschen, Chinarindenbäumen, Myrten und sogar mittelgroßen Zypressen. Auf den Wiesen wuchern Stechpalmen, Sauerdorn und Farnkräuter. An besonders geschützten Stellen findet man reinen Humus und kann Gemüse bauen. Anderswo ist die Schicht guter Erde zu dünn – vor allem gegen den Strand zu. Aber dort hat die Natur einen Teppich gewoben aus Flechten, Moosen und Bärlapp.

Auf dieser Insel – im Windschatten eines hohen Felsblocks und mit freier Sicht übers Meer –

wohnte Karroly seit zehn Jahren. Er hätte keinen günstigeren Platz wählen können.

Alle Schiffe müssen beim Verlassen der Meerenge von Le Maire an der Insel Neuva vorbei. Wenn sie mit Kurs Pazifik um Kap Hoorn herumsegeln, brauchen sie niemanden an Bord. Sobald sie aber als Händler im Archipel selbst zu tun haben, sind sie gezwungen, in die verschiedenen Sunde und Fjorde einzufahren – und da ist ein Lotse unerläßlich.

Nun gibt es natürlich nur wenige Schiffe, die sich in diese Inselwelt verirren. Ihre Zahl hätte nicht genügt, um Karroly und seinen Sohn ausreichend zu beschäftigen und damit zu ernähren. Deshalb ging Karroly auch auf Fischfang und auf die Jagd und beschaffte sich damit die Naturalien, gegen die er alles, was er für seine Existenz brauchte, tauschen konnte.

Natürlich gab es auf diesen Inselchen keine Herden von Guanakos und Peruschafen, deren Fell ein gutes Tauschobjekt ist. Aber ringsum liegen ja weit größere Inseln: Navarin, Hoste, Wollaston, Dawson – ganz zu schweigen von Feuerland selbst mit seinen unermeßlichen Ebenen und tiefen Wäldern, wo es weder an Grasfressern noch an Raubtieren fehlt.

Lange Zeit hatte Karroly nur eine in den Granit gehöhlte natürliche Grotte bewohnt, die übrigens in mancher Hinsicht einer Yacanahütte vorzuziehen war. Aber nachdem der Kaw-djer bei ihm sein Domizil aufgeschlagen hatte, mußte die Felshöhle einer festen Behausung Platz machen. Die Wälder lieferten das Bauholz, an der Küste wurden die Steine gebrochen, und Myriaden kleiner Strandmuscheln wurden zu Kalk gebrannt.

Das Haus hatte drei Zimmer. Das mittlere war der gemeinsame Wohnraum mit einer großen Feuerstelle. Rechts schloß sich das Zimmer an, in dem Karroly und sein Sohn schliefen, das linke gehörte dem Kaw-djer. Dort lagen in langen Regalen wohlgeordnet seine Papiere und die vielen Bücher – vor allem medizinische, wirtschaftspolitische und gesellschaftskritische Werke. Ein Schrank war voll von Medikamenten und chirurgischen Bestecken.

Das war also die Wohnung, in die er mit seinen beiden Freunden zurückkam – nach seiner Exkursion durch Feuerland, von deren Abschluß zu Anfang berichtet wurde.

Vorher jedoch hatte die *Wel-Kiej* das Lager des schwerverletzten Indios an der Ostseite des Beagle-Sunds angelaufen.

Um die Hütten, die regellos um einen Bach herum gruppiert lagen, tollten zahllose Hunde und meldeten mit ihrem Gebell die Ankunft der Schaluppe. Auf der nahen Wiese grasten zwei ausgemergelte Pferde, über den Dachfirsten einiger Laubhütten standen dünne Rauchfahnen.

Sobald die *Wel-Kiej* in Sicht kam, erschienen etwa sechzig Männer und Frauen und rannten das

Steilufer hinunter. Ein großes Rudel nackter Kinder kletterte und purzelte hinter ihnen her.

Als der Kaw-djer an Land stieg, drängten sich alle um ihn. Jeder wollte ihm die Hände schütteln – zur Begrüßung und als Zeichen der Dankbarkeit für die Dienste, die er auch diesem armen Indiostamm schon früher geleistet hatte. Auch jetzt mußte er sich wieder geduldig alle möglichen erfreulichen und unerfreulichen Neuigkeiten anhören, und einige Mütter führten ihn zu ihren kranken Kindern. Man mußte den Eindruck gewinnen, daß in vielen Fällen seine bloße Anwesenheit Wunder vollbrachte.

Schließlich betrat er eine der Hütten und kam bald wieder. Zwei Frauen folgten ihm. Eine alte und eine ganz junge, die ihr Kind an der Hand führte. Es waren die Mutter, die Frau und der kleine Junge des Indios, den der Jaguar angefallen hatte und der trotz aller Pflege auf der Überfahrt gestorben war.

Der Tote wurde am Strand aufgebahrt, und die Eingeborenen des Lagers bildeten einen Kreis um ihn. Der Kaw-djer schilderte ihnen den Hergang des Unglücks, dann ging er zu seiner Schaluppe zurück und fuhr wieder ab. Der Witwe schenkte er das Fell des Jaguars, das für das arme Geschöpf einen ungeheuren Wert darstellte.

Der Winter brach herein, und im Haus auf der Insel Neuva ging das gewohnte Leben weiter. Einige Küstenfahrer kamen von den Falklandinseln zu Besuch. Sie wollten Pelze einkaufen, bevor Schneestürme diese Landstriche unpassierbar machten. Pelze und Häute sind ein günstiges Handelsobjekt im Tausch gegen Proviant und Munition für die strengen Monate Juni bis September.

In der letzten Maiwoche waren Halg und der Kaw-djer auf ihrer Insel allein. Ein Schiff hatte den Lotsen Karroly an Bord geholt.

Der Junge – inzwischen siebzehn Jahre alt – brachte dem Kaw-djer die Zuneigung eines Sohnes entgegen; dieser wiederum fühlte sich Halg ebenso verbunden wie der eigene Vater. Er gab sich große Mühe, die intellektuellen Anlagen des jungen Indios zu wecken und zu entwickeln. Längst schon hatte er ihn über das Niveau eines Wilden gehoben und ein Geschöpf aus ihm gemacht, das den Eingeborenen von *Magellanien,* die ja keinerlei geistige Interessen haben, nicht mehr gleichzustellen war.

Überflüssig zu erwähnen, daß er Halg vor allem den Begriff von Freiheit – so wie er ihn selber verstand – beigebracht hatte. Karroly und sein Sohn sollten in ihm, dem Kaw-djer, keinen Herrn und Vorgesetzten sehen, sondern einen Kameraden und Kollegen. Denn nach der festen Überzeugung des Kaw-djer gibt es für einen Mann, der diese Bezeichnung verdient, keinen Herrn. Man hat keinen Herrn als sich selbst und braucht auch keinen – weder im Himmel noch auf dieser Welt.

Dieser Same fiel auf denkbar fruchtbaren Boden. Denn die Feuerländer haben wie kein anderes Volk einen leidenschaftlichen Instinkt für die Freiheit. Ihr opfern sie alles, um ihretwillen verzichten sie gern auf die vielen Annehmlichkeiten, die ihnen ein seßhaftes Leben bieten könnte. Was man ihnen auch eröffnet an Möglichkeiten der Zivilisation mit all ihrer Bequemlichkeit und Sicherheit – sie lehnen ab. Sie laufen einfach weg, nehmen ihr Nomadendasein wieder auf – ewig ausgehungert und elend, aber frei!

Anfang Juni wurde es Winter in *Magellanien.* Die Kälte war zwar erträglich, aber Stürme peitschten über das Land. Die Küstenstriche schäumten unterm Orkan, die Insel Neuva schlief unter heftigem Schneegestöber ein.

Sie schlummerte, bis Mitte September das Thermometer zu klettern anfing und die ersten Küstenfahrer von den Falklandinseln wieder in den Fjorden auftauchten.

Am 19. September ließ Karroly seinen Sohn Halg und den Kaw-djer wieder auf Neuva zurück und ging an Bord eines Dampfers, der ein Lotsenhäuschen am Vordermast hatte und den Beagle-Kanal durchqueren wollte.

Karroly war acht Tage fort, dann brachte ihn die Schaluppe zurück, und der Kaw-djer fragte ihn wie gewöhnlich nach seinen Erlebnissen während der Reise.

»Nichts Besonderes«, sagte Karroly. »Das Meer war ruhig, und der Wind stand recht gut.«

»Wo bist du von Bord gegangen?«

»Im Darwin-Sund, an der Spitze der Stuart-Insel. Dort kam uns ein Avisoboot entgegen.«

» – mit Kurs auf – ?«

» – Feuerland. Auf der Rückfahrt habe ich es wieder getroffen – in einer Bucht. Es hat Soldaten ausgeschifft.«

»Soldaten? – Welcher Nationalität?«

»Chilenen und Argentinier.«

»Was machten sie?«

»Sie sagten, sie seien der Begleitschutz für zwei Kommissare, die Feuerland und die Nachbarinseln erkunden wollten.«

»Woher kamen die beiden Kommissare?«

»Von Punta-Arenas. Das Avisoboot hatte ihnen der Gouverneur zur Verfügung gestellt.«

Der Kaw-djer schwieg. Er war nachdenklich geworden. Was hatte das Auftauchen dieser Kommissare zu bedeuten? Was war ihre Aufgabe? Was hatten sie in diesem Teil *Magellaniens* überhaupt zu suchen? Wollten sie vielleicht nur geographische oder hydrographische Untersuchungen durchführen, um im Interesse der Schiffahrt die See- und Landkarten zu überprüfen und zu verbessern?

Der Kaw-djer war tief in seinen Überlegungen versunken. Er konnte einen unbestimmten Verdacht nicht abschütteln. Diese Kreuzfahrten des Avisobootes – würden sie sich nicht über den ganzen Archipel ausdehnen? Und würde das nicht unweigerlich einen Besuch auch der Insel Neuva mit einschließen?

Und was noch wichtiger – und bedenklicher – war: Diese Expedition war von den Regierungen Chiles und Argentiniens gemeinsam realisiert worden. Es mußten also bereits entsprechende Verträge bestehen zwischen den beiden Republiken, die sich bisher nie hatten einigen können über ein Gebiet, auf das beide – natürlich zu Unrecht – Anspruch erhoben.

Nachdem der Kaw-djer seine Fragen gestellt hatte, ließ er Karroly zurück und stieg auf die Spitze des Felsens, unter dem das Haus stand. Von hier überschaute er eine weite Fläche des Meeres, und wie magnetisch angezogen richteten sich seine Blicke nach Süden, wo die letzten Gipfel des amerikanischen Kontinents aus dem Wasser ragten: Kap Hoorn.

Würde er bis dorthin gehen müssen, um noch einen Flecken freien Bodens zu finden? Oder noch weiter? – In Gedanken überschritt er den Polarkreis, verlor sich in den von ewigem Schnee und Eis verwehten Regionen der Antarktis, deren Geheimnisse auch dem tollkühnsten Entdecker verschlossen bleiben.

Wie tief wäre der Kaw-djer erschrocken, wenn er gewußt hätte, daß sein unbestimmter Verdacht sehr wohl begründet war! Die *Gracias a Dios*, ein Avisoboot der chilenischen Marine, hatte wirklich zwei Kommissare an Bord: die Herren Ideaste für

Chile und Herrera für Argentinien. Beide hatten von ihren Regierungen den Auftrag, die Annexion *Magellaniens* und seine Aufteilung zwischen beiden Staaten, deren jeder damit seinen Anspruch auf Alleinbesitz aufgab, in die Wege zu leiten.

Die Lösung dieses Problems war längst überfällig. Endlose Diskussionen hatten sich über Jahre hingezogen – zu einem zufriedenstellenden Kompromiß war man nie gekommen.

Eine solche Situation konnte jedoch, wenn sie zu einem Dauerzustand wurde, irgendwann Konflikte auslösen; und es war dringend erforderlich, daß dieser Zankapfel um der kommerziellen und mehr noch um der politischen Stabilität willen endlich aus dem Wege geräumt wurde.

Vor allem lauerte das unersättliche England vor der Tür. Von seinem Stützpunkt auf den Falklandinseln aus konnte es leicht ganz *Magellanien* in seine stets liebevoll geöffneten Arme nehmen. Schon spionierten seine Küstenfahrzeuge in allen Fjorden herum, und der Einfluß britischer Missionare auf die Feuerländer wuchs bedrohlich. Eines schönen Tages würde auf irgendeinem Vorgebirge des Archipels die Flagge des Empire wehen – und jeder weiß, daß nichts schwieriger ist, als eine englische Flagge wieder einzuholen. Es war also höchste Zeit zu handeln!

Die Herren Ideaste und Herrera kehrten nach erfolgreicher Durchführung ihrer Mission wieder zurück – der eine nach Santiago, der andere nach

Buenos Aires. Und dort wurde einen Monat später, am 17. Januar 1881, von beiden Republiken ein Vertrag unterzeichnet, der dem Nervenkrieg um *Magellanien* ein Ende bereiten sollte.

Das Abkommen bestimmte folgendes: Patagonien wurde der Republik Argentinien einverleibt mit Ausnahme des Territoriums, das vom 52. Breitengrad und 70. Längengrad begrenzt wird; dieses Gebiet wurde Chile zugesprochen. Dafür verzichtete Chile auf die Staaten-Inseln und auf die östlich des 68. Längengrades liegenden Teile Feuerlands. Alle übrigen Inseln fielen ausnahmslos an Chile.

Diese Fixierung der künftigen Besitzrechte beider Staaten kostete *Magellanien* seine Unabhängigkeit. Wie würde der Kaw-djer reagieren, der fortan auf chilenischem Staatsgebiet wohnen sollte?

Am 25. Februar erhielt er Kenntnis von dem Vertrag. Karroly war vom Lotsendienst auf die Insel Neuva zurückgekehrt und hatte die Neuigkeit mitgebracht.

Der Kaw-djer konnte eine zornige Reaktion nicht unterdrücken. Zwar sprach er kein Wort, aber in seinen Augen stand Haß, und er stieß die drohend geballte Hand vor – nach Norden!

Außerstande, seiner Erregung Herr zu werden, ging er mit unsicheren Schritten ziellos umher: als ob der Boden unter ihm plötzlich zu schwanken anfinge.

Schließlich hatte er sich wieder unter Kontrolle.

Sein eben noch von ohnmächtiger Erbitterung gezeichnetes Gesicht wurde wieder kühl beherrscht. Er ging zu Karroly zurück und stellte ihm ruhig seine Fragen:

»Ist die Meldung zuverlässig?«

»Ja«, bestätigte der Indio. »Ich habe es in Punta-Arenas erfahren. Man sagt, es seien an den Eingängen der Durchfahrt nach Feuerland zwei Flaggen gehißt worden: die chilenische auf Kap Orange und die argentinische auf Kap Esperitu Santo.«

Der Kaw-djer wollte es noch einmal genau hören: »Und alle Inseln südlich des Beagle-Kanals sollen Chile gehören?«

»Alle!«

»Auch die Insel Neuva?«

»Ja!«

»Es mußte so kommen«, nickte der Kaw-djer. Die Nachricht hatte seine Stimme völlig verändert.

Er kehrte ins Haus zurück und schloß sich in sein Zimmer ein.

Was war das nur für ein Mensch? Und was mochten die Motive gewesen sein, die ihn veranlaßt hatten, den alten oder den neuen Kontinent zu verlassen, um sich in der Einsamkeit von *Magellanien* zu vergraben? Warum hatte er sich die Menschheit auf ein paar Stämme feuerländischer Wilder reduziert und widmete ihnen allein seine ganze Kraft und seine ungewöhnlichen Talente?

Die künftigen Ereignisse, von denen in diesem Roman die Rede sein wird, werden bald Klarheit bringen über diesen letzten Punkt. Die andern Fragen beantworten sich aus der Vergangenheit des Kaw-djer.

Er war ein Mann der Tat, ein angesehener Politiker und Naturwissenschaftler, dessen Mut man ebenso schätzte wie sein profundes Wissen. Aber er beging den doppelten Fehler vieler Gelehrter: Prinzipien nicht als Hypothesen zu betrachten, sondern als reale Möglichkeiten, und demnach ihre Verwirklichung bis zur letzten Konsequenz durchzufechten. – Die Namen einiger dieser Gesellschaftsreformatoren sind noch in schrecklicher Erinnerung!

Der Sozialismus, der sich kein geringeres Ziel setzt, als sämtliche bestehenden Ordnungen völlig umzukrempeln, ist als Lehre durchaus keine Novität. Aus verschwommenen und vergessenen Anfängen tauchen die Namen Saint-Simon, Fourrier, Proudhon und *tutti quanti* als erste Prediger des Kollektivismus auf. Die modernen Ideologen – wie Lassalle oder Karl Marx – brauchten diese Ideen nur aufzunehmen, abzuwandeln und auf die einzelnen Funktionen des wirtschaftlichen Zusammenspiels anzuwenden.

Sie verlangen nun die Sozialisierung der Produktionsmittel, die Abschaffung von Kapital und Wettbewerb und den Übergang von Eigentum in Allgemeinbesitz. Keiner von ihnen will die Imponderabilien des Wirtschaftslebens wahrhaben – die Doktrin fordert sofortige und kompromißlose Durchführung. Das bedeutet in der Praxis unverzügliche Enteignung und universellen Kommunismus.

Ob man diese Theorie nun billigt oder verwirft

– zumindest muß man sie als ein sehr gewagtes Experiment bezeichnen.

Und dabei gibt es eine noch weit halsbrecherischere sozialistische Bewegung: die der Anarchisten.

Diese lehnen all die Zwangsbestimmungen, ohne die auch eine kollektivistische Gesellschaft nicht funktionieren könnte, rigoros ab. Ihnen schwebt der uneingeschränkte und unantastbare Individualismus als Wunschziel vor. Deshalb wollen sie jede Autorität aufheben, jede soziale Bindung liquidieren.

Dieser extremen Gruppe mußte man den Kawdjer zuordnen. Sein wildes, unbezähmbares und kompromißloses Naturell konnte sich nicht unter die unvollkommenen und oft fragwürdigen Gesetze beugen, mit deren Hilfe die Menschheit tastend versucht, recht und schlecht miteinander auszukommen und Ordnung zu halten.

Natürlich hatte er sich nie mit denen engagiert, die ihre Propaganda in gewalttätige Aktionen umsetzten. Er war auch nicht aus Frankreich, Deutschland, England oder den Vereinigten Staaten ausgewiesen worden. Aber er hatte genug von der sogenannten Zivilisation, wollte die Last jedweder Autorität ein für allemal abschütteln und hatte aus diesem Grund den letzten Winkel dieser Erde aufgesucht, wo ein Mensch noch in völliger Unabhängigkeit leben konnte.

Auf der Insel Neuva – am Rand der bewohnten

Welt – glaubte er sein Refugium gefunden zu haben. Was sonst nirgends mehr möglich war – hier, in *Magellanien* an der Südspitze des amerikanischen Kontinents, schien es noch realisierbar.

Und nun raubte eine zwischen Chile und Argentinien ausgehandelte Abmachung auch diesem letzten Zipfel die bisherige Unabhängigkeit! Denn laut Vertrag sollte nun alles südlich des Beagle-Kanals gelegene magellanische Territorium der Oberhoheit Chiles unterstellt werden. Und kein Fleckchen Erde würde den amtsgewaltigen Argusaugen des Gouverneurs von Punta-Arenas entgehen – auch nicht die Insel Neuva, das Asyl des Kaw-djer!

So weit war er geflohen, so viele Anstrengungen hatte er unternommen, solche Beschränkungen hatte er sich auferlegt – und dies sollte nun das Resultat sein?

Der Kaw-djer erholte sich nur sehr langsam von dem Schlag, der ihn getroffen hatte, wie der Blitz einen in vollem Saft stehenden Baum bis in die letzten Faserwurzeln hinein erschüttert. Er dachte an die Zukunft – eine Zukunft ohne Sicherheit. Sicherheit vor Gendarmen, die bald auf die Insel kommen würden, weil man wußte, daß er dort wohnte.

Bisher schon – und das war ihm durchaus bekannt – hatte man sich beunruhigt über die Anwesenheit des seltsamen Fremden in *Magellanien*, über seinen engen Kontakt mit den Indios und über die stille Macht, die er auf sie ausübte. Nun würde der chilenische Gouverneur Fragen stellen – wissen wollen, wer er war. Man würde in seiner Vergangenheit stöbern – ihn zwingen, sein Inkognito aufzugeben, an dem ihm so viel lag.

Einige Tage vergingen. Der Kaw-djer hatte die neue Situation, die durch den Teilungsvertrag entstanden war, nicht mehr erwähnt. Aber er wurde immer verschlossener. Was ging in ihm vor? Dachte er daran, seine Insel zu verlassen? Und sich damit von Karroly zu trennen – und von dessen Sohn, an dem er so sehr hing?

Wohin würde er weiterziehen? Gab es überhaupt noch irgendwo ein Versteck, in dem er hoffen konnte, die Freiheit zu finden, ohne die er offensichtlich nicht leben konnte?

Wenn er auf eine der äußersten Felsklippen *Magellaniens* flüchtete, etwa auf die kleine Insel von Kap Hoorn – vielleicht würde er dort von den chilenischen Behörden unentdeckt und unbehelligt bleiben?

Man schrieb Anfang März – der schöne Herbst würde noch etwa einen Monat dauern. Der Kaw-djer pflegte um diese Zeit noch einmal alle Lager seiner Feuerland-Indios der Reihe nach aufzusuchen, denn später machte der Winter das Meer unschiffbar.

Diesmal traf er keinerlei Anstalten zu dieser gewohnten Fahrt. Die *Wel-Kiej* blieb abgetakelt in der Bucht liegen.

Erst am 7. März nachmittags wandte er sich unvermittelt an Karroly:

»Mach die Schaluppe fertig zum Auslaufen – für morgen früh!«

»Werden wir länger als einen Tag weg sein?« wollte der Indio wissen.

»Ja.«

Hatte sich der Kaw-djer also doch noch zu dem altgewohnten Herbstbesuch bei seinen Freunden entschlossen? Würde er doch wieder dieses Feuerland betreten, obwohl es inzwischen argentinisch und chilenisch geworden war?

»Soll Halg mitkommen?«

»Ja.«

»Und Zol?«

»Ja – der Hund auch.«

Die *Wel-Kiej* setzte im Morgengrauen Segel. Die Brise kam von Osten. Eine ziemlich heftige Brandung peitschte gegen die Felsen. Im Norden – auf offener See – rollten hohe Wellen.

Hätte der Kaw-djer die Absicht gehabt, Feuerland anzusteuern, so wäre das für die Schaluppe ein harter Kampf und eine ungemütliche Fahrt geworden, denn die Brise wurde steifer, je höher die Sonne stieg.

Aber offenbar wollte er gar nicht dorthin. Karroly mußte erst um Neuva herumfahren und dann direkten Kurs nehmen auf die Insel Navarin, deren Doppelgipfel im Westen undeutlich aus dem Morgennebel tauchte.

Kurz vor Sonnenuntergang lief die *Wel-Kiej* den Südzipfel dieser Insel an, die zu den mittelgroßen der Magellan-Gruppe gehört. In einer von Steilufern eingesäumten kleinen Bucht konnten sie die Nacht sicher verbringen.

Am nächsten Tag kreuzte die Schaluppe in schräger Linie durch die Nassau-Bai mit Kurs auf die Insel Wollaston und warf dort noch am selben Abend Anker.

Das Wetter war noch schlechter geworden. Der Wind wurde böig und schlug nach Nordost um. Dicke schmutzige Wolken wucherten über den Horizont. Man mußte mit Sturm rechnen.

Da der Kaw-djer Weisung gegeben hatte, die Schaluppe in Richtung Süd zu halten, war es wichtig, Straßen zu wählen, in denen die See weniger hoch ging. Dieser Notwendigkeit folgte Karroly, sobald die *Wel-Kiej* Wollaston hinter sich hatte: Die Schaluppe fuhr um die Westküste herum und lief dann in die Meerenge zwischen den Inseln Hermitte und Herschell ein.

Wohin wollte der Kaw-djer? Wie sollte es weitergehen, wenn die letzte Insel – wenn Kap Hoorn – erreicht und nichts mehr zu sehen war als der unendliche Ozean?

An dieser südlichsten Insel des Archipels legte die Schaluppe am Nachmittag des 15. März an, nachdem sie alle Gefahren der inzwischen wild gewordenen See glücklich gemeistert hatte.

Der Kaw-djer stieg sofort an Land. Ohne ein

Wort über seine Absichten zu verlieren, scheuchte er den Hund, der ihm nachlaufen wollte, zurück, ließ auch Karroly und Halg am Strand stehen und ging allein zum Kap.

Die Insel Hoorn ist nicht mehr als ein chaotischer Haufen von riesigen Felsbrocken, an welche die Strömung Treibholz und Unmengen von Braunalgen schwemmt.

Auf der Seite zur offenen See hin tost die Brandung. Über ihrem weißen Schaum stehen die Klippen wie hundert schwarze Punkte.

Von der Nordseite des Kaps her erreicht man ohne große Anstrengung – über sanfte Hänge, auf denen es sogar einige anbaufähige Flächen gibt – den nicht sehr hohen Gipfel.

Der Kaw-djer stieg langsam hinauf. Was wollte er dort oben? Nach Süden schauen? Was würde er anderes sehen als die endlose Weite des der Antarktis vorgelagerten Ozeans?

Der Sturm wurde allmählich zum Orkan. Und je höher der Kaw-djer stieg, desto mühsamer kam er vorwärts. Immer häufiger mußte er sich bücken, festhalten, den Böen entgegenstemmen, um nicht zu Boden gerissen zu werden. Ein heftiger Sprühregen peitschte sein Gesicht. Halg und Karroly verfolgten von unten die immer kleiner werdende Gestalt und ihren Kampf gegen die wütenden Elemente.

Der mühselige Aufstieg dauerte fast eine Stunde – dann war der Kaw-djer auf dem Gipfel. Er kroch zum Rand des Felsens. Dort richtete er sich auf und stand wie eine Säule, den Blick nach Süden.

Von Osten begann die Nacht einzufallen, im Westen vergoldeten noch die letzten Strahlen der Sonne den Horizont. Dicke, vom Wind zerwühlte Wolkenballen und Fetzen von kaltem Dampf, die wie zerfetzte Laken herunterhingen, fegten über die hochgepeitschten Wellenberge. Ringsum nichts als das Meer.

Was wollte dieser arme Mensch auf dem Felsgipfel? Hatte er noch ein Ziel, eine Hoffnung? Oder war er bis ans Ende der Welt gegangen, um hier – am Unmöglichen gescheitert – nichts mehr zu suchen als die große Stille des Todes?

Es wurde dunkel – die Finsternis verschluckte alle Konturen. Es war Nacht.

Da zuckte ein schwacher Blitz über die Insel, und der Knall brach sich an den Klippen:

Ein Kanonenschuß – ein Schiff in Seenot!

VIERTES KAPITEL

AM UFER

Es war acht Uhr abends. Der Sturm – inzwischen aus Südost – warf sich mit voller Wucht auf die Küste. Kein Schiff hätte zu dieser Stunde das Südkap Amerikas passieren können, ohne Gefahr zu laufen, mit Mann und Maus unterzugehen.

Dieses Schicksal drohte auch dem Segler oder Dampfer, der sich durch den Schuß bemerkbar gemacht hatte. Wahrscheinlich konnte er im Orkan nicht genug Segel setzen, oder seine Maschinen waren nicht kräftig genug, um den Kurs zu halten; und so wurde das Schiff nun unwiderstehlich in die Klippen hineingetrieben.

Eine halbe Stunde später stand der Kaw-djer nicht mehr allein auf dem Felsgipfel. Auch der Indio und sein Sohn hatten die Detonation gehört und waren sofort zu ihm hochgeklettert. Sie waren durch die Felsspalten gestiegen, wo sie sich an Büschen vorwärtsziehen konnten, und hatten so den kürzesten Weg genommen.

Da dröhnte der zweite Kanonenschuß. Was versprach sich das Schiff von seinen Hilferufen – in diesem Orkan – vor dieser verlassenen, tödlich steilen Klippeninsel?

»Es liegt jetzt westlich vor uns«, stellte Karroly fest, denn aus dieser Richtung war die Detonation gekommen.

»Dann segelt es steuerbord direkt auf das Kap zu«, nickte der Kaw-djer. »Beim ersten Schuß war es noch viel weiter weg!«

»Vorbeikommen wird es nicht«, meinte Karroly.

»Nein«, bestätigte der Kaw-djer, »dafür geht die See zu hoch! Warum hält es nicht Kurs aufs offene Meer?«

»Vielleicht kann es nicht?«

»Möglich – oder es weiß gar nicht, daß es auf

die Insel zutreibt? – Man muß ihm ein Signal geben! Ein Feuer! – Los, macht ein Feuer an!« rief der Kaw-djer.

In fieberhafter Eile rissen sie die verdorrten Zweige aus dem Gesträuch, das überall an den Hängen des Kaps wucherte – sammelten dürres Gras und Seetang, den der Sturm in die Aushöhlungen der Felsen geweht hatte, und schichteten oben auf dem Gipfel all dieses Brennmaterial zu einem großen Holzstoß.

Der Kaw-djer schlug Feuer. Erst glomm der Funke, dann der Zunder – schließlich knisterte es im Reisig, und der Sturm setzte den ganzen Scheiterhaufen in Brand. Eine Minute später stand die Feuersäule über dem kleinen Gipfelplateau, und dicke Qualmschwaden zogen nach Norden. Ins Heulen des Orkans mischte sich das Prasseln des brennenden Holzes, dessen Astknoten knatterten wie platzende Gewehrmunition.

Auf Kap Hoorn sollte unbedingt ein Leuchtturm stehen, um diesen tödlichen Punkt zwischen zwei Ozeanen bei Nacht zu markieren. Die Sicherheit der Schiffahrt erfordert das, und bestimmt würde es dann vor diesen Klippen längst nicht mehr zu so vielen Katastrophen kommen.

Nun – es gab keinen Leuchtturm, dafür aber das Feuer, das der Kaw-djer angezündet hatte: Zumindest wußte jetzt der Kapitän des bedrohten Schiffes, daß er auf das Kap zutrieb. Er konnte seine Position genau bestimmen und versuchen, vor dem Wind zu segeln und sich in die Fahrstraße der Insel Hoorn hineinzuretten.

Aber welch unberechenbare Risiken brachte ein solches Manöver in völliger Dunkelheit mit sich? Wie gering waren die Chancen für ein Schiff, das keinen Lotsen an Bord hatte, der die Klippen und Untiefen dieser Gegenden genauestens kannte?

Immer noch loderten die Flammen in die Nacht hinauf. Halg und Karroly schleppten unermüdlich Material herbei. Und es gab so viel auf der Insel, daß man ohne Schwierigkeiten bis zum Morgen durchfeuern konnte.

Der Kaw-djer stand vor dem flammenden Holzstoß und versuchte vergeblich, die Position des Schiffes auszumachen. Da rissen plötzlich die Wolken auf, und der Mond erhellte für einen Augenblick die Wasserfläche: Das Schiff war ein großer Viermaster – sein Rumpf hob sich deutlich von den weißen Schaumkronen ab. Und tatsächlich hielt es nach Osten und schlingerte hoffnungslos gegen den Wind und die Wellen.

Und in eine kurze Atempause des Orkans hinein verkündete Krachen und Splittern: Die Heckmasten waren gebrochen.

»Jetzt ist es verloren!« rief Karroly.

Und der Kaw-djer kommandierte: »An Bord!«

Alle drei rutschten ungeachtet der halsbrecherischen Gefährlichkeit eines solchen Abstiegs die Steilhänge hinunter und waren in wenigen Minuten am Strand. Sie stiegen in die Schaluppe, der Hund sprang hinterher, und das Schiffchen schoß – mit Halg am Steuer und Karroly und dem Kawdjer an den Riemen, denn irgendein Segel zu setzen wäre unmöglich gewesen – aus der geschützten Bucht hinaus in die offene See.

Die beiden Männer waren kräftige und geübte Ruderer. Trotzdem kam die *Wel-Kiej* nur sehr mühsam von den Riffen frei, an denen die Wogen hochdonnerten.

Draußen war das Meer ein wild brodelnder Kessel. Die Schaluppe wurde so durcheinandergeschüttelt, daß sie jeden Augenblick auseinanderzubrechen drohte. Bald tanzte sie oben auf einem Wellenberg, bald wurde sie in den Abgrund geschleudert. Sie lag auf der einen Seite und im nächsten Augenblick auf der anderen, richtete ihren Vordersteven steil hoch und klatschte sofort wieder schwerfällig zurück. Sturzseen begruben das Oberdeck und rollten übers Heck zurück. Wasser drang ein, die Nußschale drohte zu kentern. Halg mußte das Steuer im Stich lassen, um Wasser zu schöpfen.

Aber die *Wel-Kiej* kam näher und näher an das Schiff heran, man konnte schon die Positionslampen erkennen. Und kurz darauf den Rumpf, der wie eine riesige Boje hilflos schlingerte und schaukelte – schwärzer als der Himmel und schwärzer als das Meer. Die beiden gebrochenen, nur noch an ihren Wanten hängenden Maste trieben im Kielwasser, der Fockmast und der Hauptmast waren losgerissen und schrieben große Sichelkreise in die aufspritzenden Gischtfetzen.

»Was ist mit dem Kapitän?« rief der Kaw-djer. »Warum kappt er nicht die Taue und läßt das Zeug über Bord gehen? Er kann diesen Schwanz von Masten und Segeln doch nicht durch die enge Fahrrinne hinter sich herziehen!«

Es war wirklich allerhöchste Zeit, die Takelage abzuwerfen, um von den Masten freizukommen. Aber offenbar war auf dem Schiff schon das Chaos der Verzweiflung ausgebrochen. Vielleicht hatte es nicht einmal mehr einen Kapitän. Jedenfalls mußte man das vermuten, denn nichts deutete auf einen Versuch hin, das Schiff aus der kritischen Lage herauszumanövrieren.

Aber die Mannschaft sah doch, daß ihr Segler auf die Küste zutrieb, und wußte, daß er dort zerschellen mußte! Der auf dem Gipfel von Kap Hoorn angezündete Holzstoß brannte noch, der Sturmwind ließ die Flammen immer wieder in feurigen Peitschenhieben hochprasseln.

»Wahrscheinlich ist niemand mehr an Bord«, meinte der Indio als Antwort auf die Frage des Kaw-djer.

Es war auch möglich, daß die Mannschaft das Schiff aufgegeben hatte und schon die Rettungsboote klar machte, um an Land zu gehen. Oder das Schiff war bereits ein riesiger Sarg – voll Sterbender und Toter, die bald an den Riffen zerfetzt

würden. Fast schien es so, denn auch während der kurzen Pausen, die der Orkan einlegte, hörte man keinen Ruf – keinen Schrei.

Der *Wel-Kiej* gelang es endlich, das Schiff seitlich anzusteuern. Als dieses im gleichen Augenblick abrupt nach Backbord geworfen wurde, sich dabei hoch aufbäumte und wieder zurückfiel, hätte es die Schaluppe um ein Haar unter sich zerschmettert und begraben. Halg warf das Ruder herum – und da lag die *Wel-Kiej* auch schon genau neben dem gigantischen Rumpf, von dem die Taue der zerrissenen Takelage herunterhingen. Karroly erwischte eines davon und verknotete es rasch am Bug der Schaluppe.

Dann kletterte er mit Halg und dem Kaw-djer, der den Hund Zol unterm Arm trug, über die Reling – und alle ließen sich auf Deck fallen.

Nein, das Schiff war nicht verlassen – im Gegenteil: Es wimmelte von Menschen! Ein einziger Knäuel von völlig in ihrer Verzweiflung aufgelösten Männern, Frauen und Kindern. An die Kojen geklammert, an die Laufstege gekrallt, saßen, lagen, knieten sie zu Hunderten. Keiner versuchte mehr, sich aufzurichten – das Schiff schlingerte viel zu stark.

Und in der Dunkelheit hatte auch niemand auf die drei Männer geachtet, die an Bord gekommen waren.

Der Kaw-djer lief zum Heck und hoffte, dort den Steuermann zu finden. Niemand am Ruder – das Schiff trieb ohne Steuer und ohne Segel – ein Spielball des Orkans.

Wo war der Kapitän? Wo waren die Offiziere? Eine feige Bande, die das verlorene Schiff im Stich gelassen hatte?

Der Kaw-djer packte einen Matrosen beim Arm.

»Wo ist dein Kommandant?« fragte er auf englisch.

Der Mann war schon zu apathisch, um zu antworten, und hob die Schultern.

»Dein Kommandant!« wiederholte der Kaw-djer und schüttelte ihn kräftig.

»Über Bord – und noch viele andere«, murmelte der Matrose mit eigentümlich schläfriger Stimme.

Das Schiff hatte also keinen Kapitän mehr, und auch die Mannschaft schien schon dezimiert.

»Der Erste Offizier?« wollte der Kaw-djer wissen.

Und auch diesmal als Antwort nur ein mühsames Achselzucken – der Matrose war offensichtlich nicht mehr bei klarem Bewußtsein.

»Der Erste?!« Der Kaw-djer ließ nicht locker – und schließlich schien sich der Matrose doch zu erinnern.

»Beine gebrochen – Schädel eingeschlagen – abgestürzt, ins Zwischendeck –«

»Und der Leutnant – der Obermaat – irgendeiner? Wo sind sie?«

Der Matrose rollte sich auf die Seite: »Ich weiß nicht – laß mich in Ruh!«

»Aber einer muß doch das Kommando haben – an Bord? – Wer ist das?«

»Du!«

Der Kaw-djer drehte sich um: Karroly stand hinter ihm und hatte die Antwort gegeben.

»Also – ans Steuer!« befahl der Kaw-djer. »Probieren wir's!«

Er lief mit Karroly zum Heck zurück, und beide stemmten sich ins Ruder, um das Schiff vor den Wind zu bringen. Es gehorchte nur noch sehr widerwillig, drehte aber schließlich doch schwerfällig nach Backbord bei.

»Hißt sämtliche Rahsegel!« kommandierte der Kaw-djer. In den Windstrich gefallen, hatte das Schiff wieder ein bißchen Fahrt aufgenommen. Vielleicht gelang es, westlich der Insel Hoorn durchzukommen?

Auf welcher Route befand sich das Schiff – wo wollte es hin? Man würde es später erfahren. Den Namen und den Heimathafen – *Jonathan* und *San Franzisko* – konnte man im Flackern einer Laterne auf dem Steuerrad entziffern.

Das Rollen und Schlingern machte es fast unmöglich, den Kurs stabil zu halten, zumal das Ruder bei der geringen Fahrt ohnehin kaum ansprach. Trotzdem taten Karroly und der Kawdjer alles, um das Schiff allmählich in die Fahrrinne zu schleusen. Noch konnten sie sich nach dem schwachen Lichtschein auf dem Felsgipfel orientieren, der jedoch offensichtlich am Erlöschen war.

Aber es würde ja auch nur noch wenige Minuten dauern – dann hatten sie die Einfahrt in den Kanal erreicht, der steuerbord die Inseln Hermitte und Hoorn voneinander trennt. Wenn es gelang, das Schiff an den inmitten dieser Wasserstraße liegenden Klippen vorbeizulotsen, fand man vielleicht einen halbwegs geschützten Ankerplatz und konnte dort in Ruhe den neuen Tag abwarten.

Zunächst ging Karroly daran, in aller Eile und mit Hilfe einiger Matrosen, die in der allgemeinen Verwirrung gar nicht bemerkten, daß ihnen ein Indio Befehle gab, die Taue zu kappen, an denen die beiden Maste noch im Schlepp hingen. Sie rammten immer wieder den Rumpf und hätten ihn schließlich aufgerissen. War die Takelage erst mit der Axt durchhauen, so trieben die Maste fort, und man brauchte sich nicht mehr um sie zu kümmern. Die *Wel-Kiej* wurde durch ihren Schleppanker stets in sicherer Entfernung vom Schiffsrumpf gehalten.

Das Toben des Orkans wurde noch schlimmer. Unter den Bergen von Sturzwellen, die über die Reling einbrachen, verloren die Passagiere vollends den Verstand. Wären sie doch ins Zwischendeck und in ihre Kojen geflohen! Aber wie sollte man sich bei ihnen Gehör verschaffen und von ihnen verstanden werden in dieser Situation! An augenblickliche Hilfe für sie war überhaupt nicht zu denken.

Endlich passierte das Schiff unter Ächzen und Schwanken das Kap, streifte dabei die Felsklippen, mit denen seine Westseite gespickt ist, und lief unter einem Stück Leinwand anstelle des Focksegels ins Fahrwasser der Insel Hoorn ein, deren Steilküste endlich einigen Schutz bot gegen den Sturm.

Auch die Brecher ließen nach, und ein Mann stieg auf die Brücke und kam zum Kaw-djer und zu Karroly, die am Ruder standen.

»Wer sind Sie?« fragte er.

»Der Lotse«, antwortete der Kaw-djer. »Und Sie?«

»Der Obermaat.«

»Wo sind Ihre Offiziere?«

»Tot.«

»Alle?«

»Alle.«

»Warum waren Sie nicht auf Ihrem Posten?«

»Ein stürzender Mast hat mich getroffen. Ich bin eben erst wieder zu mir gekommen.«

»Gut – ruhen Sie sich aus! Mein Freund und ich bleiben am Ruder – das genügt vorerst. Aber sammeln Sie Ihre Leute – soweit Sie noch welche finden: Man muß hier Ordnung schaffen.«

Denn noch war längst nicht alle Gefahr gebannt: Sobald das Schiff an die Nordspitze der Insel kam, würde es der Sturm, der zwischen den Inseln Hoorn und Herschell ungehindertes Spiel hatte, von der Seite packen. Und es gab als Durchschlupf nur diese eine Passage. Denn die Küste der Insel Hoorn selbst weist nicht eine einzige geschützte Bucht auf, in der die *Jonathan* hätte ankern können. Und der Wind hatte wieder nach Norden gedreht, so daß sich das Schiff in seiner jetzigen Position nicht mehr lange halten würde.

Der Kaw-djer sah nur noch eine winzige Chance:

nach Westen auszuweichen mit dem Ziel, die Südküste der Insel Hermitte zu erreichen. Denn diese etwa ein Dutzend Meilen lange Küste bietet einige Schlupfwinkel. Es war nicht ausgeschlossen, daß die *Jonathan* hinter einer der Landzungen ruhiges Gewässer finden würde. Dort könnte man besseres Wetter abwarten und bei günstigem Wind versuchen, zum Beagle-Kanal durchzukommen und das schwer havarierte Schiff durch die Magellanstraße zu lotsen und schließlich Punta-Arenas anzulaufen.

Aber was allein schon die Fahrt zur Insel Hermitte an Schwierigkeiten und Gefahren mit sich brachte! Wie sollte man an den zahllosen Riffen vorbeikommen, von denen diese Meere hier übersät sind? Wie sollte man exakten Kurs halten können – in dieser totalen Finsternis und mit einer Takelage, die aus einem einzigen Leinentuch am Fockmast bestand?

Nach einer Stunde voller Furcht und Grauen blieben die letzten Felsen der Insel Hoorn zurück, und die Brecher schlugen wieder über dem Schiff zusammen.

Der Obermaat und ein Dutzend Matrosen zogen ein Vorstagsegel hoch. Sie brauchten dazu eine geschlagene halbe Stunde. Mit unendlicher Mühe und vereinter Kraft wurde es gehißt, und die Wanten wurden angezogen.

Viel konnte man sich von so einem Stückchen Tuch nicht versprechen – bei einem Schiff dieser

Tonnage. Doch wider Erwarten blieb es nicht ganz ohne Wirkung. Der Sturm war so stark, daß die *Jonathan* die sieben oder acht Meilen, die das Schiff noch von der Insel Hermitte trennten, in einer knappen Stunde bewältigt hatte.

Es war kurz vor elf Uhr – und der Kaw-djer und Karroly begannen an den Erfolg ihres Versuches zu glauben. Da wurde das Heulen des Orkans plötzlich von einem furchtbaren Krachen übertönt:

Der Fockmast war zehn Fuß hoch über Deck gebrochen. Er stürzte, riß einen Teil des Toppmasts mit sich, zerschmetterte die Backbordreling und versank in den Wellen.

Diese neue Katastrophe forderte mehrere Opfer, und man hörte durchdringende Schreie. Gleichzeitig wurde die *Jonathan* von einer gewaltigen Woge erfaßt und so stark zur Seite gedrückt, daß sie zu kentern drohte.

Zwar richtete sie sich wieder auf, doch dabei ergoß sich eine wahre Springflut von Backbord nach Steuerbord und fegte vom Bug bis zum Heck alles mit sich hinunter, was lose auf Deck herumlag. Zum Glück auch die zerfetzte Takelage und die Trümmer der Maste. Sie wurden von den Wellen fortgeschwemmt und konnten den Rumpf nicht mehr leckschlagen.

Aber dafür war die *Jonathan* jetzt nur mehr ein Wrack ohne Ruderführung, das willenlos umhertrieb.

»Wir sind verloren!« rief eine Stimme.

»Und keine Boote!« jammerte eine andere.

»Doch«, schrie einer: »Die Schaluppe des Lotsen!«

Die Menge wälzte sich nach hinten, wo die *Wel-Kiej* im Kielwasser folgte.

»Halt!« befahl der Kaw-djer in einem Kommandoton, den alle augenblicklich respektierten.

Sofort versperrte der Obermaat mit einem Kordon Matrosen den kopflosen Passagieren den Weg. Und jetzt konnte man nichts mehr tun als abzuwarten, wie alles weiterging.

Eine Stunde lang geschah nichts. Dann konnte der Kaw-djer im Norden ein großes, schwarzes Massiv ausmachen.

Hatte ein Wunder die *Jonathan* unbeschädigt in die enge Rinne zwischen Herschell und Hermitte getrieben? Sicher war nur, daß man die Einfahrt passiert hatte – denn vor dem Bug ragte die Küste von Wollaston hoch. Aber da machte sich auch schon die Strömung bemerkbar, und wenig später lag die Insel bereits steuerbord.

Was wird stärker sein: der Wind oder die Strömung? Wird der Sturm die *Jonathan* im Osten auf die Insel Hoste werfen, oder wird das Schiff südlich davon vorbeitreiben?

Kurz vor ein Uhr in der Nacht erschütterte ein gewaltiger Stoß den Rumpf bis in die innersten Schotten hinein. Die *Jonathan* neigte sich nach Backbord und blieb so mit schwerer Schlagseite liegen.

Das amerikanische Schiff war an der Ostspitze der Insel Hoste, die den Namen Falsches Kap Hoorn trägt, auf ein Riff aufgelaufen und gestrandet.

FÜNFTES KAPITEL

DIE SCHIFFBRÜCHIGEN

Vierzehn Tage vor dieser Nacht vom 15. zum 16. März war der amerikanische Klipper *Jonathan* von *San Franzisko* in Kalifornien mit der Bestimmung Südafrika ausgelaufen. Bei günstiger Witterung schafft ein gutes Schiff diese Strecke in fünf Wochen.

Der 3500-Tonnen-Segler war betakelt mit vier Masten. Alle führten Rahsegel, der Besanmast außerdem noch Schratsegel: das Besan- und das Toppsegel.

Der Kommandant war Kapitän Leccar, ein erfahrener Seebär in den besten Jahren. Seinem Befehl unterstanden Musgrave, der Erste Offizier, Leutnant Maddison, Maat Hartlepool und eine Besatzung von siebenundzwanzig Mann, lauter Amerikaner.

Die *Jonathan* war nicht als Warentransporter gechartert worden. Sie hatte als Fracht eine Ladung Menschen an Bord.

Über tausend Auswanderer, zusammengetrommelt von einer sogenannten ›Gesellschaft für Kolonisation‹, hatten sich auf der *Jonathan* eingeschifft. Ihr Ziel war die Bucht von *Lagoa*, für die sie von der portugiesischen Regierung eine Besiedlungskonzession erhalten hatte.

Der Klipper führte außer dem notwendigen Reiseproviant alles mit sich, was eine Kolonie für den Anfang braucht. Der Lebensunterhalt der Emigranten war durch Vorräte an Mehl, Konserven und alkoholischen Getränken auf mehrere Monate hinaus gesichert. Die *Jonathan* hatte auch alles Erforderliche für erste Unterkünfte an Bord: Zelte, zerlegbare Baracken, Handwerkszeug, Haushaltsgegenstände.

Um eine baldige Nutzung der freigegebenen Gebiete zu gewährleisten, hatte die Gesellschaft nicht vergessen, den Siedlern auch landwirtschaftliche Geräte, Setzlinge verschiedener Pflanzen, Getreide- und Gemüsesamen und eine beachtliche Anzahl von Tieren mitzuliefern: Rinder, Schweine, Schafe – und alles mögliche Federvieh. Auch an Waffen und Munition hatte man gedacht – kurzum: Die Zukunft der neuen Kolonie war für eine angemessene Zeit gesichert.

Übrigens wollte man sie dann nicht einfach sich selber überlassen. Die *Jonathan* sollte nach ihrer Rückkehr in *San Franzisko* eine zweite Ladung als Nachschub für die erste fassen und – sobald sich Erfolge abzeichneten – laufend weitere Transporte zur Bucht von Lagoa durchführen. Es gibt ja genug arme Leute, denen das eigene Land keine Existenz mehr bietet und die dann alles unternehmen, um auf fremdem Boden Fuß zu fassen.

Vom ersten Tag an schienen sich Wind und Wellen gegen diese Reise verschworen zu haben. Schon die Fahrt entlang der Ostküste Südamerikas war rauh und mühsam.

Und dann geriet die *Jonathan* auf der Höhe von Kap Hoorn in einen der schlimmsten Stürme, die jemals über diese Gegend hinweggebraust waren.

Kapitän Leccar konnte den Sonnenstand – und damit seine genaue Position – nicht mehr ausmachen und glaubte, er sei schon ein gutes Stück südlich des Kaps. Er segelte deshalb ganz hart am Wind westlich, in der Hoffnung, vom Sturm rasch und ohne zu kreuzen in den Atlantik getrieben zu werden, wo das Wetter zweifellos besser war. Doch kaum hatte man diesen Kurs eingeschlagen, da brach eine haushohe Sturzwelle steuerbord über die Reling und spülte ihn und ein paar Matrosen und Passagiere über Bord. Man versuchte vergeblich, sie zu retten: Sekunden später war keiner mehr von ihnen zu sehen.

Nach dieser Katastrophe gab die *Jonathan* ihren ersten Schuß ab, und der Kaw-djer und seine Freunde hörten ihn.

Kapitän Leccar hatte also das Feuer auf dem Gipfel des Kaps noch nicht bzw. nicht mehr gesehen, denn sonst wäre ihm sein Irrtum klar geworden, und er hätte die notwendige Kurskorrektur vorgenommen.

Der Erste Offizier, Musgrave, der nach dem Ausfallen des Kapitäns das Kommando übernahm, versuchte steuerbord beizudrehen, um die offene See zu gewinnen. Das schien zunächst aussichtslos: Die Wellen gingen zu hoch, und im Orkan konnte man auch nicht die für ein solches Manöver unbedingt erforderlichen Segel setzen. Trotzdem war es nach wiederholten fruchtlosen Anstrengungen beinahe gelungen, aber da brachen die Heckmaste und rissen im Sturz Leutnant Maddison über Bord. Und im gleichen Augenblick traf eine im hohen Seegang hin und herschwingende Talje den Obermaat am Kopf und warf ihn bewußtlos auf die Brücke.

Den Rest wissen wir.

Und jetzt war die Reise der *Jonathan* zu Ende. Zwischen den Klippen festgekeilt, lag sie vor der Insel Hoste. Sie würde nie mehr freikommen.

Wie weit war es bis zum Land? Man mußte den neuen Tag abwarten. Gottseidank war die unmittelbare Gefahr vorüber: Das Schiff hatte sich so weit in die Riffe hineingerammt, daß die Wogen nur noch als harmlose Schaumspritzer zu ihm drangen. Es würde deshalb nicht auseinanderbrechen – wenigstens nicht in dieser Nacht. Auch sinken konnte es nicht, solange der kräftige Kiel nicht

durch das Gewicht des auf ihm liegenden Kolosses eingedrückt wurde.

Dem Kaw-djer gelang es mit Unterstützung des Obermaats Hartlepool, der aufgescheuchten Herde, die sich auf Deck zusammendrängte, die neue Situation klarzumachen. Einige der Auswanderer waren durch den Ruck beim Auflaufen des Schiffes über die Reling geschleudert worden, ein paar andere sprangen vor Schreck hinterher. Sie alle schlugen aufs Riff auf und trieben als verstümmelte Leichen in der Brandung.

Allmählich übte das Stillstehen des Schiffes auf die meisten doch eine beruhigende Wirkung aus. Immer mehr Männer, Frauen und Kinder suchten im Zwischendeck und unter den Planen Schutz vor dem Regen, der immer noch in Strömen auf das Wrack niederprasselte. Der Kaw-djer, Halg, Karroly und der Obermaat teilten sich in die Aufgabe, weiter über die Sicherheit aller zu wachen.

Wer von den Auswanderern unverletzt geblieben war, schlief erschöpft ein, sobald er irgendwo eine trockene Ecke gefunden hatte. Dieses arme Volk fiel gleich von einem Extrem ins andere: Es spürte über sich eine Kraft und Intelligenz, der man vertrauen durfte, und ihr fügte es sich und gehorchte blind. Mit der größten Selbstverständlichkeit lieferten sich die Schiffbrüchigen fügsam dem Kaw-djer aus und überließen ihm alle Sorgen und jede Entscheidung.

Die Katastrophe hatte sie ganz unvorbereitet überfallen. Und diese Menschen waren ja ebenso stark im Erdulden ihres elenden Alltags wie hilflos in der Konfrontierung mit dem Ungewöhnlichen. Unfähig und ungeübt in selbständigem Denken und Handeln, waren sie froh, wenn irgendeiner für sie aktiv wurde und ihnen sagte, was sie zu tun und zu lassen hatten.

Die meisten Emigranten kamen aus den Staaten Nordamerikas; es waren aber auch Franzosen unter ihnen, Italiener, Russen, Irländer, Engländer, Deutsche – sogar Japaner. Und der Verschiedenheit der Nationalität entsprach die Unterschiedlichkeit ihrer Berufe. Wenn auch die Mehrzahl dem Bauernstand angehörte, so war doch auch die Arbeiterklasse stark vertreten. Einige hatten sogar in selbständigen Berufen gearbeitet. Die meisten waren übrigens Junggesellen; es gab nur etwa hundert bis hundertfünfzig Familien – mit einer entsprechenden Schar von Kindern.

Alle aber konnte man unter einen gemeinsamen Nenner bringen: sie gehörten zum Strandgut des Lebens. Die einen waren die Opfer ihrer armseligen Herkunft, die anderen ihrer labilen Veranlagung. Manchen fehlte es einfach an Intelligenz oder Vitalität, wieder andere hatten unverdientes Pech gehabt und sich der veränderten Situation nicht anpassen können. Jeder wollte ein neues Glück unter neuen Sternen suchen.

Ein Mikrokosmos, dieser zusammengewürfelte Haufen! Ein Extrakt des Menschseins mit allen Ingredienzen, außer der des Reichtums und der gänzlicher Mittellosigkeit. Denn die ›Gesellschaft für Kolonisation‹ hatte von ihren Mitgliedern den Nachweis eines Mindestkapitals von fünfhundert Franken gefordert, von manchen nach Maßgabe ihrer finanziellen Möglichkeiten das Zwanzig- oder Dreißigfache.

Alles in allem: Es war eine willkürliche Ansammlung von Menschen – nicht besser und nicht schlechter als jede andere. Ein heterogener Haufen mit all seinen positiven und negativen Eigenschaften, Qualitäten und Schwächen. Der wirre Knäuel widersprüchlicher Wünsche und Gefühle, die anonyme Masse, aus deren Mitte sich manchmal ein einzelner Wille herauslöst und schöpferisch zu werden beginnt – so wie sich in den amorphen Wassermassen des Meeres plötzlich eine Strömung bildet und absondert.

Diese verlorene Herde, die der Zufall an eine kahle Küste geworfen hat – was wird aus ihr werden? Wie wird sie das ewige Problem des menschlichen Zusammenlebens zu lösen versuchen?

SECHSTES KAPITEL

AN LAND

Sogar aus dieser bizarren Landschaft sticht die Insel Hoste durch ihr phantastisches Relief hervor. Während das Nordufer zur Hälfte seiner Ausdehnung den Beagle-Kanal abgrenzt und einigermaßen geradlinig verläuft, ist die übrige Küstenlinie gespickt mit scharfen Felsnasen und zerfurcht von schmalen Fjorden, von denen einige fast die ganze Insel durchschneiden.

Hoste ist eine der größten Landmassen des Magellanischen Archipels. Ihre Länge mag auf über hundert, ihr Durchmesser etwa auf fünfzig Kilometer geschätzt werden – ohne die Halbinsel Hardy, die wie ein Türkensäbel im Südwesten unter dem Namen Falsches Kap Hoorn in den Pazifik hineinstößt.

Die *Jonathan* war im Osten dieser Halbinsel gestrandet – hinter dem ungeheuren Granitplateau, das sich zwischen der Bucht Orange und der Scotchwell-Bucht ausbreitet.

Im Morgengrauen tauchte ein wild zerklüftetes Gestade aus den Frühnebeln, die von den letzten Atemzügen des ersterbenden Orkans verjagt wurden. Die *Jonathan* lag am Ausläufer eines Vorgebirges, dessen steil zum Meer abfallender Hügelkamm in einem hohen Felsgerippe gipfelt. Am Strand türmten sich Haufen schwärzlicher Felsbrocken, überzogen von schleimigem Tang und Seegras. Zwischen den Klippen schimmerte feiner, noch feuchter Sand – übersät von Muschelschalen und Schnecken: Bohrmuscheln, Lochschnecken, Napfschnecken, Tritonshörnern, Kammmuscheln, Käferschnecken, Trogmuscheln, Venusmuscheln – und den vielen anderen Sorten, die es hier gibt.

Alles in allem: Auf den ersten Blick machte die

Insel Hoste keinen übertrieben gastfreundlichen Eindruck.

Sobald man in der aufkommenden Dämmerung Konturen der Küste unterscheiden konnte, kletterten die meisten der Schiffbrüchigen über die Reling, ließen sich hinunter auf die fast nackten Riffe und krabbelten an Land. Kein Mensch hätte sie zurückhalten können, so sehr brannten sie darauf, nach dieser grauenvollen Nacht endlich wieder festen Boden unter den Füßen zu spüren.

Etwa hundert versuchten auf den Hügel zu steigen; sie hofften, vom Gipfel aus ein weites Blickfeld zu haben. Von den übrigen lief ein Teil nach Süden auf die Landzunge hinaus, andere folgten dem Ufer in nördlicher Richtung. Die meisten blieben jedoch am Strand und starrten stumpfsinnig auf das Wrack der *Jonathan*.

Nur wenige der Auswanderer waren vernünftig und beherrscht und blieben an Bord. Ihre Blicke hingen am Kaw-djer, als erwarteten sie von ihm, dem Unbekannten, dessen Eingreifen sie ihre vorläufige Rettung verdankten, weitere Befehle.

Da er jedoch keine Anstalten traf, seine Unterredung mit dem Maat zu beenden, löste sich schließlich einer der Auswanderer aus der Vierergruppe, die in seiner Nähe stand und zu der auch zwei Frauen gehörten, und trat auf ihn zu.

Es war ein Mann von ungefähr fünfzig Jahren. An seinem Gesicht, seinem Auftreten – an tausend unmerklichen, aber ebenso untrüglichen Kleinigkeiten im Benehmen – war unmißverständlich zu erkennen, daß er aus einem anspruchsvolleren Milieu kam als seine Leidensgenossen.

»Monsieur«, sagte er zum Kaw-djer, »zunächst möchte ich Ihnen danken. Sie haben uns vor dem sicheren Tod gerettet. Ohne Ihre Hilfe und die Ihrer Freunde wären wir unweigerlich verloren gewesen.«

Der Ausdruck, die Stimme, das ganze Benehmen des Mannes stellten ihm das Zeugnis eines offenen und ehrlichen Menschen aus. Der Kaw-djer nahm die entgegengestreckte Hand und erwiderte auf englisch, so wie er angesprochen worden war:

»Wir freuen uns – mein Freund Karroly und ich –, daß wir dank unseren genauen Ortskenntnissen eine entsetzliche Katastrophe abwenden konnten.«

»Darf ich mich vorstellen: Ich bin Auswanderer und heiße Harry Rhodes. Und dort stehen meine Frau, meine Tochter und mein Sohn.« Er deutete auf die drei Leute, die er verlassen hatte, um den Kaw-djer anzusprechen.

»Meine beiden Freunde sind der Lotse Karroly und sein Sohn Halg – Feuerländer, wie Sie sehen«, erwiderte der Kaw-djer.

»Und Sie selber?«

» – Ich bin ein Freund der Indios. Sie nennen mich ›Kaw-djer‹. Einen anderen Namen habe ich nicht mehr.«

Harry Rhodes schaute seinen Partner erstaunt

an, und dieser antwortete mit einem kühlen, undurchdringlichen Blick. Ohne weitere persönliche Fragen zu stellen, wollte er seine Meinung hören.

»Was – glauben Sie – können wir im Augenblick tun?«

»Nicht viel«, meinte der Kaw-djer. »Wir sprachen gerade darüber, Mr. Hartlepool und ich. Auch er ist der Ansicht, daß alles vom Zustand der *Jonathan* abhängt. Wir machen uns zwar nicht mehr viel Illusionen; immerhin müssen wir das Schiff gründlich anschauen, bevor wir Entscheidungen treffen.«

»In welcher Gegend *Magellaniens* sind wir eigentlich gestrandet?« erkundigte sich Harry Rhodes.

»An der Südostküste der Insel Hoste.«

»Ist das in der Nähe der Magellanstraße?«

»Nein, das ist sogar sehr weit weg davon!«

»Teufel!« fluchte Harry Rhodes.

»Aber eben deshalb müssen wir uns zuerst vergewissern, ob überhaupt noch eine Chance besteht, die *Jonathan* wieder flottzumachen. Erst dann können wir irgendeinen Beschluß fassen.«

Damit stieg er die Klippen hinunter, Hartlepool, Harry Rhodes, Karroly und Halg folgten ihm. Sie kletterten an den Riffen um den Rumpf des Klippers herum und sahen sich die *Jonathan* von allen Seiten gründlich an.

Und bald gab es keinen Zweifel mehr: Das Schiff mußte als absolut verloren gelten. Der

Rumpf war an mindestens zwanzig Stellen eingedrückt und steuerbord fast in seiner ganzen Länge aufgeschlitzt – alles Schäden an der Eisenkonstruktion und deshalb nicht zu reparieren. Die *Jonathan* konnte nie mehr seetüchtig werden. Man mußte sie aufgeben – den Stürmen und den Brechern überlassen, die das Werk der Zerstörung rasch vollenden würden.

»Mein Vorschlag geht dahin«, sagte der Kaw-djer, »daß wir die Ladung löschen und an irgendeiner geschützten Stelle in die Felsen einlagern. Gleichzeitig setzen wir unsere Schaluppe wieder instand, die ja beim Aufprall auch ziemlich demoliert wurde. Sobald wir sie in Ordnung haben, bringt Karroly einen von Ihnen nach Punta-Arenas und macht dem Gouverneur Meldung von der Katastrophe. Und dieser wird dann zweifellos sofort alles Nötige veranlassen, um Sie alle aus dieser unangenehmen Lage zu befreien.«

»Das ist vernünftig gedacht und klug gesagt«, nickte Harry Rhodes.

Und der Kaw-djer fuhr fort: »Ich halte es für ratsam, diesen Plan sofort bekanntzugeben. Wenn Sie nichts dagegen haben, rufen wir alle am Strand zusammen.«

Es dauerte ziemlich lange, bis die verschiedenen Gruppen, die sich in alle Himmelsrichtungen verstreut hatten, wieder zurück waren. Und nur der Hunger hatte sie daran gehindert, ihre sinnlosen Exkursionen noch weiter auszudehnen.

Gegen neun Uhr waren alle wieder beim Schiff, und Harry Rhodes stieg auf einen Felsen und stellte von dieser Rednertribüne herunter den Vorschlag des Kaw-djer zur Diskussion.

Er fand keineswegs einhellige Zustimmung;

einige Leute schienen sogar ausgesprochen verärgert und äußerten lautstark ihr Mißfallen.

»Ein Schiff von dreitausend Tonnen ausladen – das fehlt uns noch, verdammt nochmal!« rief einer.

»Für wen hält man uns eigentlich?« schrie ein anderer.

»Als ob man nicht schon genug geschuftet hätte!« meinte ein dritter.

Schließlich übertönte eine Stimme das allgemeine Geschnatter:

»Ich bitte ums Wort!« sagte sie laut und in schlechtem Englisch.

»Nehmen Sie sich's!« antwortete Harry Rhodes, der den Namen des Sprechers nicht kannte, und stieg von seinem Piedestal herunter.

An seine Stelle trat ein Mann in den besten Jahren: nettes Gesicht, wasserblaue, träumerische Augen, enormer, kastanienbrauner Vollbart. Auf ihn war der Besitzer offensichtlich besonders stolz, denn er streichelte die gepflegten, seidig langen Haare liebevoll – mit einer Hand übrigens, die ebenso gepflegt und bestimmt noch nie von grober Arbeit beleidigt worden war.

»Genossen!« begann der Redner und ging auf und ab wie ehedem Cicero auf den Rostren, »der Unwille, dem einige von euch Ausdruck gegeben haben, ist mehr als verständlich. Denkt einmal daran, was man uns eigentlich hier zumutet: auf unbestimmte Zeit an einer Küste aus spitzen Steinen und schleimigem Tang ausgesetzt sein und dafür noch wie die Irrsinnigen an der Bergung von Fracht zu arbeiten, die uns selber gar nicht gehört! Warum die Rückkehr der Schaluppe abwarten? Soll sie uns doch lieber gleich gruppenweise nach Punta-Arenas bringen!«

»Recht hat er!« – »Ganz klarer Fall!« rief es aus der Menge.

Und der Kaw-djer, der mitten unter ihnen stand, rief: »Daß euch die *Wel-Kiej* zur Verfügung steht, ist selbstverständlich. Aber sie braucht zehn Jahre, um euch alle nach Punta-Arenas überzusetzen!«

»Also gut«, gab der Redner nach, »bleiben wir und warten ab. Aber das ist noch lange kein Grund, uns mit dem Löschen der Ladung abzurackern! Unser persönliches Eigentum, das holen wir natürlich heraus, aber alles andere? Was sind wir denn der Gesellschaft schuldig, der dieser ganze Krempel gehört: nichts! Im Gegenteil: Sie trägt die Verantwortung für unsere Katastrophe! Wäre sie nicht so geizig gewesen, hätte sie ein besseres Schiff gechartert, unter einem besseren Kapitän und einer besseren Mannschaft; dann säßen wir jetzt nicht hier! Aber das ist nun mal so, und selbst wenn es nicht so wäre: Vergeßt nie, daß wir zu dem zahllosen Heer der Ausgebeuteten gehören! Wollen wir uns auch hier wieder zum Schlachtvieh der Ausbeuter machen lassen?«

Dieses Argument schien einzuleuchten und blieb

nicht ohne Wirkung. »Bravo!« rief einer – andere lachten laut.

Der moderne Volkstribun war mit sich zufrieden und fuhr ermutigt fort: »Ja, wir Arbeiter der Faust sind die Sklaven« – bei diesen Worten hämmerte er sich emphatisch an die Brust –, »mit Frondiensten haben wir in unseren Vaterländern unser kärgliches Brot verdient! Mit unserm Schweiß haben wir es getränkt! Und wir wären Idioten, wollten wir uns jetzt das schwere Eisen aufladen, das Arbeiter wie wir gegossen haben, das aber nicht uns gehört, sondern Eigentum der kapitalistischen Unterdrücker ist, deren unersättlichem Egoismus wir es verdanken, daß wir unser Vaterland und unsere Familien im Stich lassen mußten!«

Wenn auch die Mehrzahl der Auswanderer von dieser demagogischen und in einem sehr fremdländisch akzentuierten Englisch vorgetragenen Tirade eher verwirrt als überzeugt schien, so gab es doch einzelne, die sehr beeindruckt waren. Besonders eine kleine geschlossene Gruppe am Fuß der Felsentribüne spendete aufgeregt Beifall.

Und wieder mußte der Kaw-djer die Dinge ins rechte Licht rücken.

»Für uns ist es im Augenblick völlig uninteressant, wem die Ladung der *Jonathan* gehört«, sagte er ganz ruhig. »Aber aus meiner Kenntnis dieses Landes heraus möchte ich nachdrücklich davor warnen, die wertvolle Fracht verderben zu lassen. Es sind lauter Dinge, die wir unter Umständen einmal sehr dringend brauchen können, denn keiner kann heute sagen, wie es hier in einigen Wochen oder Monaten aussehen wird.«

Da sein Vorredner offenbar nicht die Absicht hatte, die Diskussion fortzusetzen, bestieg Harry Rhodes wieder den Felsen und brachte den Vorschlag des Kaw-djer zur Abstimmung. Er wurde ohne weitere Gegenargumente fast einstimmig durch Handerheben zum Beschluß erklärt.

Harry Rhodes beugte sich zum Kaw-djer hinunter und gab dann dessen erste praktische Fragen weiter: »Er möchte wissen, ob es unter euch Schreiner gibt, die in der Lage und bereit wären, ihm bei der Ausbesserung der Schaluppe zu helfen.«

»Hier!« meldete sich ein Mann von kräftigem, gesundem Aussehen.

»Hier!« riefen fast gleichzeitig zwei andere und hoben die Hand.

»Der erste, der sich angeboten hat«, sagte Hartlepool zum Kaw-djer, »ist ein gewisser Smith, ein von der Gesellschaft angeheuerter Handwerker, der sehr ordentlich arbeitet. Die beiden anderen kenne ich nicht; einer von ihnen heißt – glaube ich – Hobard.«

»Und diesen – Redner kennen Sie auch nicht?«

»Nein. Ich weiß nur, daß er zu den Auswanderern gehört. Ein Franzose. Man hat mir seinen Namen gesagt: Beauval – aber ich kann mich auch irren.«

Der Obermaat irrte sich nicht: Der Mann hieß Beauval und war Franzose, und wir wollen hier seine Vergangenheit in wenigen Zeilen zusammenfassen.

Ferdinand Beauval hatte als Jurist begonnen. Und sicher wäre aus ihm ein tüchtiger und erfolgreicher Advokat geworden, denn es fehlte ihm weder an Intelligenz noch an Begabung.

Leider wurde er schon zu Beginn seiner Laufbahn von der Tarantel der Politik gestochen – und damit begann schon sein Unglück: Er mußte seinen ebenso glühenden wie konfusen Ehrgeiz stillen und vertauschte den Gerichtssaal mit dem Rednerpult radikaler Parteien und hielt öffentliche Versammlungen ab. Zweifellos wäre er mit der Zeit wie jeder andere seines Talents Abgeordneter geworden; aber dazu fehlten ihm die Geduld und die Mittel. Sein bescheidenes Vermögen war aufgebraucht, ehe der Erfolg seine Bemühungen gekrönt hatte. Er wußte nicht mehr ein noch aus und ließ sich in dubiose und kompromittierende Geschäfte und Affären ein. Und damit begann sein Abstieg, der ihn von Stufe zu Stufe erst in Geldverlegenheiten, dann in Not brachte und ihm schließlich keinen Ausweg mehr ließ als den Versuch, auf dem Boden des freien und gelobten Amerika ganz neu anzufangen.

Aber auch dort konnte er das Ruder nicht mehr herumwerfen. Nach einer deprimierenden Odyssee durch alle möglichen Städte und Berufe war er schließlich in San Franzisko gelandet. Und als sich selbst in dieser Stadt der tausend Möglichkeiten keine Tür öffnete, mußte er wohl oder übel weiter emigrieren.

Er hatte den Prospekt gelesen, der den ersten Siedlern der Kolonie von Lagoa goldene Berge und greifbare Wunder versprach, und es war ihm tatsächlich gelungen, das erforderliche Mindestkapital aufzutreiben und sich für den Auswanderertransport einzuschreiben.

Und nun war seine neue Hoffnung wieder zerschellt – zusammen mit der *Jonathan*. Er und ein großer Haufen anderer Schiffbrüchiger lagen an den Klippen der Halbinsel Hardy, und niemand hätte zu sagen gewußt, was aus ihnen werden sollte.

Eines jedoch konnte auch dieser letzte Fehlschlag nicht im geringsten erschüttern – und das war Ferdinand Beauvals Selbstvertrauen. Er glaubte wie eh und je an seinen guten Stern. Er hatte das glückliche Naturell, alle Mißerfolge der Bosheit, Undankbarkeit und Eifersucht seiner Umgebung zuzuschreiben. Nichts davon berührte seine Selbstsicherheit: Er war ein bedeutender Mensch – und eines Tages würde unter günstigeren Umständen sein Genie schließlich doch triumphieren.

Er wußte das und hatte deshalb seine demagogischen Talente – er nannte es bescheiden ›Menschenführung‹ – keinen Augenblick brachliegen lassen. Auch an Bord der *Jonathan* war er Tag und Nacht – bei jeder geeigneten und ungeeigneten Gelegenheit bemüht, den Samen der Propaganda mit vollem Munde ringsum auszustreuen. Gelegentlich mit so übervollem, daß Kapitän Leccar nicht umhin konnte, dagegen einzuschreiten.

Trotz dieser Behinderung seiner politischen Aufklärungsarbeit hatte Ferdinand Beauval zu Beginn der Reise, die dann so dramatisch enden sollte, einige kleine Erfolge. Ein paar seiner Leidensgefährten – wirklich nur eine Handvoll – war der suggestiven Eloquenz, durch die er stichhaltige Argumente zu ersetzen versuchte, zum Opfer gefallen. Und diese Gruppe bildete nun um seine Person einen kleinen Kreis von Jüngern, und der einzige Mangel bestand darin, daß dieser Kreis eben ganz klein war.

Beauvals Anhang wäre zweifellos zahlreicher gewesen, wenn der arme Pechvogel nicht an Bord der *Jonathan* einen gefährlichen Konkurrenten getroffen hätte.

Es war ein Nordamerikaner mit Namen Lewis Dorick, ein Mann mit glattrasiertem Kinn, eiskalten Zügen und von messerscharfer Beredsamkeit.

Er gab zwar ähnliche Theorien von sich wie Beauval, trieb sie aber viel konsequenter bis zum Extrem. Während der Franzose sich mit einem Sozialismus begnügte, in dem der Staat als alleiniger Unternehmer und Besitzer jedem seine Arbeit zuteilte, predigte der Amerikaner den reinen, unverfälschten Kommunismus: Nichts gehörte irgend jemandem – und damit besitzt jeder alles.

Zwischen diesen Soziologiepropheten gab es aber – neben der Unvereinbarkeit ihrer Lehrgebäude – einen weiteren Unterschied, der die beiden Führernaturen noch stärker und charakteristischer voneinander abhob: Beauval, der phantasievolle und sentimentale Romane, schwelgte in Worten und Träumen und dachte nicht daran, seine Maxime im eigenen Leben zu realisieren. Dorick dagegen war der mitleidlose, fanatische Sektierer und bildete deshalb – im Gegensatz zu Beauval, der die Masse wohl aufwiegeln, aber nie an ihre Spitze treten konnte und deshalb immer relativ harmlos bleiben würde – als Persönlichkeit eine stets akute Gefahr.

Dorick verstand die Gleichheit so, daß man dieses Wort hassen mußte. Er schaute nicht nach unten, sondern starrte unentwegt hinauf. Das elende Dasein, zu dem fast die ganze Menschheit verdammt ist, interessierte ihn überhaupt nicht. Nur daß es eine winzige Minderheit gab, die sozial über ihm stand, verbitterte ihn bis zur Raserei.

Es wäre sinnlos gewesen, vernünftig mit ihm reden zu wollen. Wer auch nur schüchtern wagte, ihm zu widersprechen, machte sich zu seinem unversöhnlichen Feind; und Dorick war durchaus der Mann, seine Gegner bei der ersten Gelegenheit zu liquidieren.

Er war im Grund ein armer Psychopath. Schon als Professor hatte er nicht widerstehen können, vom Katheder herunter statt Literatur und Geschichte zu lehren seine Hörer mit allen möglichen anarchistischen Hypothesen zu traktieren. Und nicht etwa als Diskussionsgrundlage, sondern als unumstößliche Prognosen, deren Verwirklichung man nur noch abzuwarten brauchte.

Diese Art von Lehrtätigkeit konnte natürlich nicht ohne Folgen bleiben. Dorick wurde zu seinem Rektor bestellt, der ihm Lob und Anerkennung aussprach und dabei zu verstehen gab, er möge die Universität wechseln.

Dorick tat es, und da gleiche Ursachen zu gleichen Folgen führen, hatte er bald seinen zweiten, wenig später seinen dritten Lehrstuhl eingebüßt – und so weiter. Schließlich waren ihm alle Türen verschlossen, und er stand auf der Straße: Der Universitätsprofessor war zum Auswandern verurteilt – schnürte seine Socken und seinen Karl Marx in ein Bündel und ging an Bord der *Jonathan*.

Im Verlauf der Überfahrt hatten Dorick und Beauval Parteigänger geworben; dieser durch seine glühend naive, pseudophilosophische Geschwätzigkeit, jener durch die imponierende Autorität des Wissenschaftlers, der überzeugen kann, er allein habe die unverfälschte Wahrheit gepachtet.

Die beiden Gruppen, die hinter ihnen standen, konnten sich gegenseitig nicht ausstehen. Sie wahrten mühsam die äußeren Formen, doch hinter ihrer verkrampften Höflichkeit brodelten Haß und Wut.

Wir waren Zeuge, wie Beauval nach dem Schiffbruch sofort die Chance ergriff, seinem Rivalen zuvorzukommen. Bei der ersten Gelegenheit hatte er die Tribüne erstiegen und das Wort ergriffen. Wenn er auch in der Sache selbst unrecht behielt, so hatte er sich doch in Szene gesetzt und damit seinem Gegner eins ausgewischt. Die Masse unterliegt am Ende ja immer der optischen Gewöhnung. Wer Führer werden will, muß sich diese Rolle nur lange genug selber zuschreiben – und dabei hartnäckig und rücksichtslos immer wieder sein Gesicht zeigen.

Während des kurzen Gesprächs zwischen dem Kaw-djer und Hartlepool hatte Harry Rhodes weiter zur Menge gesprochen.

»Der Vorschlag ist akzeptiert«, rief er von seinem Felsen herunter, »also müssen wir jetzt einen finden, der bei diesem Unternehmen das Kommando übernimmt. Unter den gegebenen Umständen einen Dreitausendfünfhunderttonner zu entladen ist keine Kleinigkeit. Seid Ihr einverstanden, daß Obermaat Hartlepool die Arbeit verteilt und die nötigen Anweisungen gibt? Wer dafür ist, soll die Hand erheben!«

Alle – mit wenigen Ausnahmen – hoben die Arme hoch.

»Das wäre also erledigt«, stellte Harry Rhodes

fest und wandte sich an den Obermaat: »Also – womit fangen wir an?«

»Wir gehen essen«, war die lakonische Antwort. »Zu dieser Arbeit braucht man Kraft.«

In wildem Durcheinander kletterten die Auswanderer an Bord, wo die Mannschaft eine Mahlzeit aus Konserven zusammenstellte und jedem seine Portion zuteilte. Hartlepool hatte inzwischen den Kaw-djer beiseite genommen.

»Erlauben Sie mir eine Bemerkung, Monsieur«, sagte er etwas bedrückt. »Ich bin sicher ein brauchbarer Seemann. Aber ich habe immer einen Kapitän gehabt.«

»Wie meinen Sie das?« fragte der Kaw-djer.

Hartlepools Gesicht wurde immer unglücklicher: »Ich bilde mir ein, jeden vernünftigen Befehl exakt durchführen zu können. Aber eigene Ideen – das ist nicht meine Stärke. Sie verstehen mich: Das Ruder führen – ja! Aber den Kurs festsetzen – das sind zweierlei Stiefel!«

Der Kaw-djer schaute den Obermaat aus halbgeschlossenen Augen an: Das war also einer von den Burschen, die er nicht verstand: die gescheit, stark und anständig waren – und doch einen Herrn über sich brauchten.

»Das heißt also«, stellte er fest, »Sie wollen gern die einzelnen Arbeiten verteilen, vorher aber allgemeine Anweisungen bekommen?«

»Genau das!« Hartlepool war erleichtert.

»Sehr einfach«, fuhr der Kaw-djer fort. »Wie viele Leute haben Sie zu Ihrer Verfügung?«

»In San Franzisko hatten wir vierunddreißig Mann Besatzung – einschließlich Offiziere, Koch und der beiden Schiffsjungen – und elfhundertfünfundneunzig Passagiere. Im ganzen also zwölfhundertneunundzwanzig Personen. Wie viele davon beim Orkan über Bord sind –?«

»Wir werden eine Zählung durchführen – später. Vorerst rechnen wir einmal mit rund zwölfhundert Leuten. Wenn wir die Frauen und Kinder weglassen, bleiben ungefähr siebenhundert Männer. Die teilen Sie am besten in zwei Gruppen. Mit der kleineren davon – sagen wir, zweihundert Mann – bleiben Sie an Bord und fangen an, die Ladung auf Deck zu schaffen. Inzwischen führe ich die andern schon in den Wald dort oben, und wir fällen etwa hundert Bäume, ästen sie ab und binden sie als Doppelschicht kreuzweise übereinander. So haben wir dann eine Reihe von Flößen, die wir koppeln können – zu einer Straße vom Schiff zum Strand. Bei Flut schwimmt sie als eine Art Pontonbrücke, bei Ebbe sitzt sie auf den Klippen auf, und wir müssen sie nur dort unterbauen, wo sie hohl liegt. Wenn wir alle Leute einsetzen, können wir das in drei Tagen geschafft haben.«

Hartlepool befolgte diese Anweisungen präzise und geschickt, und tatsächlich war die gesamte Ladung der *Jonathan* zu dem vom Kaw-djer bestimmten Termin – das heißt am Abend des 19. März – am Strand und außer Reichweite der Flut gestapelt. Zum Glück hatte eine Untersuchung ergeben, daß der Dampfkran noch intakt war, und das hatte die Hievmanöver mit den schweren Kisten und Ballen natürlich sehr vereinfacht.

Gleichzeitig wurde die Schaluppe von den drei

Zimmerleuten Smith, Hobard und Charley instand gesetzt und war ebenfalls am 19. März bereit, wieder in See zu stechen.

Als nächstes mußten die Auswanderer nun einen Mann bestimmen, der in Punta-Arenas den Schiffbruch melden und die gemeinsame Sache vertreten sollte. Das verschaffte Ferdinand Beauval wieder Gelegenheit, auf die Rednertribüne zu steigen und sich an die Wähler zu wenden. Aber auch diesmal hatte er entschieden Pech. Zwar konnte er mit einiger Genugtuung feststellen, daß sich etwa fünfzig für seine Person aussprachen, während Lewis Dorick – der übrigens nicht kandidiert hatte – keine einzige Stimme erhielt. Aber die Wahl fiel doch mit großer Mehrheit auf einen gewissen Germain Rivière, einen Bauern französisch-kanadischer Abstammung, der eine Tochter und vier prächtige Söhne zurückließ. Von ihm wußten die Leute zumindest mit Sicherheit, daß er zurückkommen würde.

Unter Führung von Karroly, der Halg und den Kaw-djer auf der Insel Hoste zurückließ, ging die *Wel-Kiej* am Morgen des 20. März unter Segel.

Und auf der Insel fing man an, sich provisorisch einzurichten. Man dachte ja nicht an die Gründung einer Niederlassung – es ging nur darum, die Rückkehr der Schaluppe abzuwarten, deren Fahrt ungefähr drei Wochen dauern würde.

Man plagte sich auch nicht mit der Aufstellung der zerlegten Baracken, sondern behalf sich mit den Zelten, die man in den unteren Schiffsräumen gefunden hatte. Als Überdächer spannte man die Ersatzsegel, die im Überfluß vorhanden waren – und das genügte, um alle vor Wind und Wetter zu schützen und auch die verderblichen Vorräte abzudecken.

Man vergaß auch nicht, aus Drahtgittern Hühnerhöfe zu improvisieren und aus Seilen und Pfählen Umzäunungen für die Zwei- und Vierbeiner aufzustellen, die die *Jonathan* mitgeführt hatte.

Man sieht, dieser Haufen Leute war nicht in der Lage von Schiffbrüchigen, die ohne Hilfe und Hoffnung an ein ödes Gestade verschlagen werden. Das Unglück hatte sich im feuerländischen Archipel ereignet – an einem auf allen Seekarten genau fixierten Punkt, höchstens hundert Meilen von Punta-Arenas entfernt. Und alles zum Leben unmittelbar Notwendige war vorhanden.

Die Umstände rechtfertigten also keinerlei ernsthafte Besorgnis – und abgesehen von dem etwas rauheren Klima konnten die Auswanderer bis zum nahe bevorstehenden Tag ihrer Rückkehr in die Heimat hier genau so leben, wie sie die ersten Wochen nach der Gründung ihrer Kolonie auf afrikanischem Boden gelebt hätten.

Natürlich hatten auch Halg und der Kaw-djer bei der Entladung des Schiffes kräftig Hand angelegt, und besonders die Hilfe des Kaw-djer war sehr nützlich gewesen. Bei all seiner Bescheidenheit und Bemühung, sich immer im Hintergrund zu halten, war seine Überlegenheit so offensichtlich, daß sie ihm unter den gegebenen Umständen eine gewisse Führungsrolle einfach aufdrängte. Man brauchte seine Erfahrung und seine guten Einfälle und nahm sie selbstverständlich in Anspruch.

Ob es um den Transport einer besonders schweren oder sperrigen Last ging, um die Stapelung von Kisten und Ballen oder um das Aufrichten der Zelte – immer kam man zu ihm. Und nicht etwa nur Hartlepool, sondern vor allem die vielen armen und hilflosen Leute, die bisher mit Arbeiten dieser Art nie etwas zu tun gehabt hatten.

Die Notunterkünfte waren so weit eingerichtet, als am 24. März der Himmel eine neue Kostprobe seiner unerschöpflichen Reserven verabreichte. Dreimal vierundzwanzig Stunden lang fiel ein Dauerplatzregen, und der Sturm zerrte an den Zelten. Als sich das Unwetter etwas beruhigt hatte, suchte man vergeblich nach der *Jonathan* auf ihrer Klippenbank. Nur noch ein Skelett aus Blech und Eisenbalken blieb übrig von dem stolzen Klipper, dessen Kiel noch vor wenigen Tagen munter die Wellen gepflügt hatte.

Obwohl alles, was irgendwelchen Wert hatte, aus dem Schiff geborgen war, betrachteten die Auswanderer das häßliche Gerippe mit einiger Wehmut: Jetzt waren sie völlig isoliert und unwiderruflich getrennt von der Menschheit. Falls der Schaluppe etwas zustieß, würde vielleicht nie irgend jemand erfahren, was aus ihnen geworden war.

Auf den Sturm folgte eine Periode völliger Windstille, und man nahm diese Gelegenheit wahr, endlich die genaue Zählung der Überlebenden durchzuführen.

Hartlepool rief die Namen auf und hakte sie im Schiffsregister ab. Das Ergebnis: Die Katastrophe hatte einunddreißig Opfer gefordert – fünfzehn Mann der Besatzung und sechzehn Passagiere. Es blieben also elfhundertneunundsiebzig Passagiere und neunzehn Mann der ursprünglich vierunddreißigköpfigen Besatzung. Wenn man dieser Ziffer noch die beiden Feuerländer und den Kaw-djer hinzufügte, so betrug die Bevölkerungszahl der Insel Hoste insgesamt zwölfhundertundeins: Männer, Frauen und Kinder.

Der Kaw-djer wollte die günstige Witterung nicht ungenützt vorübergehen lassen, ohne die nähere Umgebung des Lagers auszukundschaften. Hartlepool, Harry Rhodes, Halg und drei Auswanderer – der Italiener Gimelli, der Amerikaner Gordon und der Russe Iwanoff – sollten ihn auf dieser Exkursion begleiten. Aber da tauchten im letzten Augenblick zwei weitere – unvorhergesehene – Kandidaten auf.

Der Kaw-djer war schon unterwegs zu dem vereinbarten Treffpunkt, als zwei ungefähr zehnjährige kleine Jungen im Gänsemarsch auf ihn zukamen und ihm den Weg abschnitten. Der eine der beiden marschierte, die Nase verwegen in der Luft, mit unternehmungslustigen Schritten und lebhaften Blicken drauflos und sah in seinem Eifer sehr komisch aus. Der andere – ein zartes, schüchternes Kerlchen – konnte kaum folgen.

Der kleine Anführer stand vor dem Kaw-djer und reckte die Nase noch höher.

»Exzellenz –«, sagte er.

Der Kaw-djer lachte über diese unerwartete Anrede und schaute sich den Kleinen genauer an. Dieser erwiderte seinen Blick ohne das geringste Zeichen von Verlegenheit.

»Exzellenz?« wiederholte der Kaw-djer. »Warum denn Exzellenz?«

Der Junge schien erstaunt.

»Das ist doch die Anrede für Könige, Minister und Bischöfe?« meinte er, und seine Stimme verriet Besorgnis: Hatte er doch etwas falsch gemacht?

»Unsinn!« Der Kaw-djer war ein bißchen verärgert. »Wer sagt dir, daß man irgendeinen Menschen mit Exzellenz anreden muß?«

»Es steht in der Zeitung«, antwortete der Junge, ohne zu zögern.

»Was – Du liest Zeitungen?«

»Warum nicht? – Wenn man mir welche gibt?«

»Aha!« Der Kaw-djer war verblüfft. »Wie heißt du denn?«

»Dick!«

»Wie noch?«

Der Junge verstand nicht.

»Ich meine – wie heißt dein Vater?«

»Hab' ich keinen.«

»Dann also deine Mutter?«

»Hab ich auch nicht, Exzellenz!«

»Schon wieder – Exzellenz!« lachte der Kaw-djer und fand mehr und mehr Gefallen an dem kleinen Kauz. »Hör mal: Ich bin kein König und kein Minister. Und auch kein Bischof!«

»Aber der Gouverneur!« versicherte der Kleine.

Gouverneur? – Das war dem Kaw-djer völlig neu!

»Wie kommst du denn auf diese komische Idee?«

Dick wurde unsicher.

»Na?« Der Kaw-djer ließ nicht locker.

Und Dick antwortete zögernd: »Ich weiß nicht –«, stotterte er. »Weil Sie hier regieren! – Außerdem – alle nennen Sie so!«

»Was du nicht sagst!« protestierte der Kaw-djer und wurde wieder ernst: »Hör mal, Kleiner, das stimmt alles nicht! Ich bin hier genau so viel und so gut wie jeder andere. Hier gibt es keinen, der regiert. Hier gibt es keinen Herrn!«

Dick schaute den Kaw-djer aus großen ungläubigen Augen an. Wie war es möglich, daß es keinen Herrn gab? Wie sollte das Kind, für das die Menschheit bisher nur aus Befehlen und Gehorchen bestanden hatte, so etwas begreifen? Eine Gesellschaft ohne Könige und Minister? Eine Herde ohne Leithammel?

»Hast du verstanden: Es gibt keinen Herrn auf

dieser Insel!« Der Kaw-djer wiederholte es noch einmal mit Nachdruck und fragte dann nach einer kurzen Pause: »Wo bist du denn zur Welt gekommen?«

»Weiß ich nicht!«

»Aber wie alt du bist –?«

»Ich glaube, beinahe elf!«

»Weißt du das bestimmt?«

»Nein.«

»Und dein Kamerad hinter dir – steht dort, als wollte er Wurzeln schlagen –, wie heißt er?«

»Sand!«

»Dein Bruder?«

»So ungefähr – oder mein Freund.«

»Seid ihr miteinander erzogen worden?«

»Erzogen?« Dick schüttelte sich, als hätte man ihn schwer beleidigt. »Wir sind nicht erzogen worden, Monsieur!«

Der Kaw-djer erschrak: Welche Verbitterung lag in den paar Worten, die der Junge ausgestoßen hatte, und wie stand das Kind vor ihm: ein junger Hahn mit wütend gesträubten Federn!

»Wo hast du ihn denn getroffen?«

»In Frisko – am Kai!«

»Ist das lange her?«

»O ja – sehr lange. Wir waren noch klein«, erwiderte Dick und kramte in seinem Gedächtnis: »Mindestens ein halbes Jahr.«

»Allerdings – das ist sehr lange«, bestätigte der Kaw-djer und verzog keine Miene.

Dann wandte er sich an den stummen Freund des seltsamen kleinen Mannes.

»Und was ist mit dir?« fragte er ihn. »Und nenn du mich bloß nicht auch noch Exzellenz! – Na? Du hast wohl die Zunge verschluckt?!«

»Nein, Monsieur«, stammelte der Zwerg und drehte seine Matrosenmütze in den Händen.

»Warum sagst du dann nichts?«

»Er ist halt schüchtern, Monsieur.«

Mit welch mitleidiger Überlegenheit der Größere dieses Urteil fällte!

»So – schüchtern ist er also?« lachte der Kaw-djer: »Aber du bist nicht schüchtern?«

»Überhaupt nicht«, antwortete Dick mit schlichter Selbstverständlichkeit.

»Das darf man auch – weiß Gott – nicht sein! Aber nun sagt mal, ihr beiden, was macht ihr eigentlich hier?«

»Wir sind die Schiffsjungen, Monsieur!«

Der Kaw-djer erinnerte sich, daß Hartlepool tatsächlich zwei Schiffsjungen erwähnt hatte, die zur Besatzung der *Jonathan* gehörten. Sie waren ihm unter den Kindern der Auswanderer bisher nicht aufgefallen. Aber nachdem sie ihn jetzt aufsuchten und ansprachen, wollten sie offenbar etwas von ihm.

»Kann ich irgend etwas für euch tun?« fragte er.

Wieder war es Dick, der den Wortführer spielte.

»Wir möchten mit Ihnen – wie Monsieur Hartlepool und Monsieur Rhodes!«

»Warum denn?«

Dicks Augen glänzten.

»Wir wollen was sehen!«

Sie wollten etwas sehen! Eine Welt lag in diesen Worten. Alle kindlichen Wunschträume, alles gierige Verlangen nach dem Unbekannten und nach dem Abenteuer. Dicks Gesicht war eine einzige flehende Bitte – die ganz kleine Person ein einziger brennender Wunsch.

»Und du?« wandte sich der Kaw-djer an den Spielkameraden, »du willst wahrscheinlich auch etwas sehen?«

»Nein, Monsieur.«

»Was willst du dann?«

»Bei ihm sein«, antwortete das Kind leise.

»Bei Dick? – Du magst ihn gern?«

»Ja, Monsieur – sehr!« versicherte Sand mit einer für sein Alter bemerkenswert ernsten und ausdrucksvollen Stimme.

Der Kaw-djer betrachtete die beiden Jungen mit wachsendem Interesse. Ein drolliges Pärchen! Aber nett und irgendwie rührend. Schließlich fällte er seinen Spruch:

»Also – dann kommt mit!«

»Es lebe der Gouverneur!« schrien sie, warfen ihre Mützen in die Luft und hüpften umher wie kleine Ziegenböcke.

Von Hartlepool erfuhr dann der Kaw-djer die kurze Lebensgeschichte seiner beiden neuen Freunde – wenigstens soweit sich der Maat selber informieren konnte; aber das war bestimmt mehr, als die Betroffenen selber wußten.

Es waren Kinder, die von ihren Eltern irgendwann an irgendeiner Landstraße ausgesetzt wurden und durch unerklärliche Zufälle am Leben blieben. Sie hatten sich mit allen möglichen kleinen Handreichungen durchgeschlagen: als Schuhputzer, Botenjungen, Kutschenschlagöffner, Feldblumenverkäufer – lauter Beschäftigungen, die für so kleine Köpfe ein erstaunliches Maß an Intelligenz und Einfallsreichtum voraussetzten. Die meiste Zeit hatten sie allerdings ihr tägliches Brot wie die Spatzen auf dem Straßenpflaster von San Franzisko aufgepickt.

Noch vor sechs Monaten hatte keiner der beiden vom traurigen Dasein des anderen gewußt. Da führte sie ein plötzlicher Zufall zusammen, und zwar unter Umständen, die man als wahnsinnig aufregend bezeichnen würde, wenn die Akteure einer höheren Gesellschaftsschicht angehörten.

Dick schlenderte über den Kai – Hände in den Taschen, Mütze schief überm Ohr – und pfiff die Melodie eines bekannten Chansons.

Und bemerkte den winzigen Sand, wie er von einem Hund verfolgt wurde, der ihn mit drohenden Zähnen anfletschte. Zu Tode erschrocken stolperte der Kleine rückwärts und versteckte weinend den Kopf in den Armen.

Dick zögerte keinen Augenblick: Mit einem Sprung war er bei ihm und stellte sich zwischen das hilflose Opfer und den fürchterlichen Angreifer. Wie ein Baum pflanzte er sich auf seinen kurzen Beinen auf und fixierte den Köter aus wütend entschlossenen Augen.

Ob sich das Tier durch dieses Übermaß an Courage und Selbstbewußtsein wirklich einschüchtern ließ? Tatsache ist, daß es böse knurrend zurückwich und schließlich mit eingezogenem Schwanz das Weite suchte.

Damit war für Dick der Fall erledigt; er ließ sich herab, den Kleinen anzusprechen.

»Wie heißt du?«

»Sand«, schluchzte das Kind. »Und du?«

»Ich bin Dick. Wenn du willst, können wir Freunde sein.«

Statt einer Antwort warf sich Sand seinem Helden in die Arme – und damit war eine ewige und unzerstörbare Freundschaft besiegelt.

Hartlepool hatte diese Szene aus einiger Entfernung beobachtet. Er fragte die beiden Kinder aus und erfuhr so ihre trostlose Vergangenheit. Da er Dicks couragierten Auftritt bewunderte und dem Jungen weiterhelfen wollte, bot er ihm die Heuer als Schiffsjunge an – auf der *Josuah Brener*, einem Dreimaster, zu dessen Besatzung er gehörte. Aber schon beim ersten Wort hatte Dick die Bedingung gestellt, auch sein neuer Freund müsse mitkommen. Hartlepool blieb nichts übrig als nachzugeben, und er hatte seine beiden unzertrennlichen Schützlinge dann auch mitgenommen, als er selber von der *Josuah Brener* auf die *Jonathan* überwechselte.

Er kümmerte sich um die Kinder, soweit es seine Zeit erlaubte, brachte ihnen vor allem Lesen und Schreiben bei – das heißt beinahe alles, was er selbst konnte.

Und seine Bemühungen machten sich bezahlt. Er konnte mit den beiden Jungen mehr als zufrieden sein; sie lohnten ihm seine Hilfe durch leidenschaftliche Anhänglichkeit.

Natürlich waren beide sehr verschieden – aber jeder von ihnen entwickelte sich bald zu einer kleinen Persönlichkeit: Dick war wild, rasch beleidigt, immer kampfbereit – Sand war still, bescheiden, furchtsam. Der eine war der Protektor des andern. Aber beide taten ihre Arbeit mit bemerkenswertem Pflichtbewußtsein und hegten die gleiche Zuneigung zu ihrem großen Freund, dem Obermaat Hartlepool.

Und nun gehörten sie also zu den Teilnehmern der Exkursion.

In den frühen Morgenstunden des 28. März brach die Gruppe auf. Man hatte nicht den Ehrgeiz, die gesamte Insel zu erkunden; man wollte nur die Gegend rings um das Lager kennenlernen.

Der Kaw-djer und seine Männer stiegen erst auf den Mittelkamm der Halbinsel Hardy und dann hinunter zur Westküste. Dann folgten sie dem Strand in nördlicher Richtung, um schließlich die südliche Hälfte der eigentlichen Insel zu durchqueren. Zuletzt kamen sie von der andern Seite her wieder zum Lagerplatz zurück.

Schon nach wenigen Kilometern konnten sie die beruhigende Feststellung treffen, daß man diese Insel nicht nach dem unwirtlichen Anblick beurteilen durfte, den der Landeplatz bot – und dieser Eindruck verstärkte sich, je weiter sie nach Norden vordrangen. War die Halbinsel Hardy bis hinunter zum Falschen Kap Hoorn eine nackte Steinwüste, so ging die Landschaft nach Nordwesten zu bald in grüne Hügelketten über.

Weite Wiesenflächen am Fuß bewaldeter Berge lösten die tangüberzogenen Felsen und mit Heidekraut bewachsenen Schluchten ab. Vereinzelt wuchsen sogar schon gelbblühender Ginster und Seeastern mit blauen und violetten Köpfen, das Kreuzkraut wurde meterhoch und überwucherte Myriaden von Zwergpflanzen: Pantoffelblumen, Goldregen, Pfriemengras, winzige Pimpernellen in voller Blüte. Der Boden war ein üppig dichter, samtweicher Rasenteppich, der Tausenden von Kühen, Ziegen oder Schafen Nahrung geboten hätte.

Die kleine Expedition hatte sich zwanglos in Gruppen aufgelöst, zwischen denen Dick und Sand hin und herrannten und auf diese Weise den Weg doppelt und dreifach zurücklegten.

Am schweigsamsten war die Gruppe der drei Bauern. Sie sprachen nur selten ein Wort und staunten nur über dieses seltsame Land.

Auch der Kaw-djer, den Halg und Rhodes begleiteten, sagte nicht viel. Bei ihm war es die gewohnte Zurückhaltung, die ihn übrigens nicht hinderte, für die Familie Rhodes die größte Sympathie zu empfinden. Diese Leute gefielen ihm besonders: die ernste und gutmütige Mama, der achtzehnjährige Edward und die fünfzehnjährige Clary, zwei frische, ehrliche Gesichter; und der Vater – ein gescheiter Mann, dem jeder sofort Respekt und Vertrauen entgegenbringen mußte.

Mit ihm unterhielt sich schließlich der Kaw-djer eingehend über das, was im Augenblick von allgemeinem Interesse war. Harry Rhodes nutzte die Gelegenheit, Näheres über Magellanien zu erfahren, und berichtete dafür detailliert über die Auswanderer – ihre Herkunft, Lebensweise und Besonderheiten. So hörte der Kaw-djer manches, was er bisher nur vermuten konnte.

Zum Beispiel erfuhr er jetzt erst, daß Harry Rhodes ein vermögender Mann gewesen und als Fünfzigjähriger durch Fehlspekulationen seiner Geschäftspartner ganz plötzlich ruiniert und gezwungen worden war, nach diesem unverschuldeten Bankrott auszuwandern, um für seine Familie eine neue Existenz aufzubauen – oder es wenigstens zu versuchen.

Es stellte sich auch heraus, daß Harry Rhodes sämtliche Unterlagen von Bord gerettet hatte, so daß man sich von der soziologischen Zusammensetzung der Schiffbrüchigen endlich ein genaues Bild machen konnte.

Wenn man die Toten nicht mehr mitzählte, ergab sich für die Passagiere der *Jonathan* – was ihre früheren Berufe anging – folgendes:

Siebenhundertfünfzig Bauern, unter ihnen fünf Japaner. Hundertvierzehn waren verheiratet und hatten ihre Frauen und Kinder dabei. Von den Kindern waren einige erwachsen, die übrigen minderjährig – im ganzen zweihundertzweiundsechzig.

Drei Vertreter freier Berufe waren registriert, außerdem fünf ehemalige Rentner und schließlich einundvierzig Handwerker.

Dazu kamen vier weitere Handwerker, die aber nicht zu den Auswanderern gehörten: ein Maurer, ein Zimmermann, ein Schreiner und ein Schlosser. Sie waren von der Gesellschaft angeworben worden – als Fachkräfte für den Aufbau der Kolonie.

Es hatten also elfhundertneunundsiebzig Passagiere überlebt, und diese Ziffer stimmte mit der Zählung überein.

Harry Rhodes konnte über die Statistik hinaus nähere Angaben machen. Die meisten Bauern hatte er allerdings nicht näher beobachtet. Es war ihm nur aufgefallen, daß die Brüder Moore, von denen sich der eine beim Löschen der Ladung durch besondere Brutalität hervorgetan hatte, eine unangenehme und jähzornige Bande zu sein schienen und im Gegensatz zu ihnen die Familien Rivière,

Gimelli, Gordon und Iwanoff offensichtlich brave, gesunde und arbeitswillige Leute waren.

Alle andern gingen in der Masse unter. Sicher waren auch unter ihnen Tugenden und Laster sehr unterschiedlich verteilt, und wahrscheinlich bildeten Trunkenheit und Faulheit die hauptsächlichsten Übel. Doch hatten sich bisher noch keine schwerwiegenden Zwischenfälle ereignet, und so konnte man sich über die einzelnen noch kein endgültiges Urteil bilden.

Genaueres wußte Harry Rhodes über die anderen Berufsgruppen zu berichten. Die vier von der Gesellschaft angestellten Facharbeiter gehörten zur Elite – sie waren hervorragende Spezialisten. Und das konnte man von ihren Kollegen unter den Auswanderern leider nicht sagen – zumindest dem Augenschein nach. Die meisten von ihnen liefen mit unzufriedenen Gesichtern herum und machten ganz den Eindruck, als seien sie zeitlebens in der Kneipe eher zu Hause gewesen als in der Werkstatt. Zwei oder drei hatten sogar die Physiognomie ausgekochter Ganoven und waren sicher nur dem Namen nach Handwerker.

Von den fünf Rentnern stellte allein die Familie Rhodes vier. Der fünfte war ein gewisser John Rame, und ihn konnte man als ein deprimierendes Resultat des ›allzu süßen Lebens‹ bezeichnen. Höchstens fünfundzwanzig Jahre alt, hatte er sein Vermögen bis auf den letzten Heller durchgebracht, und man fragte sich, was dieses ausgelaugte, völlig lebensuntüchtig gewordene menschliche Wrack bewogen haben mochte, sich den Auswanderern anzuschließen.

Blieben also noch die drei ›freischaffenden Versager‹. Sie kamen aus Deutschland, Amerika und Frankreich.

Der Deutsche hieß Fritz Groß. Er war unheilbar dem Suff verfallen und durch sein chronisches Trinken so heruntergekommen, daß es unbeschreiblich abstoßend wirkte, wenn er so aufgedunsen durch die Gegend torkelte. Sein ungeheurer Trommelbauch war ständig vom Speichel bekleckert, der ihm aus beiden Mundwinkeln rann. Das Gesicht war blaurot, der Schädel kahl, die Zähne schwarz, und die Backen hingen schlaff über das nicht vorhandene Kinn. Seine schmierigen, unförmigen Wurstfinger vibrierten unablässig.

Sogar unter dieser nicht gerade aristokratischen Gesellschaft hatte er durch seine sagenhafte Verdrecktheit bald einen gewissen Ruf erworben.

Er war Musiker – Violonist. Und ab und zu wurde er für ganz kurze Zeit zum begnadeten Künstler. Denn nur seine Geige vermochte es noch, den *homo sapiens* in ihm vorübergehend aufleuchten zu lassen.

Oft kroch er zu ihr hin, streichelte sie schweigend, wiegte sie liebevoll in den Armen. Doch war es seinen konvulsivisch zuckenden Händen nicht mehr möglich, auch nur einen einzigen reinen Ton auf ihr zu streichen.

Dann trank er noch mehr, und in der Bewußtlosigkeit des letzten Alkoholdeliriums wurden endlich seine Bewegungen kontrolliert, seine Hände ruhig. Inspiration brachte das Genie zum Vibrieren, und dann entlockte er seinem Instrument Zauberklänge. Zweimal war Harry Rhodes Zeuge dieses Wunders gewesen.

Die beiden andern – den Franzosen und den Amerikaner – kennen wir. Es waren Ferdinand Beauval und Lewis Dorick. Harry Rhodes versäumte es nicht, den Kaw-djer auf ihre revolutionären Umtriebe hinzuweisen.

»Finden Sie nicht«, meinte er abschließend, »man sollte gewisse Vorkehrungen treffen gegen die Agitation dieser beiden Anarchisten? Schon auf dem Schiff haben sie die Leute verrückt gemacht!«

»An welche Art von Vorkehrungen dachten Sie?« fragte der Kaw-djer.

»Nun, zuerst müßte man sie energisch ermahnen und sie auf jeden Fall sorgfältig beobachten. Wenn das nichts nützt, sollte man sie überwachen, so daß sie keine Möglichkeit mehr hätten, ihre Thesen öffentlich zu propagieren. Notfalls sperrt man sie ein!«

»Donnerwetter!« sagte der Kaw-djer. »Sie gehen ja scharf ran! Ich möchte wissen, wer von uns sich das Recht herausnehmen darf, dem andern die persönliche Freiheit einzuschränken?«

»Jeder, den der andere in Gefahr bringt, hat dieses Recht!« entgegnete Harry Rhodes.

»Und worin erblicken Sie eine Gefahr – beziehungsweise auch nur die Möglichkeit einer solchen?« wollte der Kaw-djer wissen.

»Wo ich sie erblicke? In der Aufhetzung dieser ignoranten armen Teufel, die man übers Ohr hauen kann wie kleine Kinder, die sich von jeder dummen Phrase einwickeln lassen, wenn man ihnen nur sagt, was sie hören wollen!«

»Wozu sollte man sie überhaupt aufhetzen?«

»Den andern ihr Eigentum wegzunehmen!«

»Ach – es gibt hier Eigentum?« fragte der Kaw-djer mit deutlicher Ironie. »Das wußte ich gar nicht. Ich dachte immer – hier, wo keinem etwas gehört, hätte der Kaiser sein Recht verloren!«

»Immerhin gibt es hier die Ladung der *Jonathan.*«

»Die ist Allgemeingut und steht – im Notfall – jedem zur Verfügung. Alle wissen das, und keinem wird es jemals einfallen, sich daran zu vergreifen.«

»Hoffentlich kommt es nicht zu dem Notfall, der Ihnen beweisen würde, daß Sie sich irren!« beendete Rhodes diese unerwartete Kontroverse und gab noch zu bedenken: »Im übrigen brauchen solche Typen wie Beauval und Dorick als Vorwand gar keine materiellen Interessen. Ihr Motor ist das negative Vergnügen an sich – verbunden mit der Lust zu schaden und dem Rauschgefühl, über andere zu herrschen.«

»Fluch und Schande jedem, der so denkt!« rief der Kaw-djer in plötzlich ausbrechender Wut.

»Wer den andern beherrschen will, hat selber kein Recht zu leben!«

Verblüfft sah Harry Rhodes den Kaw-djer an: Was für wilde Leidenschaften mußten in diesem Mann schlummern, der sich doch sonst mit jedem Wort und jeder Geste so vorbildlich unter Kontrolle hielt!

»Dann müßte man zuerst einmal Beauval umbringen«, sagte er nun seinerseits nicht ohne Ironie. »Denn hinter der Maske einer totalen Gleichheit verfolgt dieser Schwätzer doch nur das eine Ziel: die Revolutionäre – das heißt sich selber – an die Macht zu bringen und diese Macht dann zu zementieren!«

»Beauvals ideologisches Gebäude ist ein infantiles Kartenhaus«, rief der Kaw-djer verärgert. »Es läuft auf eine soziologische Umschichtung hinaus – das ist alles! Und deshalb sind solche Versuche lächerlich! Wie auch immer man eine Gesellschaft organisiert – Ungleichheit, Ungerechtigkeit und Dummheit bleiben bei jedem System die gleichen.«

Harry Rhodes erschrak:

»Aber Sie tendieren doch nicht etwa zu den Ideen eines Lewis Dorick? Sie wollen doch nicht, daß wir auf die Stufe von Wilden zurücksinken? Daß das gesellschaftliche Zusammenleben wieder auf die zufällige Zusammenballung von Individuen ohne gegenseitige Beziehungen und Verpflichtungen reduziert wird? Sehen Sie nicht ein, daß der Boden, auf dem solche Vorstellungen gedeihen, nur der Haß sein kann und der Neid?«

»Wenn Dorick den Haß zur Grundlage seiner Überlegungen macht, ist er ein Idiot«, entgegnete der Kaw-djer gelassen. »Was soll überhaupt dieser ganze Unsinn? Da kommt ein Mensch auf die Welt – ohne sein eigenes Zutun. Er findet eine Unzahl artgleicher Wesen vor: leidend, elend, vergänglich wie er selber. Und statt sie zu bedauern und ihnen wo immer möglich zu helfen, nimmt er sich die Mühe, sie zu hassen! Dieser Mensch ist ganz einfach ein Irrer, und mit Irren diskutiere ich nicht! Aber aus der Tatsache, daß ein Prediger den Verstand verloren hat, ist ja nicht unbedingt zu folgern, daß seine Religion nicht stimmt!«

Harry Rhodes ließ nicht locker: »Gesetze werden unerläßlich, sobald Menschen ihr Nomadenleben aufgeben und sich zu Interessengruppen zusammenschließen. Nehmen Sie nur unsere Situation hier: Der Haufen, der uns umgibt, ist nicht zusammengestellt worden, um die Folgen eines Schiffbruchs zu überstehen, und unterscheidet sich in keiner Weise von irgendeiner zufällig zusammengewürfelten anderen Menge. Nun habe ich Sie auf einige Exemplare aufmerksam gemacht, die aus diesem oder jenem Grund sich selbst nicht beherrschen können, und bestimmt gibt es noch andere von dieser Sorte, wir kennen sie noch nicht. Was würden diese finsteren Typen anstellen, wenn es nicht – meinetwegen ungeschriebene – Gesetze gäbe, die ihre minderwertigen Instinkte in Schach hielten?«

»Aber es sind doch die Gesetze, die ihnen diese Instinkte eingeimpft haben«, antwortete der Kaw-djer in ehrlicher Überzeugung. »Erst durch das Gesetz hat der Mensch das Vergehen kennengelernt! Gäbe es keine Gebote, brauchte man auch keine Verbote – und die Menschheit könnte sich frei und natürlich entfalten!«

»Hm!« machte Rhodes und hob die Schultern.

»Gibt es hier etwa Gesetze? Und klappt nicht alles viel besser als in irgendeiner durchorganisierten Gesellschaft?«

»Ich glaube nicht, daß wir unsere Situation verallgemeinern und übertragen dürfen. Jeder hier weiß, daß sie ein Zwischenstadium ist – die Pause in einem Drama, das hoffentlich nicht als Tragödie endet!«

»Das wird es nicht – unsere gegenwärtige Situation mag so lange andauern, wie sie will«, behauptete der Kaw-djer.

Und Harry Rhodes blieb skeptisch: »Ich bezweifle das und hoffe nur, daß wir nie die Probe aufs Exempel machen müssen.«

Der Kaw-djer sagte nichts mehr, und so setzten die beiden Männer ihren Weg schweigend fort.

Sie wanderten der Ostküste entlang rund um die Scotchwell-Bucht, deren einmalige Lage sie trotz des immer trüber werdenden Dämmerlichts begeisterte. Sie kamen aus dem Staunen und der Verwunderung nicht heraus.

Ein Netz kleiner Wasseradern durchzog die Hochebene, und alle Bäche vereinigten sich in einem herrlich klaren Fluß, der sich in seinem breiten, fruchtbaren Tal der Küste zuschlängelte. Üppige Weideflächen über der ganzen Talsohle, und auf den Höhen eine Vielfalt von verschiedenen Baumarten. Große Wälder prächtig gewachsener Stämme, die in dem widerstandsfähigen Torfboden wurzelten – nur spärliches Unterholz, und über weite Strecken durchwoben von samtigen Moospolstern.

Im Schutz dieses grünen Gewölbes tummelte sich eine ganze Welt von Vögeln – allein sechs Arten von Kolibris konnte man unterscheiden: Die einen winzig wie Kieselsteine, andere groß wie Fasanen. Und Drosseln und Amseln – und viele Vertreter der Wasservögel: Enten, Gänse, Kormorane und Seemöwen.

Und unten im Tal grasten die Nandus, die Guanakos und die Peruschafe.

Die Südküste dieser Bucht, die – entsprechend den Nordufern unserer Hemisphäre – auf der Sonnenseite liegt, war höchstens zwei Meilen entfernt von dem Ort, an dem die letzten Rippen der *Jonathan* aus dem Wasser ragten. Dort in der Nähe mündete auch der Fluß und ergoß sich, durch zahllose Rinnsale angereichert, sanft ins Meer. An seinem Ufer – hundert Fuß stromaufwärts – hätte man ohne Schwierigkeiten eine feste Niederlassung gründen können. Diese kleine Einbuchtung an der Flußmündung lag geschützt und hätte notfalls als Hafen dienen können.

Es war schon fast völlig dunkel, als sie zum Lagerplatz zurückkamen. Der Kaw-djer, Harry Rhodes, Halg und Hartlepool verabschiedeten sich gerade voneinander, als durch die Stille der Nacht Geigentöne an ihr Ohr drangen.

»Eine Violine!« Der Kaw-djer wandte sich Harry Rhodes zu. »Das muß wohl dieser Fritz Groß sein, von dem Sie mir erzählt haben?«

»Ja – und er ist schwer betrunken«, antwortete Harry Rhodes, ohne einen Augenblick zu überlegen.

Und er täuschte sich nicht: Fritz Groß war wieder einmal im letzten Stadium. Als sie ihn kurz darauf sahen, ließen sein erstorbener Blick, sein bläulich aufgedunsenes Gesicht und sein geifernder Mund keinen Zweifel zu.

Er konnte sich nicht mehr aufrecht halten und lehnte an einem Felsvorsprung, um im Gleichgewicht zu bleiben.

Aber der Rum hatte den musischen Funken wieder zur wilden Flamme angefacht. Der Geigenbogen glitt über die Saiten und entlockte dem Instrument ergreifende Melodien.

Rings um ihn drängten sich etwa hundert Auswanderer. Und die hatten alles vergessen: die Ungerechtigkeit ihres Schicksals, ihr ewiges Elend, ihre trostlose augenblickliche Verfassung, die Zukunft, die ihnen nichts Besseres versprach, als die Vergangenheit gehalten hatte. Sie waren entrückt – in einen Himmel der Träume. Hinaufgetragen worden auf den Flügeln der Musik.

»Hier sehen wir es wieder einmal«, sagte Harry Rhodes zum Kaw-djer und deutete auf Fritz Groß und sein hingerissenes Publikum. »Sie brauchen die Kunst genauso wie das tägliche Brot! – Wo wäre in Beauvals System Platz für einen solchen Menschen?«

»Lassen wir Beauval in Frieden«, antwortete der Kaw-djer in bester Laune.

»Es gibt eine Menge armer Phantasten, die an solche Träumer glauben«, meinte Harry Rhodes.

Sie gingen weiter.

»Eines wundert mich«, nahm Harry Rhodes das Gespräch wieder auf, »wie kommt Fritz Groß an den Alkohol heran?«

Wie auch immer so etwas passieren konnte – er war nicht der einzige. Kurz darauf stieß man auf einen quer überm Weg ausgestreckten Körper.

»Das ist Kennedy«, stellte Hartlepool fest und beugte sich über den Bewußtlosen. »Ein ganz fauler Hund. Der einzige von der Mannschaft, der nicht den Strick wert ist, an dem er hängen sollte!«

Auch dieser Kennedy war sinnlos betrunken. Und noch ein paar andere Auswanderer, die sich hundert Meter weiter am Boden wälzten.

»Schweinerei«, sagte Harry Rhodes. »Sie haben

bemerkt, daß der Chef nicht da ist – und das Magazin geplündert.«

»Was für ein Chef?« fragte der Kaw-djer.

»Sie natürlich!«

»Ich bin so wenig Chef wie irgendeiner von euch!« widersprach der Kaw-djer und schaute Harry Rhodes böse an.

Und dieser räumte ein: »Möglich. – Das hindert uns aber nicht, Sie als unsern Chef zu betrachten!«

Der Kaw-djer hatte eine wütende Antwort auf der Zunge.

Aber im gleichen Augenblick drang aus einem der nächsten Zelte ein Schrei in die Nacht. Der gellende Schrei einer Frau, die man erwürgt.

SIEBENTES KAPITEL

DAS ERSTE GESETZ

Die Familie Ceroni – Vater Lazarus, die Mutter Tullia und die Tochter Graziella – stammte aus Piemont. Vor siebzehn Jahren hatten der damals fünfundzwanzigjährige Lazarus und die sechs Jahre jüngere Tullia ihr erbärmliches Los gemeinsam zu tragen beschlossen. Sie besaßen nichts als sich selber, aber sie liebten sich – und Liebe ist ja eine Kraft, die unter günstigen Umständen ebenso mächtige Berge versetzen kann wie der Glaube.

Bei dem Ehepaar Ceroni trat dieses Wunder leider nicht ein. Der Mann geriet in schlechte Gesellschaft und verfiel dem Alkohol, den die unzähligen Spelunken im Namen des Liberalismus den Habenichtsen als Ersatz für alles, was ihnen vorenthalten wird, anzubieten das Recht haben.

In kurzer Zeit wurde er zum notorischen Säufer, und sein immer bedrohlicher werdender Zustand machte ihn erst streitsüchtig, dann wütend, schließlich grausam und sadistisch. Fast täglich kam es zu abscheulichen Szenen, deren Lärm bis in die Nachbarhäuser drang. Fortwährend beschimpft, geohrfeigt und gequält, ging Tullia ihren Leidensweg, so wie sich viele Frauen vor ihr dahingeschleppt haben und nach ihr dahinschleppen werden.

Natürlich hätte sie diesem zur wilden Bestie gewordenen Mann einfach davonlaufen können – vielleicht hätte sie es tun sollen. Sie tat es nicht. Sie gehörte zu jenen Frauen, die, was sie einmal hingegeben haben, nicht mehr zurücknehmen können und lieber ihr Kreuz tragen – bis zum bitteren Ende. Ein solcher Standpunkt mag aus der Perspektive materieller Interessen unvernünftig, ja geradezu hirnverbrannt scheinen; andrerseits hat diese Haltung etwas Bewundernswertes. Zeigt sie uns doch, daß es auf dieser Welt noch echte Opfer gibt – und vermittelt uns eine Ahnung von den moralischen Reserven der menschlichen Natur.

In dieser Hölle wuchs Graziella auf. Von frühster Kindheit an kannte sie den Vater nur betrunken und die Mutter geprügelt. Täglich war sie Zeuge der Beleidigungen und Beschimpfungen, die sich wie ein von Unrat überfließendes Jauchefaß über die Familie ergossen. Wo andere kleine Mädchen nur ans Spielen dachten, war sie stündlich konfrontiert mit den übelsten Auswüchsen menschlicher Verkommenheit und gezwungen, sich darin zu behaupten.

So war Graziella schon mit sechzehn Jahren ein ernstes, erwachsenes Mädchen, und nur ihre Disziplin, die sie sich anerzogen hatte, schützte sie vor dem Zusammenbruch. Sie hatte das Schlimmste ertragen, und die Zukunft konnte nicht härter werden, als es die Vergangenheit war.

Graziella war groß, sehr schlank und brünett. Nicht eigentlich hübsch – aber ihre Augen und das intelligente Gesicht machten sie sympathisch.

Die Lebensweise von Lazarus Ceroni konnte nicht ohne Folgen bleiben: Bald war sein Haus verarmt – wie sollte es anders sein? Alkohol ist teuer, und solange man trinkt, verdient man nicht – also ein doppelter Verlust. Und dann wird die Geldverlegenheit schrittweise zur Armut, zur Not und schließlich zum grauen Elend.

Der Weg aller Gescheiterten: Emigration – in der Hoffnung auf bessere Chancen unter neuen Sternen.

So war auch die Familie Ceroni ausgewandert,

erst nach Frankreich, dann über den großen Teich, und schließlich in San Franzisko gestrandet. Und dort – nach einer Odyssee von fünfzehn Jahren – hatte ihr Elend endlich ein solches Ausmaß erreicht, daß Lazarus die Augen aufgingen und er auf einmal erkannte, in welchen Sumpf er seine Frau und seine Tochter hineingestoßen hatte. Seit vielen Jahren zum erstenmal wieder schämte er sich und beschloß, nicht mehr zu trinken.

Und es gelang ihm, sein Wort zu halten. Er arbeitete wie ein Besessener, machte um jede Kneipe einen weiten Bogen, und nach sechs Monaten ging es den Ceronis schon bedeutend besser; sie hatten sogar die für ihre Verhältnisse gewaltige Summe von fünfhundert Franken gespart, die von der Kolonisationsgesellschaft für die Auswanderung in die Bucht von Lagoa als Kaution verlangt wurde.

Tullia begann schon zu glauben, daß alles wieder gut werden könnte, da stellte der Schiffbruch der *Jonathan* und als Folge die erzwungene Untätigkeit den ganzen bisherigen Erfolg in Frage.

Nur um die Zeit totzuschlagen, hatte Lazarus mit einigen Auswanderern Bekanntschaft geschlossen. Und leider führten ihn seine alten Instinkte mit Kerlen zusammen, die genau aus dem Milieu kamen, das ihm zum Verhängnis geworden war: unglückliche Saufbrüder, die es nicht fassen konnten, daß sie hier auf dem Trockenen saßen.

Und die hatten natürlich sofort die Gelegenheit

benutzt, welche ihnen die Abwesenheit des Mannes bot, den alle unbewußt als ihren Chef betrachteten. Kaum waren der Kaw-djer und seine Freunde außer Sicht, organisierten sie eines der Rumfäßchen, die von der *Jonathan* geborgen und sichergestellt waren, und es begann eine wilde Orgie.

Auch Lazarus hatte mitgemacht; er konnte weder seinem alten Laster noch seinen neuen Freunden widerstehen und war erst zu den beiden verzweifelten Frauen zurückgekehrt, als ihn die Beine nicht mehr trugen und ihn das Denkvermögen im Stich ließ.

Kaum stand er schwankend im Zelt, begann auch schon wieder die unvermeidliche Szene. Erst tobte er, weil das Essen nicht auf dem Tisch war. Als es ihm gebracht wurde, erboste ihn die bedrückte Schweigsamkeit der Frauen. Er steigerte sich in immer unverschämtere Beschimpfungen hinein.

Graziella schaute ihn nur starr an. Sie war sprachlos vor Angst und Scham und konnte es einfach nicht fassen, daß diese abscheuliche Kreatur ihr Vater war.

Tullia jedoch war halb ohnmächtig vor Enttäuschung. Sie wußte: Nach diesem Rückfall gab es keine Hoffnung mehr – vor ihren Augen tat sich die Hölle auf. Schwere Tränen liefen ihr über die eingefallenen Wangen.

Lazarus sah das, und der Sturm brach los.

»Ich werde dir helfen – altes, verheultes Miststück du!« Seine Stimme überschlug sich.

Er packte sie an der Kehle – Graziella sprang dazwischen und versuchte mit aller Kraft, seine mörderischen Hände wegzureißen.

Ein stummer, erbitterter Kampf um Leben und Tod begann. Weder Graziella noch ihre Mutter rief um Hilfe, und so hörte man draußen nur die heisere Stimme von Lazarus, die nicht aufhörte zu fluchen und zu grölen.

Wenn ein Mann seine Frau oder seine Tochter umbringen will – das ist so scheußlich, daß man es vor allen verbergen muß, und wenn es das Leben kostet.

Doch als es Graziella gelang, den tödlichen Griff für einen Augenblick zu lockern, entriß die Todesangst Tullia den Schrei, den der Kaw-djer gehört hatte. Dieser Klagelaut – nichts weiter als ein unbeabsichtigter Reflex – peitschte die Wut des Wahnsinnigen zur Raserei: Seine Krallen bohrten sich tiefer in den Hals.

Aber da krachte ihm schon eine eisenharte Faust auf die Schulter. Er ließ los und taumelte gegen die Zeltwand.

»Wie – was?!« keuchte er.

»Ruhe!« donnerte ihn eine Stimme an.

Der Betrunkene war damit zufrieden. Er resignierte, kippte um und fiel sofort in bleiernen Schlaf.

Der Kaw-djer hatte sich über die bewußtlose

Frau gebeugt und brachte sie wieder zum Atmen. Halg, Rhodes und Hartlepool, die hinter ihm eingetreten waren, standen dabei und sagten kein Wort.

Endlich schlug Tullia die Augen auf. Als sie die fremden Gesichter sah, wußte sie sofort, was vorgefallen war, und hatte nur einen Gedanken: den zu entschuldigen, dessen Brutalität sich soeben so abscheulich und offensichtlich erwiesen hatte.

»Danke, Monsieur«, sagte sie und stand auf. »Es war – nichts Besonderes – – und ist ja auch schon vorbei! – – Ich bin – erschrocken, das ist alles!«

»Sie hatten auch allen Grund zu erschrecken«, meinte der Kaw-djer.

»Aber nein«, erwiderte Tullia lebhaft – »das war ja – nur ein Irrtum! – Mein Mann ist gar nicht so –! Er hat – Unsinn gemacht!«

»Macht er oft solchen – Unsinn?« fragte der Kaw-djer.

»Nein – sonst nie!« beteuerte Tullia. »Lazarus ist ein – guter, braver Kerl – es gibt keinen besseren –«

»Das stimmt nicht!« Eine entschlossene Stimme unterbrach sie.

Der Kaw-djer und seine Freunde drehten sich um und sahen jetzt erst Graziella, die sie bisher in dem nur vom gelblichen Schein einer Laterne beleuchteten halbdunklen Zelt nicht bemerkt hatten.

»Wer sind Sie, mein Kind?« wollte der Kaw-djer wissen.

»Seine Tochter«, antwortete Graziella und deutete auf den Betrunkenen, der laut schnarchte. »Leider muß ich das zugeben, damit man mir glaubt und meiner Mutter hilft!«

»Graziella!« Tullia versuchte flehend, sie zurechtzuweisen, aber das Mädchen ließ sich nicht mehr von seinem Entschluß abbringen.

»Doch! Ich werde jetzt alles sagen! – Es ist das erstemal, daß sich jemand für uns einsetzt. Und ich lasse den Mann, der dich gerettet hat, erst weg, wenn er weiß, wie es hier zugeht!«

»Sprechen Sie ganz offen mit uns«, ermutigte sie der Kaw-djer, »und Sie können sich darauf verlassen, daß wir Ihnen helfen und Sie in Schutz nehmen.«

Graziella dankte und schilderte dann mit halblauter Stimme das Leben ihrer Mutter. Sie verschwieg nichts. Sie berichtete, wie Tullia alles für ihren Mann getan und geduldet hatte und was ihr Leben dafür gewesen war: wie er sie an den Haaren durch die Wohnung schleifte, sie mit Fußtritten traktierte, sie krumm und lahm schlug. Sie erzählte von den schlimmsten Zeiten, als sie kein Feuer im Ofen und kein Brot zu essen hatten – oft nicht einmal ein Dach überm Kopf. Sie sang das Hohelied einer Frau und Mutter, die um ihrer Pflicht willen sich selber aufgegeben hatte.

Tullia weinte bei dieser deprimierenden Ge-

schichte leise vor sich hin. Alles, was sie gelitten hatte, stieg in ihrer Erinnerung auf und wurde schreckliche Gegenwart. Sie verlor allen Mut und alle Kraft. Sie konnte am Ende auch nichts mehr zur Verteidigung ihres Mannes vorbringen.

»Sie haben gut daran getan, das alles einmal

auszusprechen«, sagte der Kaw-djer, als Graziella ihre Beichte beendet hatte. »Seien Sie versichert, wir werden Sie im Auge behalten und Ihrer Mutter helfen. Heute abend braucht sie nur noch Ruhe. Sie soll versuchen zu schlafen – und die Hoffnung nicht aufzugeben.«

Als die Männer wieder draußen standen, schauten sie sich einen Augenblick lang schweigend an. War es denn möglich, daß ein Mann in einem solchen Abgrund versank? Sie mußten erst einmal tief Luft holen; dann machten sie sich wortlos auf den Weg.

Nur dem Kaw-djer fiel auf, daß einer nicht mitgekommen war: Halg. Er konnte nirgends geblieben sein als im Zelt der Familie Ceroni, und deshalb kehrte er noch einmal zurück.

Tatsächlich, Halg stand noch dort und war so in Anspruch genommen von dem, was er sah, daß er nicht wahrgenommen hatte, wie seine Freunde gingen, und auch jetzt nicht bemerkte, daß ihn der Kaw-djer holen wollte.

An die Zeltwand gelehnt, schaute er Graziella an, und in seinen Blicken lag weit mehr – und noch etwas ganz anderes – als nur Mitleid und Bewunderung. Und das Mädchen stand einige Schritte von ihm entfernt, sah aus halbgeschlossenen Augen an ihm vorbei und war offensichtlich sehr verwirrt – und glücklich: zum erstenmal so angeschaut zu werden.

Der Kaw-djer mußte lächeln.

»Halg!« rief er halblaut.

Der junge Mann schrak zusammen und kam aus dem Zelt, ohne sich noch einmal umzusehen. Und bald hatten sie die beiden andern Männer wieder eingeholt, und alle gingen schweigend durchs Lager; jeder war mit seinen eigenen Überlegungen beschäftigt.

Der Kaw-djer hatte tiefe Falten in der Stirn. Er wußte nicht, was er für die beiden Frauen tun konnte. Einfach dafür sorgen, daß dieser Mensch nichts mehr zu trinken bekam? Aber war das überhaupt zu verhindern? Wahrscheinlich – und sogar ohne besondere Schwierigkeiten. Denn Alkohol gab es keinen auf dieser Insel außer den Rum- und Branntweinfäßchen, die von der *Jonathan* stammten und mit der übrigen Ladung am Strand gestapelt lagen. Man müßte also nur einen oder zwei Posten aufstellen, um diese Fässer zu bewachen.

Schön und gut; aber wer sollte diese Wachtposten bestimmen – ernennen? Wer hatte hier das Recht, Befehle zu erteilen und Verbote zu erlassen? Wer durfte sich anmaßen, die persönliche Freiheit seiner Mitbürger in irgendeiner Weise zu beschneiden und ihren Willen dem seinigen unterzuordnen? Das wäre die Maßnahme eines Chefs, und auf der Insel Hoste gab es keinen Chef.

Andrerseits gab es aber doch einen – und das war er, der Kaw-djer. Er hatte die andern vor dem sicheren Tod gerettet. Er allein kannte sich aus in diesem Land. Und er war allen überlegen – an Intelligenz, Phantasie und Vitalität.

Durfte er sich selber belügen? Er sah doch, wie dieser ganze elende Menschenhaufen gebannt auf ihn starrte. Wie selbstverständlich alle die Ausübung kollektiver Macht in seine Hände gelegt hatten! Wie rückhaltlos ihr Vertrauen war und wie naiv ihr Glaube an ihn und an die Unfehlbarkeit seiner Entscheidungen!

Nein, er konnte diese Verantwortung nicht mehr abwälzen. Ob er wollte oder nicht: äußere Umstände und der Wille einer überwältigenden Mehrheit hatten ihn zum Herrn und Gebieter gemacht.

Aber das war doch einfach unmöglich: daß er, ausgerechnet er, der selber nicht den geringsten Zwang ertrug, andere zwingen sollte! Gesetze erlassen – er, der alle Gesetze ablehnte!

Welche Ironie: Ihn, den Apostel der Anarchie, den Verkünder der Losung ›Kein Gott und kein Herr‹, ernannte man zum Führer! Ihm übertrug man jene Kompetenzen, die er im Prinzip ebenso tief verabscheute wie in ihren realen Auswirkungen!

Mußte das wirklich sein? War es nicht besser, davonzulaufen und diese Kreaturen ihrem Sklavenschicksal zu überlassen?

Aber was würde das für ein Schicksal sein? Wieviel Not, Elend und Verbrechen würden am Ende sein Schuldkonto belasten?

Nein! Wohl steht es jedem frei, sich abzusondern. Aber nur solange er keine Verantwortung trägt für andere, die ihn brauchen. Sobald er helfen kann, muß er seinen Stolz opfern und seine Theorien über Bord werfen – mögen sie noch so stichhaltig sein! Nur im Dienst am Allgemeinwohl erweist sich wahres Format.

Und hier lag eine solche unumgängliche Notwendigkeit vor. Hatte er nicht gerade eben deutliche Bilder von Hilflosigkeit und Haltlosigkeit vor Augen gehabt? Wer weiß, ob nicht noch andere betrunken herumlagen? Durfte man das einfach dulden? Abwarten und tatenlos zusehen? Zweifellos würde der Alkoholmißbrauch sehr bald wie eine Seuche um sich greifen – mit allen unausweichlichen Folgen: Streitigkeiten, Schlägereien, am Ende Mord und Totschlag! War es überhaupt nicht schon soweit? Kamen sie nicht geradeswegs aus dem Zelt der Ceronis und waren Zeugen der verheerenden Wirkung des Rums gewesen?

Sie gingen hinüber zum Zelt der Familie Rhodes. Gleich würde man sich verabschieden. Der Kawdjer zögerte immer noch. Aber feige war er nicht. Er wußte, daß er handeln mußte, bevor es zu spät sein würde. So faßte er einen Entschluß, der ihm schwerer fiel als alle bisherigen Entscheidungen. Er wandte sich an Hartlepool:

»Halten Sie die Mannschaft der *Jonathan* für absolut zuverlässig?« fragte er.

»Kennedy und Sirdey, der Schiffskoch, sind unsichere Kandidaten. Für alle andern wette ich meinen Kopf«, erwiderte Hartlepool.

»Über wieviel Mann verfügen Sie?«

»Fünfzehn – mich eingerechnet.«

»Und die vierzehn gehorchen Ihnen?«

»Unbedingt.«

»Und Sie selber?«

»Ich?«

»Gibt es hier jemanden, dessen Autorität Sie anerkennen würden?«

»Verdammt nochmal, die Autorität hier sind Sie, Monsieur!« Hartlepool begriff gar nicht, worauf der Kaw-djer eigentlich hinaus wollte.

»Und warum soll ausgerechnet ich das sein?«

»Zum Teufel – die Leute müssen hier wie überall einen haben, der ihnen sagt, was sie tun dürfen und lassen sollen, und Sie sind hier der einzige, der uns das sagen kann!« Hartlepool streckte die Hand über das Lager hin, als wolle er versichern: Probieren Sie's doch! Suchen Sie einen! Es gibt wirklich keinen – außer Ihnen!

Das war die Realität – und ihr beugte sich der Kaw-djer.

Nach kurzem Schweigen ordnete er an: »Ab sofort lassen Sie die Ladung der *Jonathan* streng bewachen. Je zwei Mann gehen auf Posten. Dreistündige Ablösung. Auf die Alkoholfässer ist besonderes Augenmerk zu richten!«

»In Ordnung, Monsieur«, antwortete Hartlepool mit der Selbstverständlichkeit des Befehlsempfängers und wiederholte: »Ab sofort je zwei Mann Wache bei den Alkoholfässern!«

»Gute Nacht«, sagte der Kaw-djer und ging in sein Zelt. Er war lange nicht mehr so unzufrieden gewesen mit sich und der Welt.

ACHTES KAPITEL

IN DER BUCHT VON SCOTCHWELL

Die *Wel-Kiej* kehrte am 15. April von Punta-Arenas zurück. Sobald sie in Sichtweite kam, liefen die Auswanderer in hellen Scharen an den Strand hinunter, auf den die Schaluppe zuhielt. Jeder wollte als erster etwas über sein weiteres Schicksal erfahren.

Die Gruppierung der Menge ergab sich zwangsläufig nach den unwandelbaren Gesetzen, nach denen sich jede Zusammenrottung von Menschen auf unserem unvollkommenen Planeten vollzieht. Mit andern Worten: Die Stärksten boxten sich in die erste Reihe, Frauen und Kinder wurden nach hinten gedrängt. Dort konnten sie zwar nichts sehen und hören, dafür schnatterten sie um so heftiger und tauschten ebenso ohrenbetäubende wie voreilige Mutmaßungen aus über die – selbstverständlich positiven – Nachrichten, die man erwartete.

Und – wie gesagt, vorn standen die Männer, deren Entfernung vom Strand umgekehrt proportional war zu ihrer Stärke und Brutalität.

Für die Kinder war das Ganze ein neues Spiel, und sie rannten überall herum. Die Kleinsten piepsten wie die Spatzen und waren überall gleichzeitig. Andere wurden in die Menge eingekeilt und konnten nicht mehr vor und nicht mehr zurück. Wieder anderen war es gelungen, sich durchzuzwängen; sie steckten die Köpfe zwischen den Beinen in der ersten Reihe hervor. Die Gelenkigsten hatten sich mit ihrem ganzen Körper durchgearbeitet und standen nun sogar vor den Männern.

Einen solchen Ehrenplatz hatte sich selbstverständlich auch der kleine Dick erobert. Und ihm war es nicht nur gelungen, für seine eigene kleine Person alle Hindernisse zu überwinden; er hatte auch den unzertrennlichen Freund, den winzigen Sand, unbarmherzig in seinem Kielwasser mitgezerrt, und noch ein drittes Kind, mit dem die beiden Schiffsjungen seit acht Tagen befreundet waren.

Dieser Junge hieß Marcel Norely, war ebenfalls elf Jahre alt und hatte einen gewissen Anspruch auf ihre Zuneigung, denn er brauchte ihren Schutz. Er war schmächtig und kränklich – und auch verkrüppelt: Sein rechtes Bein war nach einer Kinderlähmung ein paar Zentimeter kürzer geblieben als das linke. Dieses Gebrechen indes verdarb dem kleinen Marcel weder die gute Laune noch den Spaß an den Spielen, die er alle genauso unbekümmert mitmachte wie die gesunden Kinder. Er stützte sich dabei auf eine Krücke, mit der er außerordentlich geschickt umzugehen wußte.

Sobald die ersten Rudel Auswanderer zum Strand liefen, hatte sich Dick – und hinter ihm Sand und Marcel – durchgeschlängelt und sich vor den Männern aufgepflanzt, denen er kaum bis an den Gürtel reichte. Darüber ärgerten sich natürlich ein paar, und der Zufall wollte es, daß einer von denen, die sich über die kindliche Heldentat besonders aufregten, jener Fred Moore war, dessen Gewalttätigkeit Harry Rhodes dem Kaw-djer gegenüber erwähnt hatte.

Fred Moore, noch stämmiger als sein Bruder und fast sechs Fuß groß, fluchte laut. Und das genügte schon, um Dicks unerschöpfliche Spottlust herauszufordern. Er drehte sich nach Sand und Marcel um, die sich auch gerade einen Platz an der Sonne erkämpft hatten.

»Paßt doch auf«, schrie er ihnen zu. »Ihr werft ja diesen armen Gentleman um! Warum denn? Stellt euch hinter ihn und guckt ihm über den Kopf weg!«

Diese Unverschämtheit des Zwerges dem Riesen gegenüber hörte sich so komisch an, daß ringsum Gelächter losbrach. Fred Moore ärgerte sich gewaltig – das Blut stieg ihm in den Kopf.

»Du – Knülch!« knurrte er und spuckte aus.

»Spucken können Sie schon ganz gut, Monsieur – aber mit Ihrem Englisch ist es noch nicht weit her!«

Fred Moore wollte sich auf ihn stürzen, aber man hielt ihn zurück: Er solle die Kinder in Ruhe lassen, und Dick zog es nun doch vor, sich mit seinen Freunden ein paar Schritte zur Seite zu begeben, wo verträglichere Leute standen.

»Dich kauf' ich mir noch«, rief ihm Fred Moore nach, »und dann schlag' ich dir deine freche Schnauze ein!« Dick sah seinen Gegner aus sicherer Entfernung von oben herab an.

»Einverstanden! Besorgen Sie sich schon mal 'ne Leiter!« antwortete er in einem so lässig arroganten Ton, daß alle Fred Moore noch kräftiger auslachten. Dem fiel nichts mehr ein als noch einmal und besonders verächtlich vor sich hin zu spucken, und Dick war nun auch zufrieden – schließlich hatte er das letzte Wort behalten. Außerdem wurde sein Interesse nun völlig in Anspruch genommen von der Schaluppe, deren Kiel in diesem Augenblick knirschend im Kies auflief.

Karroly sprang ins flache Wasser und warf den Anker aufs Ufer. Dann half er seinem Passagier an Land und ging mit Halg und dem Kaw-djer weg. Er war froh, die beiden endlich wiederzusehen.

Wenn es stimmt, daß bei den Feuerländern das Gefühl für Zusammengehörigkeit nur schwach entwickelt ist, so war der Lotse ganz sicher eine Ausnahme. Der Blick, mit dem er den Kaw-djer begrüßte, bewies das deutlich. Wie ein treuer, braver Hund schaute er zu ihm auf – und überhaupt sah der ganze Kerl ein bißchen so aus!

Seine blinde Anhänglichkeit fand ihre Parallele nur in der ebenso rückhaltlosen, aber bewußteren Ergebenheit Halgs. Und wenn Karroly Halgs leiblicher Vater war, so konnte man den Kaw-djer seinen geistigen nennen. Dem einen verdankte der junge Mann das Leben, dem andern den Verstand. Die Lehren des philosophischen Eremiten hatten sein Denkvermögen geweckt und geformt und mit Gefühlen und Gedanken angereichert, die dem armen Wilden des Archipels gänzlich unbekannt waren.

Die Zuneigung, die er dem Kaw-djer entgegenbrachte, stieß auf Verständnis und Gegenliebe. Halg war der einzige Mensch, dem der verbitterte und enttäuschte Kaw-djer noch persönliches Interesse entgegenbringen konnte. Nur für dieses unverbrauchte und unverbildete große Kind hatte er noch so etwas wie Empfindungen. Was ihm darüber hinaus geblieben war, mochte man vielleicht einen unpersönlichen kollektiven Altruismus nennen, dessen Wert zwar unbestritten bleibt, der aber eher für einen Gott geschaffen scheint als für uns Menschen. Unsere dunkle Ahnung, daß hier ein Mißverständnis vorliegt, ist wohl auch der Grund dafür, daß uns ein solcher Altruismus bei all seiner Größe eher beunruhigt als glücklich macht. Er scheint uns einfach übermenschlich und deshalb unmenschlich, weil es unsere Fähigkeit übersteigt, diese Haltung auch nur in Gedanken oder Gefühlen nachzuvollziehen. Wir urteilen eben nach dem sehr beschränkten Fassungsvermögen unserer eigenen Herzen und finden, daß bei einer Liebe, die sich an alle verschwendet, jeder einzelne nur einen winzigen Bruchteil davon bekommen kann und es deshalb besser ist, seine psychische Substanz – sozusagen in großen Portionen – an die wenigen zu verteilen, die es verdienen.

Während die drei Freunde ihre Erlebnisse austauschten, den Reisebericht und die Vorkommnisse im Lager, drängten sich die Massen um Germain Rivière und wollten natürlich tausend Dinge auf einmal wissen. Die verschiedensten Fragen schwirrten wild durcheinander und liefen doch alle nur auf eines heraus: Warum war die Schaluppe alleine zurückgekommen? Warum nicht mit dem Schiff, das sie alle befreien und wieder nach Amerika bringen konnte?

Germain Rivière mußte unter diesem Trommelfeuer zusammenhangloser Fragen zunächst nur immer wieder die Schultern heben und den Kopf schütteln, und es dauerte ziemlich lange, bis Harry Rhodes die Menge zum Schweigen brachte, so daß der Abgesandte sich verständlich machen konnte.

Er berichtete kurz und bündig:

In Punta-Arenas war er vom Gouverneur, Monsieur Aguire, empfangen worden, und dieser hatte ihm im Namen der chilenischen Regierung Hilfe für die Opfer der Katastrophe zugesagt. Leider lag zur Stunde kein Schiff in Punta-Arenas, das die notwendige Tonnage hatte, um alle Schiffbrüchigen aufzunehmen.

Man mußte also abwarten. Und das konnte man ja ohne jede Gefahr oder Schwierigkeiten, denn sämtliche Unterkünfte und Geräte waren in gutem Zustand, und Proviant hatte man für ungefähr achtzehn Monate.

Allerdings ließ sich nicht leugnen, daß die Wartezeit von unbestimmter Dauer war. Die ersten Herbststürme hatten schon eingesetzt, und es wäre nicht zu verantworten gewesen, zu der Jahreszeit und bei solchem Wetter ohne dringende Notwendigkeit ein Schiff in diese Gewässer zu entsenden. So lag es im gemeinsamen Interesse, die Rückfahrt erst im kommenden Frühjahr durchzuführen. Anfang Oktober, also in sechs Monaten, sollte ein Schiff nach der Insel Hoste auslaufen.

Die Hiobsbotschaft ging gleich von Mund zu Mund und pflanzte sich bis in die hintersten Reihen fort. Die allgemeine Bestürzung war groß.

Wie? – Wollte man sie zwingen, sechs lange Monate zu verlieren an einem Ort, wo man nicht das Geringste unternehmen konnte, da man ihn im Frühjahr ja doch wieder verlassen sollte, nachdem man völlig sinnlos einen antarktischen Winter ertragen hatte?

Die vorher so laute Menge war stumm geworden, man schaute einander nicht einmal mehr an. Aber dann wich der Schock heller Wut und Empörung. Es kam zu wütenden Ausfällen – vor allem gegen den Gouverneur von Punta-Arenas –, die sich in ihrer Ohnmacht und Zwecklosigkeit jedoch bald erschöpften. Die Auswanderer begannen sich zu zerstreuen und deprimiert ihre Zelte aufzusuchen.

Unterwegs wurden sie von Leuten aufgehalten, die sich gerade zusammenrotteten, und bemerkten zunächst gar nicht, daß es die Anhänger von Beauval waren und sie auf diese Weise ein Publikum vergrößerten, mit dem sie eigentlich nichts zu tun haben wollten.

Beauval hatte natürlich sofort wieder seine Chance gewittert, machte sich – wie immer – einen hohen Felsen zur optisch spektakulären Tribüne und hielt eine zündende Ansprache.

Man kann sich leicht vorstellen, daß der sozialistische Prophet die günstige Gelegenheit benützte, mit dem kapitalistischen System im allgemeinen und dem Gouverneur von Punta-Arenas im besonderen so scharf ins Gericht zu gehen wie noch nie. Er brandmarkte den Gouverneur als Inkarnation der Ausbeutung und Unmenschlichkeit, der als Häuptling einer Beamtenbande zwölfhundert wehrlose Werktätige in Eis und Schnee erstarren ließ.

Die Auswanderer hörten sich das Geschwätz nur

mit halbem Ohr an. Was sollte der ganze Unsinn? Mit demagogischem Geschrei war ihnen nicht geholfen. Was man jetzt brauchte, waren Taten, keine Worte. Aber was sollte – konnte – man tun? Keiner wußte es, und alle liefen mit schweren, hängenden Köpfen umher oder hockten angestrengt nachdenkend mit tiefen Sorgenfalten auf der treuherzigen Stirn in ihren Zelten, ohne eine Lösung zu finden.

Die einzige Idee, die nach und nach in ihnen aufdämmerte, war die Hoffnung, daß vielleicht irgendein anderer auf die Idee kommen könnte, wie aus dieser trostlosen Situation etwas Vernünftiges herauszuholen wäre.

Und so kam es, daß Beauvals Zuhörerkreis im Verlauf seiner Ansprache immer mehr zusammenschmolz, bis nur noch das kümmerliche Häuflein seiner Getreuen zu ihm hochstarrte. Alle andern schlichen sich davon und steuerten – manche ganz unbewußt – auf den Kaw-djer zu, der abseits stand im Gespräch mit Karroly, Halg, Harry Rhodes und Germain Rivière.

Bald bildeten sich um sie kleine Gruppen, die verstohlen hinüberschielten. Dort stand der Mann, der seine Qualitäten und seine Hilfsbereitschaft schon so oft bewiesen hatte, der ihnen vor allem das Denken abnehmen konnte!

Germain Rivière hatte inzwischen dem Kawdjer genauer über seine Audienz beim Gouverneur berichtet, und Harry Rhodes setzte ihm die Befürchtungen auseinander, mit denen die Schiffbrüchigen den Härten und Gefahren des antarktischen Winters entgegensahen.

Über den letzten Punkt konnte ihn der Kaw-djer beruhigen. Der Winter in Magellanien ist milder und kürzer als der in Island, Kanada oder den Nordstaaten der Union; das Klima des Archipels gleicht viel eher dem Südafrikas, wohin ja die Reise hätte gehen sollen.

»Nehmen wir das als ein gutes Omen«, sagte Harry Rhodes, blieb aber immer noch recht skeptisch: »Trotzdem – wäre es nicht besser, auf Feuerland zu überwintern, wo die Lebensbedingungen vielleicht doch günstiger sind als hier auf der Insel, die ja offensichtlich völlig unbewohnt ist?«

»Nein«, antwortete der Kaw-djer sehr bestimmt. »Eine Übersiedlung nach Feuerland hätte überhaupt keinen Sinn. Im Gegenteil, das brächte nur Nachteile mit sich, schon weil wir alles Material hierlassen müßten. Nein, wir bleiben auf der Insel Hoste; allerdings werden wir gut daran tun, uns unverzüglich einen besseren Lagerplatz zu suchen.«

»Wohin – meinen Sie –?«

»Zur Bucht von Scotchwell, die wir uns neulich angesehen haben – auf dem Rückweg von unserer Exkursion. Dort finden wir mühelos flache Stellen, wo wir unsere zerlegbaren Baracken aufrichten können, die wir aus der *Jonathan* gerettet haben. Hier gibt es ja keinen Zoll ebenes Gelände!«

»Wie?« Harry Rhodes glaubte, nicht recht gehört zu haben. »Sie denken doch nicht im Ernst daran, so schweres und sperriges Material wie Barackenteile zwei Meilen weit zu transportieren, um dann dort eine feste Siedlung aufzubauen?«

Der Kaw-djer blieb hart: »Wir müssen – ob es uns paßt oder nicht. Erstens liegt die Bucht von Scotchwell im Schatten der Süd- und Westwinde, zweitens mündet dort der Fluß und liefert uns das notwendige Trinkwasser. Und drittens brauchen wir unbedingt feste Häuser. Der größte Feind dieser Landstriche ist die Feuchtigkeit. Vor allem gegen sie müssen wir uns schützen. Und wir dürfen keine Zeit verlieren – der Winter kann hier von einem Tag auf den andern einbrechen.«

»Bitte sagen Sie das den Leuten«, schlug Harry Rhodes vor. »Von Ihnen nehmen sie noch am ehesten unangenehme Anordnungen entgegen.«

»Wir werden den Umzug unter Ihrer Oberaufsicht durchführen«, erwiderte der Kaw-djer. »Ich selber helfe überall dort mit, wo es zu besonderen Schwierigkeiten kommt.«

Harry Rhodes setzte die Auswanderer sofort von den neuen Plänen in Kenntnis. Und zu seinem großen Erstaunen nahmen sie die Mitteilung gar nicht so übel auf, wie er erwartete. Nach der Enttäuschung, die sie gerade hinter sich hatten, war die Aussicht auf eine fest umrissene und überschaubare Aufgabe, für deren Gelingen sich der Kawdjer verbürgte, genau das, was sie brauchten. Der

Funke von Hoffnung, der ja in jedem Menschen glimmt, solange das Herz schlägt, war wieder angefacht – im übrigen wäre ihnen jetzt jeder andere Wechsel ebenfalls als eine Art Rettung erschienen.

Kurz und gut: Man freute sich auf die Stadt, die man an der Scotchwell-Bucht erbauen würde, und sah herrlichen Zeiten entgegen.

Die Frage war nur noch, wie man das anstellen und wo man damit beginnen sollte: Das ganze Material – viele Tonnen – über eine Entfernung von zwei Meilen transportieren? Entlang einer Felsenküste, an der es keinen Weg und keinen Steg gab?

Auf allgemeines Drängen hin mußte Harry Rhodes zum Kaw-djer zurück, um ihn zu bitten, genaue Anweisungen zu geben, damit man diese wichtige Sache sofort in Angriff nehmen könne.

Diesem Wunsch kam der Kaw-djer gern entgegen, und nach seinen Angaben machte man sich unverzüglich an die Arbeit.

Zuerst baute man an der oberen Flutgrenze eine grobe Straße – eine Art Rollbahn: Man planierte den Boden zwischen den größeren Felsbrocken, indem man die kleineren zur Seite rollte oder zu Schotter zerschlug; diese Vorarbeit dauerte bis zum 20. April. Dann ging man an den eigentlichen Transport.

Dazu verwendete man die Flöße, die man angefertigt hatte, um die *Jonathan* zu entladen. Sie wurden in kleinere Tafeln zersägt, und diese bildeten die Pritschen primitiver Wagen. Als Räder hatten sie sorgfältig abgerundete und gehobelte Scheiben großer Baumstämme, und gezogen wurden sie von den Auswanderern: Männern, Frauen und Kindern, die sich davorspannten.

Die erste Schlange dieser plumpen, von Menschen gezogenen Karren, die am Ufer zwischen Steilküste und Brandung verschwand, bot ein geradezu malerisches Bild. Und wieviel Stöhnen und Fluchen aus zwölfhundert keuchenden Lungen!

Die Schaluppe erwies sich als besonders nützlich. Auf ihr wurden die schwersten, zerbrechlichsten und verderblichsten Lasten und Lebensmittel transportiert, und sie fuhr, von Karroly und Halg gesteuert, pausenlos zwischen dem Lagerplatz und der Bucht von Scotchwell hin und her. Ihr Einsatz verkürzte und vereinfachte das Unternehmen beträchtlich.

Zum Glück – denn mehrmals mußte der Umzug wegen schlechten Wetters unterbrochen werden: Der Winter lieferte schon ab und zu einen Vorgeschmack seines Zorns, und dann konnte man nichts tun als schleunigst alle Arbeiten einstellen, um die zurückgebliebenen Zelte vor dem Davonflattern zu bewahren und abzuwarten, bis sich der Sturm wieder gelegt hatte.

Der Kaw-djer gab nicht nur Anordnungen und gute Ratschläge – er half unablässig und überall. Er folgte dem Treck, war immer dort, wo Unfälle gleich welcher Art den Zug zum Stocken brachten,

und packte dann kräftig zu. Die Auswanderer staunten immer mehr über diesen Menschen, der Tag und Nacht freiwillig Schwerarbeit leistete, obwohl er das überhaupt nicht nötig hatte. Er gehörte ja gar nicht zu ihnen und hätte jederzeit einfach wieder so verschwinden können, wie er gekommen war.

Aber daran dachte der Kaw-djer längst nicht mehr. Der Zufall hatte ihm eine Aufgabe zugewiesen; in ihrem Dienst stand er jetzt und erfüllte sie, ohne an Alternativen zu denken, sondern selbstverständlich und froh, daß er etwas tun konnte für diese armen Teufel, die ihm ja gerade in ihrem Elend, ihrer Hilflosigkeit und Abhängigkeit so nahestanden.

Aber so wie er empfanden natürlich die wenigsten. Und unter den anderen gab es sogar welche, die mit einem Gedanken spielten, der ihm überhaupt nicht kommen konnte: zu fliehen – zu desertieren. Zumal sich das sehr leicht machen ließ: Man brauchte nur die Schaluppe zu kapern, Segel zu setzen und einen milderen Landstrich anzusteuern. Eine Verfolgung war nicht zu befürchten, denn niemand verfügte über ein zweites Boot. Es war wirklich ganz einfach, und man mußte sich wundern, daß es bisher noch keiner versucht hatte.

Der Haken bei dieser Sache war nur, daß die *Wel-kiej* ständig bewacht wurde. Tagsüber war sie mit Karroly und Halg fortwährend unterwegs, nachts schliefen die beiden – und der Kaw-djer – an Bord. Wer das Schiff also stehlen wollte, mußte schon eine besondere Situation abwarten.

Eine solche Gelegenheit bot sich endlich am 10. Mai. Als an diesem Tag der Kaw-djer von seinem ersten Gang zur Bucht von Scotchwell zurückkam, sah er die beiden Feuerländer verzweifelt gestikulierend am Strand hin und her laufen, während die *Wel-kiej* schon über dreihundert Meter vom Ufer entfernt mit vollen Segeln ins offene Meer hinaussteuerte. An Bord konnte man vier Gestalten ausmachen, aber die Distanz war schon zu groß, um ihre Gesichter zu erkennen.

In hastigen Worten erklärte Karroly dem Kaw-djer, wie es passiert war: Man hatte einfach seine und Halgs kurze Abwesenheit abgewartet, war an Bord gesprungen und davongesegelt. Die beiden Indios kamen zu spät, um es zu verhindern.

Inzwischen waren die meisten Auswanderer vom neuen Lager zurückgekommen und sahen nun auch die Bescherung. Ohnmächtig und waffenlos starrten sie der Schaluppe nach, die lustig unter einer zunehmenden Brise davonschaukelte.

Das war ein harter Schlag für die Schiffbrüchigen, die mit diesem Verlust ja nicht nur das wertvollste Transportmittel für ihre gegenwärtige Arbeit einbüßten, sondern auch jede Möglichkeit, im Notfall mit der Außenwelt Verbindung aufzunehmen. Und für die Besitzer der *Wel-kiej* war das Unglück vollends eine Katastrophe!

Trotzdem ließ sich der Kaw-djer nicht im geringsten anmerken, wie sehr Zorn und Enttäuschung in ihm kochten. Undurchdringlich, kalt und gleichgültig sah er seinem Schiff nach, bis es hinter einem Felsvorsprung verschwunden war.

Dann wandte er sich um und sagte zu den Leuten, die um ihn standen, ruhig wie eh und je: »Also – arbeiten wir weiter!«

Und alle schufteten noch verbissener als bisher. Denn der Verlust der Schaluppe machte noch größere Anstrengungen notwendig, wenn man fertig werden wollte, bevor der Winter endgültig einsetzte. Und man mußte ja noch froh und dankbar sein, daß der widerliche Diebstahl erst jetzt – und nicht schon in den ersten Tagen des Umzugs – begangen worden war. Sonst wäre die rechtzeitige Überführung des gesamten Ladeguts überhaupt nicht möglich gewesen. Gott sei Dank war man heute – am 10. Mai – fast fertig, und mit ein bißchen Glück würde man den Rest auch noch schaffen!

Die Auswanderer staunten über die souveräne Gelassenheit des Kaw-djer. Seine Haltung war unverändert optimistisch und hilfsbereit, als habe sich nichts Bemerkenswertes ereignet. Sein Ansehen und sein Einfluß wuchsen immer mehr.

Am Abend des gleichen Tages kam es dann noch zu einem Zwischenfall, der geeignet war, ihn vollends beliebt zu machen.

Er half gerade, einen mit Saatgut beladenen Karren zu ziehen, als hinter ihm ein Kind vor Schmerzen laut aufschrie. Er lief gleich hin und fand einen etwa zehn Jahre alten Jungen, der am Boden lag und stöhnte. Auf seine Fragen antwortete er, daß er vom Felsen heruntergefallen sei, starke Schmerzen im rechten Bein habe und nicht aufstehen könne.

Eine Menge rottete sich um ihn und das verletzte Kind zusammen, und jeder hatte einen anderen unsinnigen Vorschlag. Und das Gejammer der Eltern, die inzwischen auch angelaufen kamen, machte das Durcheinander vollständig.

Der Kaw-djer bat sich zunächst Ruhe aus, dann untersuchte er die Verletzung. Die Auswanderer sahen ihm mit langen Hälsen zu – sie hatten noch nie einen Chirurgen bei seiner Arbeit beobachtet. Die Diagnose war denkbar einfach: unkomplizierter Oberschenkelbruch. Der Kaw-djer richtete das Bein ein, schiente es mit zwei Stecken und bandagierte es mit Leinenlappen. Dann ließ er den Jungen auf einer improvisierten Bahre zur Bucht von Scotchwell bringen.

Während seiner Hantierungen sprach er mit den Eltern, die völlig außer sich waren: Es sei harmlos – der Unfall würde keine Folgen haben –, in acht Wochen sei keine Spur mehr davon übrig. Nach und nach beruhigten sich Papa und Mama, und als der Verband angelegt wurde und der Sohn erklärte, er spüre überhaupt keine Schmerzen mehr, waren sie schon wieder ganz munter.

Auch dieser Vorfall verbreitete sich natürlich wie ein Lauffeuer und brachte dem Kaw-djer endgültig den Ruf eines Wundermannes ein. Er galt nun entschieden als Schutzengel und guter Geist der Schiffbrüchigen.

Die Wunder, die er vollbracht hatte, ließen sich ja schon nicht mehr aufzählen, und man mußte bei ihm ja stündlich mit neuen und noch unglaublicheren Taten rechnen!

Es war so weit gekommen, daß man sich völlig blind auf ihn verließ, und mehr und mehr empfanden diese robusten großen Kinder seine bloße Gegenwart als einen Schutzschild, hinter dem ihnen nichts mehr passieren konnte.

Noch in der Nacht vom 10. auf den 11. Mai nahm man eine rasche Untersuchung vor, um herauszufinden, wer die *Wel-kiej* gestohlen hatte. In dieser desorganisierten und disziplinlosen Menge waren die Ergebnisse einer solchen Nachforschung natürlich zweifelhaft. Immerhin fiel begründeter Verdacht auf vier Individuen, die an diesem Tag noch keiner gesehen hatte. Zwei davon gehörten zur Mannschaft: der Koch Sirdey und der Matrose Kennedy. Die beiden andern waren allgemein übel beleumdete Emigranten – angeblich Arbeiter. Sie hießen Furster und Jackson.

Ob Sirdey und Kennedy zu Recht verdächtigt wurden, konnte man zunächst nicht mit Sicherheit in Erfahrung bringen. Dagegen waren die beiden andern offensichtlich an der Sache beteiligt gewesen.

Während sie nämlich verschwunden blieben, tauchten Sirdey und Kennedy am folgenden Morgen wieder auf und gingen wie gewöhnlich ihrer Arbeit nach. Es fiel jedoch auf, daß sie zum Um-

fallen müde waren. Sirdey hatte auch ein paar Schrammen im Gesicht.

Hartlepool kannte den finsteren Typ lange genug und hatte sich schon öfter über dessen Brutalität und Gemeinheit aufgeregt. Er fuhr ihn grob an:

»Wo warst du gestern?«

»Wo werd' ich gewesen sein?« antwortete Sirdey unschuldig. »Dort, wo ich immer bin!«

»Warum hat dich dort keiner gesehen, du Schuft? Weil du dich zufällig auf die Schaluppe verirrt hast!«

»Wieso Schaluppe?« Sirdey kratzte sich am Kopf, als verstünde er nicht recht.

»Hm«, machte Hartlepool und fixierte ihn scharf. »Wer hat dir denn diese Schrammen beigebracht – im Gesicht? Kannst du mir das vielleicht sagen?«

»Ich bin ausgerutscht«, erklärte Sirdey. »Ich glaube, ich kann heute nicht mal mehr arbeiten. Mir tun sämtliche Knochen weh!«

Hartlepool schaute ihn noch einmal an und ging dann weiter. Er wußte, aus diesem verschlagenen Ganoven war nichts herauszubringen.

Und Kennedy auszufragen fand er nicht einmal einen Vorwand. Obwohl dieser Kerl wachsbleich war und sich kaum aufrecht halten konnte, arbeitete er wie an jedem anderen Tag.

So begann der 11. Mai, und man hatte nicht mehr als einen unbestimmten Verdacht. Aber schon die ersten, die an der Bucht von Scotchwell ankamen, erwartete die große Überraschung: Am Ufer neben der Flußmündung trieben zwei Leichen im Wasser: Jackson und Furster. Und wenige Schritte entfernt lag die ringsum aufgerissene Schaluppe – dreiviertel voll Wasser und Sand.

Damit ließ sich das mißlungene Abenteuer leicht rekonstruieren: Das unkundig gesteuerte Schiff mußte in der Bucht die Riffe gestreift haben. Es war leckgeschlagen worden, vollgelaufen und gekentert. Von den vier Männern an Bord war es wohl Sirdey und Kennedy gelungen, an Land zu schwimmen, die beiden andern ertranken. Die nächste Flut hatte ihre Leichen – zusammen mit der halb zertrümmerten *Wel-kiej* – ans Ufer gespült.

Nach einer gründlichen Untersuchung stellte der Kaw-djer fest, daß das Wrack der Schaluppe noch zu retten sein mußte. Von den Planken war zwar nicht mehr viel zu gebrauchen, dafür hatte das Gerippe wenig gelitten; der Kiel war sogar noch völlig intakt. So wurde das, was von der *Wel-kiej* noch übrig und heil war, auf den Strand gezogen, um so bald als möglich repariert zu werden.

Der Transport sämtlicher Güter war am 13. Mai abgeschlossen. Und sofort ging man daran, die Teile der Barackenhäuser ineinanderzufügen und aufzustellen. Dank ihrer praktischen Konstruktion wuchsen sie mit erstaunlicher Schnelligkeit aus dem Boden. Und kaum standen sie fertig da, wurden sie auch schon bezogen.

Nun reichten sie allerdings bei weitem nicht aus, um zwölfhundert Personen aufzunehmen. Höchstens zwei Drittel der Bewerber konnten darin unterkommen, und daraus ergab sich die Notwendigkeit einer Auslese.

Diese Auslese vollzog sich auf natürliche Weise, das heißt mit Ellenbogen und Fäusten: Die Kräftigsten hatten zunächst alle notwendigen Barackenteile konfisziert, damit ›ihre‹ Häuser gebaut und dann natürlich jedem den Zutritt verwehrt. Aber wenn sie auch die Stärksten waren, so hatten die andern den Vorteil der größeren Anzahl – und mit ihnen mußten sie sich gütlich vergleichen.

So entstand eine zweite Schicht von Privilegierten, die zwar zu Anfang übers Ohr gehauen worden waren, sich dann aber doch noch durch die Kraft kollektiven Anspruchs eine Art Untermieterrecht erkämpfen konnten.

Dieser Prozeß wurde damit abgeschlossen, daß in jeder Baracke genügend Leute wohnten, um weitere Angriffe von außen abzuwehren. Wer jetzt noch kein festes Dach überm Kopf hatte, war endgültig aus dem Wettbewerb ausgeschieden.

Es war ein ganz beachtlicher Rest von etwa fünfhundert Personen – meist Frauen und Kinder, die sich begnügen und wieder in den Schutz von Zelten begeben mußten. Männer waren kaum darunter – nur einige ältere Familienväter, die ihre Frauen und Kinder nicht im Stich lassen wollten.

Auch der Kaw-djer und seine Indios wohnten im Zelt – sie waren dieses Klima gewohnt. Ebenfalls verzichtet hatten die Überlebenden der Mannschaft, die Hartlepool darum gebeten hatte und die das auch sofort akzeptierten – sogar Sirdey und Kennedy, die seit ihrem mißglückten Ausflug mit der Schaluppe bemerkenswert eifrig und zahm waren. Unter den zu kurz Gekommenen waren auch John Rame und Fritz Groß. Den ersten hinderte seine Körperschwäche, den zweiten seine Körperfülle, am Kampf um eine wetterfeste Unterkunft teilzunehmen. Und schließlich blieb noch die Familie Rhodes draußen – sie lehnte jede Anwendung von Gewalt grundsätzlich ab.

Diese fünfhundert Ausgesperrten quartierten sich also in den Zelten ein. Infolge dieser Reduzierung konnte man natürlich jeweils zwei Zelte übereinanderstellen, so daß durch die dazwischen liegende Luftschicht das Innere trockener und damit wohnlicher wurde.

Die Barackenbewohner dichteten unterdessen alle Ritzen und Spalten ab, sammelten im benachbarten Wald Holz und deckten sich mit den Lebensmitteln ein, die zur Verteilung kamen und für vier Monate ausreichten. Die Maurer – es gab etwa zwanzig unter den Handwerkern – bauten in aller Eile behelfsmäßige Öfen.

Alle diese Arbeiten waren noch nicht ganz beendet, als am 20. Mai der Winter – in diesem Jahr glücklicherweise verspätet – mit einem Schneesturm von ungewöhnlicher Heftigkeit über die Insel Hoste hereinbrach. In wenigen Minuten war alles von einem weißen Leichentuch bedeckt; nur noch die reifgespickten Bäume ragten heraus. Und schon am nächsten Tag mußte man durch den

Schnee Hohlwege graben – von Haus zu Haus und von Zelt zu Zelt.

Aber man hatte gut vorgesorgt und war gewappnet gegen alles, was kommen würde. Man lag geborgen in den Baracken oder unter den Doppelwänden der Zelte und wärmte sich am Feuer.

Die Gestrandeten der *Jonathan* waren zuversichtlich, den antarktischen Winter gesund zu überstehen.

NEUNTES KAPITEL

WINTER

Fünfzehn Tage lang heulte der Sturm ohne Unterbrechung, und der Schnee fiel in dichten Flocken. Die Auswanderer verschanzten sich während dieser zwei Wochen in ihren Behausungen und wagten kaum die Nase ins Freie zu stecken.

Diese erzwungene Klausur war für alle sehr traurig, am schlimmsten jedoch für diejenigen, denen es gelungen war, sich eine Baracke zu erobern. Denn diese Holzhütten bestanden genaugenommen nur aus ineinander verbolzten Holzverschalungen und waren denkbar klein und unbequem.

Erst hatten sie sich gerauft, um ›Hausbesitzer‹ zu werden; jetzt lagen sie darin – gequetscht wie

Heringe in der Büchse. Im Grund war der Innenraum ein einziger enger Schlafsaal, in dem ein Strohsack neben dem andern lag. Tagsüber wurden sie gestapelt, und dann saß man in einer dampfenden und rauchigen Küche herum.

Aus dem Nebeneinander und Durcheinander verschiedener Haushaltungen im gleichen Zimmer ergab sich ein ständiges unvermeidliches Gewimmel, unbequem und unhygienisch – und der beste Nährboden für Streitereien und Langeweile. Tatsächlich stritt man mit Ausdauer und langweilte sich in diesen von den Schneemassen blockierten Behausungen gründlich.

Die Männer konnten sich noch einigermaßen beschäftigen, indem sie sich den Kopf zerbrachen über die bescheidenen Möglichkeiten, primitive Möbel herzustellen. Mit dem Beil hackten sie aus Holzklötzen Tische und Stühle zurecht, die man am Abend in einer Ecke aufeinanderstellte, um Platz zu haben für die Strohsäcke.

Die Frauen jedoch hatten wirklich nichts zu tun. Sobald sie die Kinder versorgt und das Essen gekocht hatten – und dank den Konserven gab es nicht viel zu kochen –, war für sie schon Feierabend. Dann konnten sie die träge dahinschleichenden Stunden nur noch mit endlosem Geschwätz ausfüllen. Und das taten sie denn auch mit leidenschaftlicher Hingabe. Statt der Beine liefen die Zungen, und bekanntlich kann eine galoppierende Zunge viel leichter Schaden anrichten als zwei rennende Beine. Ein Wunder, daß es nicht schon am ersten Tag ausgerissene Zöpfe gab.

Die Zeltbewohner waren vor den Unbilden der Witterung weniger gut geschützt, dafür genossen sie aber andere Vorteile. Sie verfügten über mehr Raum, und einige Familien, unter ihnen die Rhodes und die Ceronis, hatten ihr Zelt sogar für sich allein. Auch die fünf Japaner, die fest zusammenhielten, lebten miteinander in einem Zelt; von ihnen war übrigens nie etwas zu sehen oder zu hören.

Alle Häuser und Zelte waren nach Lust und Laune ihrer Erbauer aufgestellt worden. Niemand hatte einen ›Stadtplan‹ entworfen, und so war weniger eine Ortschaft entstanden als eine willkürliche Anhäufung von Wohnstätten. Hätte man in dieser Siedlung Straßen ziehen wollen, wäre man in arge Verlegenheit gekommen.

Aber wozu auch Straßen? Es ging ja gar nicht darum, eine feste Niederlassung zu gründen. Im Frühling würde das Intermezzo zu Ende und jeder wieder in seiner alten Heimat sein – und in seinem alten Elend.

Der Lagerplatz befand sich am rechten Ufer des Flusses, der von Westen bis an die äußersten Baracken herankam, dann in einer Schleife wieder nach Nordwesten abbog und schließlich drei Kilometer unterhalb der letzten Zelte ins Meer floß.

Das westlichste Häuschen stand also direkt am Ufer. Es war eine Baracke von so kleinem Grundriß, daß höchstens drei Personen darin wohnen konnten.

Ohne Streit und Geschrei – geradezu unbemerkt – hatte sich einer der Auswanderer die Fertigteile ausgesucht, das Haus gebaut und den beiden Männern, die ihm – gegen Bezahlung – dabei halfen, sofort das Wohnrecht angeboten, so daß die Hütte von vornherein voll belegt war und kein Anspruch mehr entstehen konnte.

Dieser kluge Mann hieß Patterson, und seine Schlauheit zeigte sich auch in der Auswahl seiner Mitbewohner: Er hatte darauf geachtet, daß dies zwei herkulische Gefährten waren, die jederzeit ihren – und damit seinen – Besitz mit ihren mächtigen Fäusten verteidigen konnten.

Der eine hieß Blaker, der andere Long – beide waren Amerikaner. Blaker – siebenundzwanzig Jahre alt, Bauer und von sonnigem Gemüt, hatte leider eine Krankheit, die sein Leben erbärmlich komplizierte: Er war mit einem permanenten, unstillbaren Appetit geschlagen. Da die Suppenschüssel vor ihm auch in guten Zeiten nie voll genug war, hatte er sich ganz verzweifelt zur Auswanderung entschlossen – in der vagen Vorstellung, es gäbe irgendwo ein Land, in dem sogar er sich einmal sattessen könnte.

Der zweite, Mister Long, war ein Schmied mit dem Gehirn einer halben Ameise und den Muskeln von drei Löwen: ein Riese, aber geschmeidig wie das glühende Eisen unter seinem Hammer.

Was Patterson anging, so war er keineswegs vom Hunger in die Emigration getrieben worden. Er wollte gut verdienen. Das Schicksal war schon bei seiner Geburt grausam und gnädig zugleich gewesen. Es hatte ihn nackt und allein in Irland – am Rand eines Feldweges – ausgesetzt und ihn als Äquivalent zu diesem Fehlstart mit einem unbeschreiblichen Geiz ausgestattet – das heißt mit dem Willen und dem Talent, allmählich mehr zusammenzuscharren, als andern in die Wiege gelegt wird.

So hatte dieser begnadete Wucherer schon mit fünfundzwanzig Jahren ganz beachtliche Ersparnisse im Strumpf.

Er schacherte Tag und Nacht, lebte kärglich wie ein Mönch, beutete mit zynischer Selbstverständlichkeit auch seine besten Freunde aus und verfolgte unbeirrt sein erhabenes Ziel: reich zu werden.

Nun kann es ein Findelkind ohne Anfangskapital bei größtem Talent nur sehr langsam zum Millionär bringen. Sein Betätigungsfeld ist einfach zu begrenzt, um als Finanzkomet plötzlich aufzuleuchten. So waren auch Pattersons Erfolge bei all seiner Courage, Sparsamkeit und Skrupellosigkeit relativ bescheiden geblieben, als wundersame Märchen über Amerika und seine unbegrenzten Aufstiegsmöglichkeiten an sein Ohr drangen. Berauscht von Dollarvisionen, träumte er fortan nur noch von der Neuen Welt und begab sich an Bord.

Er wollte sein Glück versuchen. Wenn nicht auf den Spuren der Rockefellers und Baruchs, die ja auch von ganz unten kamen, so doch als Krämer oder kleiner Geldverleiher – in jedem Fall mit besseren Aussichten als in seinem Mutterland.

Kaum war er in den Staaten angelangt, da erwischte ihn auch schon die intensive Reklame, mit der die Gesellschaft für Kolonisation Interessenten für das Projekt Lagoa warb. Patterson war beeindruckt. Das Angebot schien reell, und Afrika war jungfräulicher Boden – auch für Spekulationen. Seine wenigen Banknoten würden sich dort schneller vermehren als in irgendeinem andern Land: Er schiffte sich kurz entschlossen auf der *Jonathan* ein.

Natürlich hatte die Katastrophe seine Pläne weit zurückgeworfen – aber Patterson gehörte nicht zu denen, die gleich die Flinte ins Korn werfen. Er schluckte seine Enttäuschung hinunter und begab sich weiter auf die Jagd nach dem Vorteil. Eigensinnig und verbissen stellte er sich die Aufgabe, hier als einziger auch aus dieser Situation Kapital zu schlagen.

Mit Hilfe von Blaker und Long hatte er sein Häuschen – wir wissen es schon – an der Stelle errichtet, wo der Fluß die Siedlung berührte und von dieser Seite zugänglich war. Stromaufwärts wuchs das Ufer zu einer fast fünfzehn Meter hohen Felswand an, stromabwärts lag eine kleine ebene Fläche vor dem Haus, und daneben stürzte der Fluß auf eine tiefer gelegene Terrasse. Zwischen diesem Wasserfall und der Mündung breitete sich ungangbarer Sumpf aus.

Wollten die Siedler sich also flußaufwärts einen Umweg von über einer Stunde ersparen, so mußten sie über Pattersons Gelände gehen, um ihre Krüge und Fässer mit Trinkwasser zu füllen.

Alle anderen Baracken und Zelte standen in malerischem Durcheinander und waren durch das Sumpfgelände vom Meer getrennt.

Nur der Kaw-djer hauste mit Halg und Karroly in einer Laubhütte, die ihm die beiden Indios gebaut und eingerichtet hatten. Etwas Notdürftigeres und Primitiveres als dieses aus Gras und Zweigen geflochtene Obdach konnte man sich wirklich nicht vorstellen, und man mußte schon mehr als genügsam und sehr abgehärtet sein, um sich in diesem Unterschlupf nicht den Tod zu holen.

Nun lag diese Hütte als einzige am linken Ufer des Flusses, also ganz in der Nähe der gestrandeten Schaluppe. Und das hatte natürlich den Vorteil, daß man jede wolkenlose und windstille Minute für die Reparaturen ausnutzen konnte.

Allerdings tobte die beiden ersten Wochen ein solcher Schneesturm, daß solche Arbeiten unmöglich waren. Was nicht heißen soll, der Kaw-djer sei wie die weniger unempfindlichen Schiffbrüchigen in seinen vier Wänden geblieben. Jeden Tag setzte er auf einer leichten Brücke, die Karroly in achtundvierzigstündiger Schwerarbeit geflochten hatte, über den Fluß und machte seine Runde durchs Lager.

Es gab eine Menge zu tun. Seit dem Kälteeinbruch litten einige Siedler an Krankheiten, meist Katarrh und Bronchitis, die aber durchweg harmlos verliefen, dank der Behandlung des Kaw-djer, der seit seiner chirurgischen Hilfeleistung für den verunglückten Jungen den Ruf eines bedeutenden Arztes genoß. Dem Jungen ging es übrigens von Tag zu Tag besser, und der ganze Heilungsprozeß sprach dafür, daß die günstige Prognose des Kaw-djer sich als richtig erweisen würde.

Nach seinen verschiedenen Visiten suchte der Kaw-djer regelmäßig das Zelt der Familie Rhodes auf, und dann unterhielt man sich eine oder zwei Stunden lang über alles, was von persönlichem oder allgemeinem Interesse war.

Der Kaw-djer schloß sich diesen Leuten immer enger an. Er schätzte die stille Bescheidenheit von Madame Rhodes und ihrer Tochter Clary, die ihm bei der Krankenpflege halfen, ebenso wie die Aufrichtigkeit, Aufgeschlossenheit und Toleranz von Harry Rhodes. Zwischen den beiden Männern entstand allmählich eine echte Freundschaft.

»Manchmal war ich schon froh«, sagte Harry Rhodes eines Tages zum Kaw-djer, »daß diese Gauner die Schaluppe ruiniert haben. Wäre sie noch in Ordnung, würden Sie wahrscheinlich davonsegeln – jetzt, nachdem der Laden hier läuft. So sind Sie sozusagen unser Gefangener.«

»Ich werde davonsegeln«, antwortete der Kaw-djer, »ich muß!«

»Aber bitte erst im Frühjahr! Sie wissen selber, wie sehr wir Sie brauchen! Wir haben eine ganze Reihe von kranken Frauen und Kindern – und nur Sie können sie behandeln. Was würde aus ihnen, wenn Sie nicht hier wären?«

»Also schön«, gab der Kaw-djer nach, »nicht vor dem Frühjahr. Dann werden Sie ja ohnehin alle nach Hause zurückkehren, und ich habe hier auch nichts mehr verloren.«

»Gehen Sie wieder auf Ihre Insel – Neuva?«

Der Kaw-djer fand keine Antwort und erwiderte nur mit einer unbestimmten Geste. Er gehörte auf die Insel Neuva – das war schon richtig. Aber ob er dorthin zurück wollte? Die Gründe, die ihn fortgetrieben hatten, bestanden nach wie vor: Neuva, die ehemals freie Insel, unterstand jetzt der Oberhoheit Chiles.

Um das Gespräch auf ein anderes Thema zu bringen, meinte er: »Im Augenblick könnte ich schon deshalb nicht von hier fort, weil meine beiden Freunde bleiben wollen. Zumindest Halg würde nur mit größtem Bedauern wegfahren oder sich vielleicht sogar energisch zur Wehr setzen!«

»Warum denn?« fragte Madame Rhodes erstaunt.

»Aus einem subjektiv sehr stichhaltigen Grund: Er hat das Unglück, verliebt sein!«

»Schönes Unglück«, lachte Harry Rhodes, »und

ebenso natürlich wie weit verbreitet – in seinem Alter!«

»Sicher«, gab Kaw-djer zu, »aber der Junge brockt sich da was ein, denn irgendwann ist ja doch Schluß damit!«

»Warum?« wollte Clary wissen, die sich – wie alle jungen Mädchen – für Probleme dieser Art natürlich besonders brennend interessierte, »wenn er sie liebt, soll er sie doch einfach heiraten! Warum sollen sie wieder auseinanderlaufen?«

»Sie ist die Tochter eines Auswanderers und wollte nie in Magellanien bleiben. Und was Halg in einem eurer sogenannten zivilisierten Länder zu suchen hat und wie er dort zurechtkäme, kann ich mir auch nicht gut vorstellen. Ganz abgesehen davon, daß es ihm sehr schwerfallen würde, sich von uns – von seinem Vater und von mir – zu trennen.«

»Sie sagen – die Tochter eines Auswanderers?« erkundigte sich Harry Rhodes. »Meinen Sie vielleicht Graziella Ceroni?«

»Ich habe sie ein paarmal gesehen«, warf Edward ein, »so übel ist die gar nicht!«

»Halg findet sie sogar besonders schön«, sagte der Kaw-djer und mußte lächeln. »Kein Wunder«, fügte er hinzu. »Bisher kannte er nur Indiomädchen, und besser als die auszusehen ist weiß der Himmel keine Kunst!«

»Es ist also wirklich Graziella Ceroni?« wiederholte Harry Rhodes seine Frage.

»Ja. Schon an dem Tag, als wir uns in diese Familienangelegenheit einmischen mußten – Sie erinnern sich an die häßliche Szene –, hatte ich bemerkt, daß Graziella bei Halg einen nachhaltigen Eindruck hinterließ. Sie muß für ihn so etwas wie eine Offenbarung gewesen sein. Sie wissen ja, wie schwer es das junge Mädchen hat – und vom Mitleid zur Liebe ist oft nur ein kleiner Schritt.«

»Ein schöner Schritt – auf einem guten Weg«, warf Madame Rhodes ein.

»Jedenfalls dürfen Sie mir glauben, daß Halg seither diesen Weg konsequent weitergeht. Dabei ist er schon ein ganz anderer Mensch geworden. Nur ein Beispiel: Die Indios von Magellanien legen auf nichts weniger Wert als auf ihr Äußeres. Diese Gleichgültigkeit geht bei ihnen so weit, daß sie trotz des rauhen Klimas fast nackt leben. Halg, verdorben durch die Zivilisation, von der ich in den Falten meiner Kleidung leider einen Rest mitbrachte, wurde von seinen Landsleuten schon ausgelacht, weil er seine Blöße mit einem Seehundsfell oder einer Guanakahaut bedeckte. Aber seit neuestem treibt er es noch viel weiter! Er hat unter den Siedlern einen Friseur entdeckt und sich die Haare schneiden lassen! Sicher ist er der erste Feuerländer, der mit einem Scheitel auf dem Kopf umhermarschiert! Und das reicht ihm noch nicht einmal: Er hat sich – der Teufel weiß woher – einen kompletten Anzug verschafft, und so läuft er jetzt durch die Gegend – europäisch bis hinunter zu den

Schuhen, die ihn ganz bestimmt fürchterlich drükken. Karroly kann sich gar nicht beruhigen. Ich selber begreife das alles sehr gut!«

»Und Graziella?« wollte Madame Rhodes wissen, »machen die rührenden Anstrengungen Eindruck auf das Mädchen?«

»Ich habe sie natürlich nicht danach gefragt«, antwortete der Kaw-djer. »Aber aus der guten Stimmung Halgs möchte man eigentlich schließen, daß seine Chancen steigen!«

»Warum auch nicht«, meinte Harry Rhodes, »er ist ein ganz imposanter junger Mann!«

»Ich gebe zu, er sieht nicht schlecht aus«, sagte der Kaw-djer – und ein bißchen Stolz lag in seiner Stimme. »Vor allem aber ist er ein brauchbarer Bursche: gutartig, arbeitswillig und intelligent – wir kommen glänzend miteinander aus.«

»Schließlich ist er Ihr Zögling!« warf Madame Rhodes ein. Sie wußte, daß der Kaw-djer das nicht ungern hörte.

Und er berichtigte sogar ihre Bemerkung: »Sie können ruhig sagen – mein Sohn; jedenfalls stehe ich zu ihm wie ein Vater. Aber gerade deshalb tut es mir leid, daß er sich in diese unglückliche Geschichte verrannt hat, die für ihn am Ende ja doch nicht gut ausgeht!«

Die Beobachtung des Kaw-djer war durchaus zutreffend: Graziella und der junge Indio mochten sich sehr gern. Seit jener ersten Begegnung dachte Halg nur noch an sie, und er ließ keinen Tag vorübergehen, ohne sie zumindest einmal zu sehen. Als Zeuge des Auftritts, der das Eingreifen des Kaw-djer notwendig gemacht hatte, kannte er die Schwierigkeiten dieser Familie, und mit der Geschicklichkeit des Verliebten nützte er die Situation bedenkenlos aus. Unter dem Vorwand, nach dem Rechten zu sehen und über die Sicherheit der beiden Frauen zu wachen, blieb er oft stundenlang bei ihnen. Da er – ebenso wie die beiden – geläufig Englisch sprach, konnten sie sich über alles unterhalten.

Auch darin glich Halg seinen Landsleuten überhaupt nicht: Diese zeigen kein Talent oder Interesse für fremde Sprachen. Halg dagegen hatte mühelos Englisch und Französisch gelernt und war jetzt – ein ausgezeichneter Vorwand, die Familie Ceroni fleißig zu besuchen – dabei, unter Anleitung Graziellas prächtige Fortschritte in Italienisch zu machen.

Graziella wäre keine Frau gewesen, hätte sie den Grund seiner Sprachbegeisterung nicht schnell erraten. Aber die Gefühle, die ihr der junge Indio entgegenbrachte, hatten sie anfänglich mehr belustigt als erfreut. Halg – mit seinen langen Haarsträhnen, der stumpfen Nase, den profilierten Backenknochen und der nußbraunen Haut – gehörte für sie einer anderen Sorte von Lebewesen an. Sie teilte die zweibeinigen Bewohner dieses Planeten ebenso grob wie naiv in zweierlei deutlich unterscheidbare Rassen ein: Menschen und

Wilde. Und da Halg ja ein Wilder war, konnte er nicht gleichzeitig ein Mensch sein. Diese Logik war nicht zu widerlegen, und daß es irgendeine Beziehung oder gar Verbindung geben könnte zwischen diesen in Tierfellen steckenden Exoten und ihr, der einem alten Kulturvolk angehörenden Italienerin, kam ihr überhaupt nicht in den Sinn.

Aber nach und nach gewöhnte sie sich doch sowohl an die Physiognomie als auch an die spärliche Bekleidung ihres schüchternen Verehrers. Und mit der Zeit fing sie sogar an, ihn als jungen Mann anzusehen. Und Halg tat alles, was diese Entwicklung fördern konnte. Eines Tages erschien er mit geschnittenen Haaren. Kurz darauf trat er – ein noch erstaunlicherer Fortschritt – in einem kompletten Anzug europäischer Herkunft auf; Hose, Jacke, Schuhe – nichts fehlte mehr zum Gentleman.

Natürlich war es grobes Tuch und saß auch nicht gerade einwandfrei auf Taille, aber davon wußte Halg nichts: Er kam sich unbeschreiblich elegant vor und konnte sich nicht oft genug heimlich in dem Spiegelscherben bewundern, den er noch auf der *Jonathan* erbeutet hatte.

Und es war ein hartes Stück Arbeit gewesen, einen humorvollen Auswanderer zu finden, der Friseur spielte, ihm die Mähne stutzte und einen Scheitel hinkämmte. Und zu einem noch größeren Problem war der Anzug geworden, der ihn dafür aber auch – dessen war er ganz sicher – vollends unwiderstehlich machen mußte.

Es war ja so gut wie aussichtslos, sich in dieser improvisierten Siedlung Kleidungsstücke zu beschaffen – und hätte es nicht einen Patterson gegeben –

Aber Patterson war inzwischen so weit: Er hatte

alles, kaufte alles und verkaufte alles. Gab mit der einen Hand, was er mit der andern genommen hatte – und hängen blieben Gebühren und Zinsen. So konnte er auch Halg die dringend benötigte Garderobe liefern; selbstverständlich waren bei dem Handel die gesamten Ersparnisse des jungen Feuerländers draufgegangen.

Er trauerte ihnen nicht nach, denn das Opfer lohnte sich: Graziellas Einstellung zu ihm änderte sich auf der Stelle. Ihr Rassen- und Klassenbewußtsein hatte ein Loch bekommen, durch das sie den Indio schlüpfen ließ: Er war vom Wilden zum Menschen avanciert.

Und von diesem entscheidenden Augenblick an ging alles mit Riesenschritten voran, denn ihre Zuneigung konnte sich nun ungehemmt entwickeln. Und Harry Rhodes hatte ja recht! Wenn man von den äußeren Merkmalen seiner Rasse absah, war Halg tatsächlich ein ausnehmend hübscher Bursche: groß, stämmig, abgehärtet – und dabei von der natürlichen Anmut, die ihre Wurzel in der Geschmeidigkeit der Glieder und der Harmonie der Bewegungen hat. Zudem war sein Intellekt durch die Schulung des Kaw-djer überdurchschnittlicher Leistungen fähig, und seine Augen strahlten vor naiver Freude am Leben. Das alles zusammen war mehr als genug, um das Herz eines vom Schicksal vernachlässigten jungen Mädchens zu gewinnen.

Von dem Tag an, da Halg und Graziella – ohne ein Wort darüber zu verlieren – sich als Verbündete betrachteten, verging ihnen die Zeit viel zu schnell. Was störte sie der Sturm oder die Kälte? Je unheimlicher draußen der Winter tobte, desto gemütlicher wurde es in der Hütte – und desto näher rückte man zusammen. Statt sich auf besseres Wetter zu freuen, wünschten sie, der Schnee möge überm Haus zusammenwehen.

Doch es wurde wieder schön draußen, und die Auswanderer, die ja keinen Grund hatten, diesen Wechsel zu fürchten, begrüßten die ersten Sonnenstrahlen wie ein Fest. Als ob sich ein Zauberstab auf das Lager senkte, wurden Hütten und Zelte lebendig und leerten sich. Die Männer stapften in den Schnee hinaus und bogen ihre von langer Untätigkeit steif gewordenen Gelenke. Und die Frauen gingen von Tür zu Tür, öffneten die Schleusen ihrer Klatschmäuler, machten Besuche über Besuche und schlossen Freundschaften über Freundschaften, aber – und dies muß vermerkt werden – nie mit den Frauen, mit welchen sie den Winter über unter einem Dach gelebt hatten.

Karroly nützte das günstige Wetter, um die Flickarbeiten an der *Wel-kiej* in Angriff zu nehmen; die beiden Zimmerleute halfen ihm wieder dabei. Da sie alle Vorarbeiten – zum Beispiel das Fällen der Bäume und das Zuschneiden der Bretter – selber durchführen mußten, würde sich die Reparatur der Schaluppe über mindestens einen Monat hinziehen. Das bedeutete, daß die *Wel-kiej* – wenn man die durch schlechtes Wetter bedingten

Unterbrechungen einkalkulierte – frühestens in drei Monaten wieder seetüchtig vor Anker liegen konnte.

Während Karroly und seine Zimmerleute mit Hobel und Säge hantierten, ging der Kaw-djer mit seinem Hund Zol auf die Jagd, um sich und seinen Kranken frisches Fleisch zu beschaffen. Denn wenn der Archipel auch unterm Frost des Winters erstarrte, wenn Schnee die Täler ausfüllte und Eis die Gebirge überzog, so war trotzdem das tierische Leben nicht völlig erloschen. Die Wälder boten zahlreichen Nandus, Guanakos, Peruschafen und Füchsen Unterschlupf. Über die Ebenen flatterten Berggänse, kleine Rebhühner, Schnepfen und Bekassinen. Am Strand wimmelte es von eßbaren Möwenarten. In Sichtweite der Insel schleuderten Wale ihre Fontänen hoch, und auf den Klippen tummelten sich Seehunde.

Fische gab es dagegen keine. Sie stehen nur während der Sommermonate in den Gewässern rings um die Insel Hoste. Im Winter ziehen alle – sogar die Meerhechte und Neunaugen – nach Norden, in den Beagle-Kanal und in die Magellanstraße.

Von seiner Pirsch brachte der Kaw-djer außer einer Menge erbeuteten Wildbrets die ersten Nachrichten mit – über vier Familien, die es vorgezogen hatten, das Lager zu verlassen und sich einige Meilen weiter landeinwärts anzusiedeln. Diese Individualisten waren keine anderen als die Familien Rivière, Gimelli, Gordon und Iwanoff.

Wir kennen diese Leute schon. Die drei zuletzt Genannten hatten den Kaw-djer und Harry Rhodes auf ihrem ersten Streifzug durch die Insel begleitet, Rivière war als Abgesandter in Punta-Arenas gewesen. Alle vier hatten sich sehr rasch zusammengeschlossen und vom großen Haufen abgesondert. Sie waren Landwirte – anständige, gesunde, ausgeglichene, solide Bauern. Sie standen dem Geiz eines Patterson ebenso fern wie der Haltlosigkeit eines John Rame; sie lebten vernünftig, und die Arbeit war ihnen ein Bedürfnis. Es wäre ihnen sehr schwergefallen, einen ganzen Winter untätig herumzusitzen, und das gleiche galt auch für ihre Frauen.

Und diese Einstellung hatte sie in die Wälder getrieben. Beim Fällen der Bäume, die für das Entladen der *Jonathan* nötig waren, hatte Rivière die unerschöpflichen Wälder kennengelernt, die noch nie von einer Axt verletzt worden waren. Daran erinnerte er sich, als er in Punta-Arenas erfuhr, daß sie noch mindestens sechs Monate auf der Insel Hoste bleiben müßten. Und das brachte ihn auf den Einfall, sich diesen Umstand zunutze zu machen und in diesen Wäldern Holz zu schlagen.

Er besorgte sich gleich das nötige Material für eine Sägerei und belud damit die Schaluppe. Die Wälder gehörten niemandem, fällen konnte er also nach Belieben – und irgendwann mußte sich das ja bezahlt machen. Zwar würde zum Beispiel der Transport ein schwieriges Problem werden, aber

Rivière war zuversichtlich: Hatte er einmal ein Lager gut zugerichteter Balken und Bretter, so mußten sich später auch Mittel und Wege finden, das wertvolle Nutzholz an den Mann – das heißt auf ein Schiff – zu bringen.

Von seinen Plänen erzählte er nur Gimelli, Gordon und Iwanoff, mit denen er sich schon auf der *Jonathan* angefreundet hatte. Sie beglückwünschten den Franco-Kanadier und bedauerten nur, nicht mitmachen zu können. Doch da eine Idee oft eine andere nach sich zieht, kam ihnen bald ein ähnlicher Einfall. Auf ihrer Exkursion mit dem Kaw-djer hatten sie immer wieder gestaunt über den erstklassigen Humusboden. Warum sollten sie es nicht auch versuchen – der eine mit Viehzucht, die beiden andern mit Getreideanbau? Wenn sich nach sechs Monaten Erfolge voraussehen ließen, zwang sie ja niemand, abzureisen. Südamerika oder Südafrika – wenn man nicht zu Hause leben kann, ist es gleichgültig, wo man sich's gut gehen läßt.

Und wenn es nicht gut ging, hatte man hier kein Opfer gebracht als die Arbeit. Und sie ist kein Opfer, sondern ein unerschöpfliches Kapital, denn die Arme bleiben stark und der Kopf klar. Im schlimmsten Fall erntete man also zumindest mehr als die andern, die in ihren Baracken und Zelten lagen: nämlich die Erhaltung der Gesundheit.

Die vier Familien – kluge Männer und Frauen und kraftstrotzende Kinder – hielten alle Trümpfe in der Hand, dort Erfolg zu haben, wo andere gescheitert wären.

Sie faßten den endgültigen Entschluß und gingen mit Hilfe Hartlepools und mit Billigung des Kaw-djer an seine Durchführung.

Während das Gros der Auswanderer mit der Verlegung des Lagers in die Scotchwell-Bucht beschäftigt war, bereiteten sie ihren eigenen Umzug vor. Sie zimmerten sich einen groben Karren mit Achsen aus Holz und vollen Rädern, eine primitive, aber sehr stabile Konstruktion mit einer Ladefläche, die groß genug war, um alles zu stapeln, was für den Aufbau eines solchen Betriebs unumgänglich war: Proviant, Saatgut, Äxte, Sägen, Pflüge, Utensilien für den Haushalt, Waffen und Munition.

Sie vergaßen auch nicht, einiges Geflügel mitzunehmen, und die Gordons, die sich auf Tierhaltung spezialisieren wollten, führten Rinder, Schafe und Schweine mit – von jeder Sorte mindestens ein Männchen und ein Weibchen.

Mit diesem Grundstock ihres künftigen Vermögens zogen sie gegen Norden und suchten einen geeigneten Platz.

Sie fanden ihn zwölf Kilometer landeinwärts. Dort breitete sich ein weites Hochplateau aus, im Westen begrenzt von undurchdringlichen Wäldern, im Osten von einem Fluß, der sich durch ein breites Tal schlängelte. Dieses Tal war ein einziger dichter saftiger Grasteppich – ein idealer Weidegrund, der

das beste Futter für die größte Herde abgegeben hätte. Auf der Hochebene selbst lag eine Schicht fetter Humuserde, an deren Kultivierung man erst denken konnte, nachdem man sie mit der Spitzhacke Quadratmeter um Quadratmeter aufgerissen hatte, denn sie war von dichtem Wurzelwerk völlig durchsetzt.

Die Siedler nahmen die Arbeit auf. Zuerst mußten vier Blockhäuser gebaut werden; die Außenwände davon erstellte man aus Baumstämmen. Wenn das auch vorweg einen gewissen Zeitverlust mit sich brachte, so war es doch wichtig, daß jeder sein eigenes Zuhause bekam – als Voraussetzung für ein gutes Zusammenleben.

Sturm, Schnee und Frost verzögerten den Aufbau der kleinen Kolonie nicht um eine Stunde. Sie war fertig, als der Kaw-djer zum erstenmal kam.

Er war begeistert, als er sah, was ein zielbewußter Wille zu leisten imstande ist. Die Rivières beschäftigten sich gerade mit der Konstruktion eines Schaufelrads, um einen natürlichen Wasserfall nutzbar zu machen. Er sollte die Sägemühle treiben, zu der das oben auf dem Plateau geschlagene Holz leicht heruntergeschleift werden konnte.

Die Gimellis und Iwanoffs hatten inzwischen mit der Rodung angefangen und bereiteten den Boden für den Pflug vor. Zu gegebener Zeit würden die Ochsen davorgespannt, für die Gordon jetzt schon große Gehege absteckte.

Und selbst wenn alle Anstrengungen fruchtlos bleiben sollten, so war der Kaw-djer doch froh, daß es wenigstens einige gab, die nicht wie alle andern in apathischer Resignation hindämmerten.

Aber diese andern waren eben große Kinder. Sie strahlten, wenn die Sonne schien, und verkrochen sich in ihren Löchern, wenn Wolken kamen. Und beim nächsten Sonnenstrahl begann das Spiel von neuem.

Und so verging ein Monat, in dem wenige schöne Tage mit viel Regen und Nebel abwechselten. Der 21. Juni – Wintersonnenwende in der südlichen Hemisphäre – rückte heran.

Schon dieser erste Monat an der Bucht von Scotchwell hatte die verschiedenen Gruppierungen innerhalb des Lagers verändert. Es gab Zerwürfnisse und neue Freundschaften, und das führte überall zu Wohnungswechseln. Außerdem begannen sich Einzelgruppen in der Masse abzuzeichnen – wie Inselchen in einem Strom.

Eine dieser Gruppen bestand aus dem Kaw-djer, den beiden Indios, Hartlepool und der Familie Rhodes. Um sie herum kreiste die Mannschaft der *Jonathan* – einschließlich Dick und Sand – wie Satelliten um ihr Gestirn.

Eine zweite Gruppe setzte sich ebenfalls aus ruhigen und verträglichen Leuten zusammen. Es waren die vier von der Gesellschaft für Kolonisation angeheuerten Handwerker Smith, Wright, Lawson und Fock, und dazu gehörten fünfzehn weitere Arbeiter, die sich auf eigenes Risiko an der Expedition beteiligt hatten.

Die dritte Gruppe zählte nur fünf Mitglieder: die Japaner, die in Schweigen und Geheimnis lebten und deren Schlitzaugen und gelbe Gesichter man fast nie zu sehen bekam.

Gruppe vier stand unter der Führung von Ferdinand Beauval. Im Magnetfeld des großen Volkstribunen sammelten sich etwa fünfzig Siedler. Fünfzehn bis zwanzig von ihnen konnte man das Prädikat Handwerker geben. Die übrigen waren ungelernte Landarbeiter.

Die fünfte Gruppe war kleiner und schwamm im Kielwasser Lewis Doricks. Ihm waren der Matrose Kennedy und der Koch Sirdey blind ergeben – und mit ihnen noch fünf oder sechs finstere Individuen, die sich zwar lautstark zur Arbeiterklasse bekannten, die man aber besser zur Gilde der Berufsverbrecher zählte. Dieser militante Kader hatte noch einige Mitläufer in Lazarus Ceroni, John Rame und einem Dutzend anderer Saufbrüder, die der Alkohol zu Hampelmännern degradiert hatte.

Die sechste und letzte Gruppe umfaßte den ganzen Rest. Zwar spaltete sich auch diese Menge nach persönlichen Sympathien und Antipathien in viele Grüppchen, aber sie alle hatten doch das eine besondere Kennzeichen: kein besonderes Kennzeichen zu haben. Sie ließen sich treiben, waren faul, gleichgültig und gelangweilt und gaben jedem Einfluß nach.

Zu erwähnen sind noch die Einzelgänger, die Unabhängigen – wie Fritz Groß, der das letzte Stadium der Verblödung erreicht hatte –, dann die Brüder Moore, die mit ihrem Jähzorn nirgends länger als drei Tage bleiben konnten, und schließlich Patterson, der nur auftauchte, wo es etwas zu schachern gab und im übrigen mit seinen beiden Bewachern Blaker und Long in seinem Hamsterbau völlig zurückgezogen lebte.

Von diesen Parteien – wenn dieses Wort nicht zu hoch gegriffen ist – profitierte unter den bestehenden Verhältnissen vor allem jene Gruppe, die sich unter die Fahne Lewis Doricks begeben hatte – und Lewis Dorick selbst schoß den Vogel ab, indem er schlicht und einfach seine Grundsätze in die Tat umsetzte.

Bei schönem Wetter pilgerte er von Zelt zu Zelt, von Baracke zu Baracke und nistete sich dort überall ein, solange er Lust hatte. Er setzte sich auf den bequemsten Platz, predigte sein Evangelium – Privatbesitz sei eine zutiefst unmoralische Angelegenheit und alles gehöre allen – und nahm dann zum Abschied das mit, was ihm am besten schmeckte und gefiel.

Mit feinem Riecher fand er diejenigen heraus, bei denen er auf Widerstand stoßen würde, und mit ihnen ließ er sich nicht ein. Dafür schröpfte er die Schwachen, Schüchternen und Dummen nach allen Regeln seiner Kunst. Sprachlos und hilflos ließen sich diese Leute terrorisieren und wagten nicht einmal zu zittern. Dorick brauchte sie nur mit seinem stahlharten Blick anzustarren – und schon lächelten sie verbindlich und öffneten ihm ihre Kochtöpfe und Truhen. So leicht hatte es der relegierte Professor noch nirgends gehabt: Für ihn war die Insel Hoste wahrlich das Land, wo Milch und Honig fließt.

Allerdings muß man fair sein und zugeben: Dorick hielt es für selbstverständlich, daß man sein System auch gegen ihn selbst anwandte. Wenn er skrupellos nahm, was den andern gehörte, so billigte er jenen auch zu, sich das zu nehmen, was ihm – Dorick – gehörte. Und diese Großzügigkeit verdiente um so größere Bewunderung, als er selber überhaupt nichts besaß. Allerdings ließ sich – so wie die Dinge liefen – leicht voraussehen, daß das nicht mehr lange so bleiben würde.

Seine Jünger folgten den Spuren ihres Herrn und taten ihr Bestes, freilich ohne im entferntesten an seine Geschicklichkeit und damit an seine Erfolge heranzukommen. Immerhin brachten sie es durch ihre gemeinsame Missionstätigkeit dahin, bis zum Ende des Winters all das, was noch im Herbst den Siedlern gemeinsam gehört hatte, in den Privatbesitz der wenigen, die das Recht auf persönliches Eigentum abstritten, zu überführen.

Dem Kaw-djer konnte dieser Mißbrauch natürlich nicht verborgen bleiben, und er staunte nicht wenig über die originelle Auslegung und Anwendung der sozialistischen Ideen, die er selber so leidenschaftlich vertrat.

Aber was sollte er dagegen tun? Welche Vollmachten hatte er, um einzugreifen? Mit welchem Recht durfte er einen Konflikt auslösen, indem er *proprio motu* sich zum Beschützer von Leuten machte, die ihn gar nicht um Schutz gebeten hatten – gegen andere, die ihnen im Grunde sehr ähnlich waren?

Dazu kam, daß er zu viele eigene Sorgen hatte, um sich auch noch um die der andern zu kümmern. Je länger der Winter andauerte, desto mehr Kranke gab es. Die Schwierigkeiten wuchsen ihm über den Kopf.

Am 18. Juni ereignete sich der erste Todesfall: Ein fünfjähriges Mädchen starb an Lungenentzündung; kein Medikament hatte es mehr retten können. Es war das dritte Grab, das sie gruben seit ihrer Landung auf der Insel Hoste.

Auch Halgs Zustand wurde allmählich zu einem Problem. In seinen treuherzigen Augen las der Kaw-djer wie in einem Buch, und er konnte leicht feststellen, daß der junge Indio völlig aus dem Gleichgewicht war. Was sollte werden, nachdem die Auswanderer Magellanien wieder verlassen hatten? Würde Halg nicht hinter seiner Graziella herlaufen – und dann vor Heimweh zugrunde gehen?

Am 18. Juni kam Halg besonders niedergeschlagen von seinem täglichen Besuch bei der Familie Ceroni zurück. Der Kaw-djer brauchte ihn nicht nach dem Grund zu fragen. Halg erzählte ihm sofort, daß er am Abend zuvor kaum weggewesen sei, als Lazarus Ceroni wieder einmal angefangen habe, sich sinnlos zu betrinken. Dabei sei es erneut zu einem widerlichen Auftritt gekommen, der zum Glück weniger brutal verlief als jener, den sie seinerzeit mitansehen mußten.

Das gab dem Kaw-djer zu denken. Wie war Ceroni an Alkohol herangekommen? Wurde die Ladung von den Männern der Besatzung nicht mehr so bewacht, wie er es angeordnet hatte?

Er fragte Hartlepool, doch der versicherte, er verstehe das nicht: Die Wachordnung sei in keiner Weise gelockert worden. Weil aber die Tatsache unbestreitbar war, versprach er, seine Aufmerksamkeit zu verdoppeln, damit sich der Diebstahl nicht wiederholen könne.

Drei Tage nach der Sonnenwende – am 24. Juni – kam es zu einem an sich belanglosen Zwischenfall, der aber für die Zukunft schlimme Folgen nach sich ziehen sollte.

Das Wetter war schön. Eine leichte Brise von Süden hatte den Himmel blank gefegt, und bei vier bis fünf Grad trockener Kälte war der Boden hart. Unter den bleichen Strahlen der Sonne, die einen flachen Bogen über den Horizont beschrieb, spazierten viele Auswanderer im Lager herum.

Zu diesen Frischluftanbetern gehörten selbstverständlich auch Dick und Sand, die ja bei jedem Wetter draußen waren. Zusammen mit Marcel Norely und zwei anderen Kindern ihres Alters spielten sie hingebungsvoll ›Himmel und Hölle‹. Sie waren so sehr bei der Sache, daß sie eine andere Gruppe von Spielern gar nicht bemerkten, obwohl diese ganz in ihrer Nähe standen. Es waren sechs Erwachsene, und sie kegelten – warum auch nicht: Spielen ist ja keineswegs ein Privileg von Kindern; die Großen haben genauso Spaß daran.

Einer dieser Männer war jener Fred Moore, den Dick schon einmal – bei der Rückkehr der Schaluppe von Punta-Arenas – verärgert hatte.

Nun rollte die Kugel zufällig ins Spielviereck der Kinder, und Sand war gerade dabei, auf einem Bein hüpfend eine äußerst schwierige Passage zu bewältigen. Er war völlig in seine Aufgabe vertieft und hatte das Pech, die Kugel zu übersehen und sie unabsichtlich mit dem Fuß wegzustoßen.

Und schon wurde er am Ohr gepackt, und eine heisere Stimme sagte grob: »He du – hast du keine Augen im Kopf?«

Die Finger ließen nicht los, und der empfindliche Sand fing an zu weinen.

Und damit wäre die Sache wahrscheinlich erledigt gewesen, hätte nicht Dick sich durch diesen Angriff auf seinen besten Freund persönlich herausgefordert gefühlt.

Plötzlich mußte Fred Moore – denn er war der schreckliche Feind, den Sand beleidigt hatte – ganz schnell loslassen und sich selber verteidigen. Ein unbekannter Verbündeter seines Opfers zwickte ihn von hinten empfindlich ganz oben ins Bein. Er fuhr herum und sah sich dem unverschämten Zwerg gegenüber, der es früher schon einmal gewagt hatte –

»Du schon wieder – du – Rotznase!« schrie er und machte den Arm lang, um sich das kleine Bündel zu schnappen.

Doch Sand und Dick – das war zweierlei. Beim einen war das ganz leicht gewesen, beim andern ging das nicht so einfach. Dick sprang mit einem mächtigen Hopser zur Seite und lief davon; und Fred Moore rannte, fluchend wie zehn Bierkutscher, hinterher.

Die Verfolgung zog sich in die Länge. Jedesmal, wenn der Feind glaubte, er brauche nur noch die Hand auszustrecken, schlug Dick einen Haken – und Fred Moore, der dabei immer verrückter wurde, griff ins Leere. Trotzdem war die Partie zu ungleich, um ewig zu dauern oder sich gar zugunsten des kleinen Dick entscheiden zu können. Man mußte nur die Beine des Flüchtenden mit denen des Verfolgers vergleichen. Nein, er konnte laufen so schnell und Haken schlagen so oft er wollte, irgendwann würde der Augenblick kommen –

Und da war er schon: Fred Moore hatte Dick den Weg abgeschnitten und brauchte diesmal wirklich nur noch zuzupacken – und alles war zu Ende. Aber dazu kam es nicht: Sein Fuß stolperte über ein Hindernis, das vorher nicht da war; er verlor das Gleichgewicht, fiel in vollem Lauf vornüber und schürfte sich Knie und Hände auf. Und Dick und Sand nützten die Chance und waren nicht mehr zu sehen.

Das Hindernis, das Fred Moore zu Boden geschleudert hatte, war der sprichwörtliche Knüppel, den man dem Menschen zwischen die Beine wirft. In diesem Fall ein Stock oder – genau gesagt – die Krücke des kleinen Marcel Norely. Um seinen Freund aus höchster Gefahr zu retten, hatte der kleine Krüppel die einzige Waffe gebraucht, die ihm zur Verfügung stand.

Glücklich über seinen Erfolg, lachte er jetzt aus vollem Hals und war sich seiner Heldentat überhaupt nicht bewußt. Und tatsächlich war es eine heroische Tat gewesen – vor allem deshalb, weil das arme Kerlchen jetzt ohne Krücken völlig unbeweglich war und natürlich die Prügel erwarten mußte, die Fred Moore einem anderen zugedacht hatte.

Fred Moore rappelte sich langsam wieder auf die Beine. Dann war er mit einem einzigen langen Schritt bei Marcel und hob ihn wie eine Feder hoch. Und das brachte den Jungen sehr rasch in die böse Wirklichkeit zurück. Mit Armen und Beinen zappelnd, stieß er gellende Schreie aus.

Fred Moore hörte das gar nicht mehr. Der Jähzorn hatte ihm seinen Sack über den Kopf gezogen. Er hob die breite Hand, ballte sie zur Faust und zielte mitten ins Gesicht.

Aber zum Zuschlagen kam es nicht. Eine andere, noch breitere Hand hatte sie von hinten umklammert, und eine Stimme sprach vorwurfsvoll:

»Aber Monsieur Moore – das ist doch ein Kind!«

Fred Moore drehte sich um. Wer wagte es hier,

ihm Vorschriften zu machen? Er erkannte den Kaw-djer, der kopfschüttelnd hinzufügte:

»Und dazu noch ein verkrüppeltes!«

»Das geht Sie einen Dreck an!« brüllte er, »lassen Sie mich los, sonst –!«

Da der Kaw-djer nicht daran dachte, dieser freundlichen Aufforderung Folge zu leisten, versuchte Fred Moore, sich mit einer abrupten Wendung loszureißen. Doch der Griff um sein Handgelenk lockerte sich nicht. Außer sich vor Wut, ließ Fred Moore den kleinen Marcel fallen, um mit seiner freigewordenen Linken zuschlagen zu können.

Der Kaw-djer lächelte und verstärkte den Druck seiner Finger. Es mußte ein Schraubstock sein, denn Fred Moores Gesicht wurde zur Fratze, der Arm sank herunter, und die Beine gaben nach.

Da ließ der Kaw-djer los – und sofort bäumte sich Fred Moore wieder auf, griff in den Gürtel, zog den Hirschfänger und duckte sich zum Angriff. Er sah rot, in seinen Augen stand Mord.

Seine Mitspieler, erschreckt über diese Entwicklung, warfen sich über ihn. Sie mußten ihn bändigen wie ein wildes Tier. Der Kaw-djer stand ein bißchen erstaunt daneben und schaute zu: Fred Moore tat ihm leid.

Wie war es möglich, daß ein Mensch aus Wut in solcher Weise zum Sklaven seines Temperaments wurde? War das überhaupt noch ein Mensch – dieser Zweibeiner, der sinnlos um sich schlug und mit schäumendem Mund unartikulierte Schreie ausstieß? Führte ein solcher Anblick nicht alle Theorien von unbedingter Freiheit und Unantastbarkeit menschlicher Würde ad absurdum? Mußte man sich nicht endlich eingestehen, daß der Menschheit nur durch heilsamen Zwang zu helfen ist in ihrem ewigen Kampf gegen die bestialischen Leidenschaften, von denen sie immer wieder heimgesucht wird?

»Wir sehen uns wieder, Genosse!« keuchte Fred Moore, den vier stämmige Kerle unerbittlich festhielten.

Der Kaw-djer hob die Schultern und ging weg, ohne sich umzusehen. Schon nach wenigen Schritten war es ihm gelungen, den albernen Vorfall zu vergessen. Aber war das klug von ihm? Die Zukunft sollte erweisen, daß Fred Moore ihn sehr gut im Gedächtnis behielt.

ZEHNTES KAPITEL

SCHIFF IN SICHT

Anfang Juli erlebte Halg eine große Aufregung. Er entdeckte, daß er einen Rivalen hatte.

Es war Patterson, der Lieferant seiner Garderobe, auf die er so stolz war; und auch er verkehrte jetzt bei der Familie Ceroni in der offensichtlichen Absicht, Graziella für sich zu interessieren.

Halg war verzweifelt über diese erste Komplikation in seinem Innenleben und bekam schlimme Komplexe: Wie konnte er, ein achtzehnjähriger Halbwilder, einen erwachsenen Europäer ausstechen, der zudem über Reichtümer verfügte, die dem armen Indio märchenhaft erschienen? Graziella würde – bei allen Sympathien, die sie ihm entgegenbrachte – keinen Augenblick zögern –

Und Graziella dachte auch gar nicht daran zu zögern. Doch ihre Entscheidung fiel ganz anders aus, als er befürchtet hatte. Die Jugend trug in ihrer schüchternen Unschuld mühelos den Sieg davon über die Vorteile, die der geizige Irländer zu bieten hatte. Wenn dieser seine Besuche trotzdem hartnäckig weiterführte, so war das sein eigenes Pech. Er merkte nicht, daß er Mutter und Tochter lästig war, obwohl sie ihm kaum Antwort gaben und seine Anwesenheit oft stundenlang einfach ignorierten.

Nicht übertrieben sensibel und hart im Nehmen, ließ er sich also nicht stören und setzte seine Anstrengungen mit der penetranten Ausdauer fort, die schon so viele seiner Unternehmungen zum Erfolg geführt hatte. Außerdem erwuchs ihm im Hause selbst ein Verbündeter – und das war kein anderer als Lazarus Ceroni. Je unpersönlicher ihn die beiden Frauen behandelten, um so interessierter zeigte sich Lazarus an den Bemühungen Pattersons um seine Tochter.

Die beiden Männer hatten sich längst angefreundet, und oft zogen sie sich zurück und schienen Dinge zu besprechen, die keinen etwas angingen. Was konnten das schon für Geschäfte sein, die sie so geheimnisvoll miteinander verbanden – Lazarus, den Säufer und Verschwender, und Patterson, den bauernschlauen Geizhals?

Diese Zusammenkünfte beunruhigten vor allem Halg; und auch das Benehmen von Lazarus war Anlaß zu neuer Besorgnis. Er fuhr nämlich fort, sich in immer kürzeren Abständen sinnlos zu betrinken – mit all den bekannten üblen Folgen für Graziella und ihre Mutter.

Halg teilte das jedesmal dem Kaw-djer mit, und der gab die Meldung an Hartlepool weiter. Aber keinem der drei gelang es herauszufinden, wie sich Lazarus Ceroni solche Mengen Alkohol verschaffen konnte, wo es auf der Insel Hoste doch – außer dem sichergestellten Vorrat – keinen Tropfen gab.

Das Zelt, in dem die Fässer lagen, wurde Tag und Nacht bewacht von den sechzehn Überlebenden der Mannschaft, die einander – in acht Zweiergruppen unterteilt – dreistündig ablösten. Die Leute, sogar Kennedy und Sirdey, nahmen übrigens widerspruchslos die lästige Pflicht auf sich, täglich drei Stunden lang Posten zu stehen. Nie hatte sich einer beschwert – sie gehorchten Hartlepool mit der gleichen Selbstverständlichkeit wie früher an Bord. Ihre Disziplin hatte den Schiffbruch überdauert.

So stellten sie trotz ihrer geringen Anzahl als Einheit eine Potenz dar, einen Machtfaktor, und dabei ist noch nicht einmal die Hilfe einkalkuliert, die ihnen Dick und Sand im Notfall geleistet hätten.

Für den Augenblick allerdings dachte noch niemand daran, den guten Willen der beiden Kinder in Anspruch zu nehmen. Da sie zu jung waren, um Wache zu schieben, genossen sie ihre völlige Ungebundenheit und nutzten sie nach Kräften aus – mit der ganzen überschäumenden Vitalität ihrer elf Jahre.

Die Zeit, die sie auf der Insel Hoste zubrachten, würde für sie bestimmt einmal als das größte Abenteuer ihres Lebens in die Erinnerung eingehen. Sie spielten ohne Unterbrechung, je nach Laune und Wetter. Fiel der Schnee in dichten Flokken, gruben sie sich Höhlen oder vergnügten sich mit gewaltigen Schneeballschlachten. Wurde es kalt, lag die Eisbahn vor der Tür, oder sie ließen sich auf Brettern von Pferden hinterherschleifen und kosteten die Gefahr schwindelerregender Purzelbäume aus. Wenn die Sonne vom Himmel brannte, rotteten sie sich mit unzähligen Jungen ihres Alters zusammen und tobten, bis sie vor Erschöpfung halb tot umfielen.

Bei einem ihrer Ausflüge am Strand entdeckten

sie – zusammen mit drei oder vier andern Kindern – eine Grotte im Steilhang hinter dem Vorgebirge, das die Bucht von Scotchwell im Osten abgrenzte. Vor dieser Höhle, deren südliche Öffnung also über dem Ufer lag, vor dem die *Jona-*

than auf die Riffe aufgelaufen war, hätten sie sich wahrscheinlich gar nicht weiter aufgehalten. Aber sie wies eine Eigentümlichkeit auf, die sie besonders interessant machte. Ganz innen öffnete sich nämlich ein Spalt, der nach zwei oder drei Metern zu einer zweiten – völlig unterirdischen – Grotte hindurchführte, von der aus eine gewundene Galerie ihren Anfang nahm – und mitten durch das Gewölbe zu einer höher gelegenen Höhle anstieg, die sich dann gegen die Nordseite der Küste öffnete. Von dort aus sah man den Lagerplatz, zu dem man nur auf dem Geröllhang hinunterzurutschen brauchte.

Diese Entdeckung war natürlich eine echte Sensation! Niemand durfte davon erfahren! Ein Labyrinth von Grotten, das ihnen ganz alleine gehörte! Nur heimlich kamen sie hier zusammen, um abwechselnd Wilder, Räuber oder Robinson zu spielen – alles mit der gleichen Leidenschaft.

Ungeheuerlich dröhnte das Echo ihres Geschreis von den unterirdischen Gewölben, und gespenstisch hallte ihr zügelloser Galopp auf der Galerie, die beide Etagen des Höhlensystems miteinander verband!

Übrigens war es nicht ganz ungefährlich, diese Galerie zu überqueren. An einer Stelle schien sie nämlich schon recht baufällig. Ihre Decke war höchstens einen Meter hoch und von einem einzigen Block gestützt, der auf einem anderen Felsen schief auflag, so daß ihn der kleinste Stoß ins Rutschen bringen konnte. Man mußte auf allen vieren vorwärts kriechen und sich mit äußerster Vorsicht durch die schmale Öffnung zwischen dem gefährlichen Felsblock und der Wand schieben. Aber wie erschreckend die Gefahr auch in Wirklichkeit war, die Kinder hatten keine Angst und fanden diesen Durchschlupf besonders aufregend.

So verlebten Dick und Sand einen fröhlichen Winter. Sie machten sich keine Sorgen – nicht einmal um ihren Erbfeind Fred Moore, den sie manchmal von weitem sahen. Dann genierten sie sich nicht, einfach davonzulaufen. Er verfolgte sie nie – sie interessierten ihn nicht mehr. Es war ein anderer, an dem sich zu rächen er sich vorgenommen hatte.

Zudem war es den beiden Kindern völlig gleichgültig, ob er noch wütend war oder nicht. Sie hatten ihren Spaß, und die Tage vergingen schneller, als ihnen lieb war.

Ganz bestimmt waren sie unter allen Siedlern als einzige dieser Ansicht. Denn so rasch ihnen die Zeit verflog, so träge kroch sie an allen anderen vorbei, die in Baracken und Zelten ihre miesen Stunden totschlugen.

Von dieser Regel bildeten nur Lewis Dorick und seine plündernden Jünger die große Ausnahme. Für sie war der Winter die Zeit der reichen Ernte. Diese Gauner hatten sämtliche sozialen Probleme genial gelöst. Sie lebten in erobertem Land, ihnen fehlte nichts, und sie sammelten sogar Vorräte für schlechtere Zeiten.

Man konnte nur staunen über die Geduld ihrer Opfer und daß diese nichts unternahmen. Aber sie waren sich ihrer erdrückenden Mehrheit eben nicht bewußt. Sie kamen nicht einmal auf die Idee, gemeinsam vorzugehen. Doricks Bande dagegen bildete einen festen Kader, und so konnte sie jeden einzelnen Siedler hemmungslos erpressen, indem sie ihm Angst vor diesem kleinen Kollektiv einjagte. Niemand wagte, den immer unverschämteren Forderungen dieser tyrannischen Ausbeuter auch nur den geringsten Widerstand entgegenzusetzen.

Etwa fünfzig Auswanderern war es ebenfalls gelungen, mit der allgemeinen Depression als Folge des eintönigen Lebens fertigzuwerden. Unter der Anleitung von Karroly verbrachten sie ihre Zeit mit der Jagd auf Seehunde.

Robben zu jagen ist schwierig. Erst muß man endlos lange warten, bis diese überaus mißtrauischen Tiere sich ans Ufer bequemen. Dann werden sie umzingelt, bevor sie wieder ausreißen können. Und das ist gar nicht ungefährlich, da sich diese wendigen Tiere als Spielplätze die unzugänglichsten Felsplateaus aussuchen.

Aber Karroly verstand sein Handwerk, und bald hatten die Jäger glänzende Erfolge. Sie erbeuteten eine beträchtliche Menge von Seehunden, deren Fett für die Beleuchtung und zu Heizzwekken verwendet werden konnte und deren Felle später – nach der Rückkehr in zivilisierte Gegenden – einen beträchtlichen Wert darstellten.

Abgesehen von dieser Handvoll energischer Männer lagen die Baracken und Zelte in einem mißmutigen, fröstelnden Dauerschlaf.

Am kältesten war es zwischen dem 15. Juni und dem 15. August. Da sank das Thermometer auf minus zwölf Grad, die mittlere Temperatur betrug fünf Grad unter Null. Die Prognosen des Kaw-djer trafen also ein, und die Kälte in dieser Gegend wäre durchaus erträglich gewesen ohne das fortwährende Nieselwetter mit seiner alles durchdringenden Feuchtigkeit.

Alles und jeder war Tag und Nacht tropfnaß, und das wirkte sich verheerend auf den allgemeinen Gesundheitszustand aus. Immer mehr Leute wurden krank. Dem Kaw-djer gelang es zwar, den Ausbruch von Epidemien zu verhindern, aber in manchen Einzelfällen war er machtlos, zum Beispiel wenn sich in einem ohnehin geschwächten Organismus Angina oder Lungenentzündung einnistete.

Im Verlauf des Winters waren acht Tote zu beklagen, und besonderen Kummer machte das Lewis Dorick, denn in den meisten Fällen waren es seine besten Kunden, denen das Fieber dann noch den Rest gab.

Von einem dieser Todesfälle wurden Dick und Sand schwer getroffen: Marcel Norely starb. Der kleine Krüppel hatte das Klima nicht ertragen. Ohne Krankheit und ohne Todeskampf verlosch er eines Abends und lächelte noch, als seine Lippen schon kalt wurden.

Im übrigen schienen die Überlebenden wenig beeindruckt von solchen Vorkommnissen. Man beachtete sie kaum – vielleicht weil jeder froh ist, selber dem Unglück entgangen zu sein, das den Nachbarn getroffen hat. Die Nachricht von einem Todesfall schreckte sie immer nur einen Augenblick aus ihrer Lethargie. Sie schienen tatsächlich die Lebenskraft zu erschöpfen in ihren endlosen Streitereien, die ebenso unflätig in den Ausdrücken wie belanglos in ihren Ursachen waren.

Man schrie sich unentwegt heiser, und dieser allgemeine Zustand gab dem Kaw-djer Anlaß zu ernsthaften Überlegungen. Er war zu klug, um die Dinge nicht so zu sehen, wie sie lagen – und zu ehrlich, um sich vor den logischen Folgerungen zu drücken.

In dieser zufällig aus allen Ecken der Welt zusammengetriebenen Herde war das schlimmste Übel der Haß. Nicht der zwar unvertretbare, aber verständliche Haß des Mannes, dem Unrecht geschehen ist oder Schaden zugefügt wurde, sondern eine latente gegenseitige Mißgunst. Jeder haßte jeden – sozusagen automatisch; sah in ihm die Inkarnation der Katastrophe, die an seinem eigenen Elend schuld war; man könnte auch sagen: Jeder war für jeden das Ersatzobjekt für die Ursache seines Unglücks. Und so konnte auch keinerlei Aktivität entstehen; man vergällte sich selbst die bescheidensten Annehmlichkeiten – so als habe die Natur jedem positiven Antrieb einen fatalen, aber gebieterischen Instinkt beigemengt, der alle konstruktiven Regungen sofort wieder zerstört.

Der Kaw-djer konnte diese stupide Passivität einfach nicht begreifen. Nur die vier abgewanderten Familien und die paar Dutzend Robbenjäger hatten sich aufgerafft. Alle andern vegetierten dahin. Sie hatten zu essen und einen Strohsack, mehr brauchten und mehr wollten sie nicht. Sie empfanden nicht das geringste Bedürfnis, sich zu bewähren, ihr Unglück zu zwingen oder auch nur ihr Los um den Preis einer geringen Anstrengung zu verbessern. Sie machten sich nicht einmal Gedanken um die Zukunft. Sie waren fügsame Sklaven – sture Befehlsempfänger, die nicht handeln wollten und nicht entscheiden konnten.

Am unverständlichsten jedoch war für den Kaw-djer die allgemeine Feigheit, die es einer winzigen Gruppe ermöglichte, die ganze Masse zu beherrschen. Denn eben diese Feigheit war es ja, die eine Handvoll Ausbeuter auf Kosten eines Heeres von Ausgebeuteten erst erschaffen hatte!

Ist der Mensch wirklich so, fragte sich der Kaw-djer. Dann wären diese unvollkommenen Gesetze gegen Willkür und Despotismus einerseits und Sklaverei andererseits also doch notwendig. Dann brauchte man also doch eine Regierung, die all die niedrigen Instinkte im Zaum hielt!

Noch konnte der Kaw-djer nicht ja sagen. Aber schon die Tatsache, daß ihn dieses Problem verwirrte, zeigt den Wandel, der sich in seinen Anschauungen zu vollziehen begann. Er mußte sich eingestehen, daß der Mensch in Wirklichkeit ganz anders war als das Wunschbild, das er immer vor Augen gehabt hatte.

Es mußte nicht a priori unsinnig und von Übel sein, den einzelnen vor sich selber, seinen Schwächen und seinen Lastern, zu schützen. Und waren die Gesetze, die jeder zu seinem Vorteil in Anspruch nahm, letztlich nicht die gemeinsam ausgehandelte Willensäußerung von Millionen Individuen – so wie in der Mechanik die Maschine das Resultat vieler divergierender Einzelkräfte darstellt?

Für den Kaw-djer waren das ganz neue Aspekte. Gefangen im unentwirrbaren Netz der Vorschriften, das die Bürger der Alten Welt sich zu Tode zappeln läßt, hatte auch er vor seiner Flucht nach Magellanien nur den Zwang und die Willkür des Apparates gesehen, und die oft lästigen und grotesken Details hatten ihn blind gemacht für die Notwendigkeit des Prinzips.

Erst jetzt, unter soziologischen Bedingungen, die dem Urzustand der menschlichen Gesellschaft nahekamen, erlebte er – wie ein Chemiker über seiner Retorte – einige der zwangsläufigen Reaktionen, die sich im Schmelztiegel des menschlichen Zusammenlebens vollziehen. Im Schatten dieser Erfahrung dämmerten ihm die ersten Erkenntnisse der Notwendigkeit von Gesetzen und Institutionen auf und erschütterten das Gebäude seiner bisherigen Ideale.

Aber noch stemmte er sich gegen das Eingeständnis. Je klarer der Intellekt sah, desto flammender protestierte sein Gefühl. Argumente kämpften gegen Wunschträume, und sie rüttelten immer wieder an dem, was sich Verstand und Vernunft erarbeitet hatten. Es war ein grausamer, unaufhörlicher Kampf.

Das eklatanteste Beispiel menschlicher Unvollkommenheit sah der Kaw-djer in ihrer Unfähigkeit, alte Gewohnheiten aufzugeben. Selbst an dieser nackten Küste, am Ende der Welt, konnten sich die Schiffbrüchigen nicht von dem losreißen, was früher – unter völlig entgegengesetzten Verhältnissen – ihr Tun und Lassen bestimmt hatte. Sie klebten weiter an sämtlichen Konventionen und Vorurteilen.

Besonders der Begriff des Eigentums blieb der alles beherrschende Glaubensartikel. Jeden Tag hörte man tausendmal: »Das gehört mir!« – als wäre das eine ganz natürliche Sache, und kein einziger war sich der für einen anarchistischen Philosophen umwerfenden Komik bewußt: Der Mensch, dieses lächerliche, zerbrechliche und vergängliche Geschöpf, erhob Anspruch auf irgendeinen Bruchteil dieser Welt, irgendein Atom des Universums. Diese Anmaßung war in den Augen des Kaw-djer durch nichts mehr zu überbieten. Aber sie wurzelte unausrottbar tief im Denken eines jeden. Es gab keinen, der sich zugunsten eines anderen auch nur von einem Schnürsenkel freiwillig getrennt hätte – es sei denn, er konnte etwas dagegen eintauschen, einen Gegenstand oder eine Dienstleistung. Ein Verkauf war es in jedem Fall. Das Wort ›geben‹ existierte nicht in ihrem Wortschatz – und der Begriff ›schenken‹ noch weniger.

Der Kaw-djer mußte oft an seine Freunde denken, an die Indios, die in kleinen Trupps Feuerland durchstreiften. Sie, die nie etwas anderes als sich selbst besaßen, waren sicher noch die einzigen, die den Hamster im Menschen ebenso wenig begriffen wie er.

Bei diesen ständigen Tauschgeschäften kam es mitunter vor, daß der Verkäufer nichts von dem brauchte, was ihm der Käufer anbieten konnte. In solchen Fällen wurde die Transaktion mit Hilfe von Gold abgewickelt.

Der Kaw-djer bewunderte die Unverwüstlichkeit des Glaubens an den Wert von Gold. Dieses Metall ist doch nur ein fiktives Eigentum. Man kann es weder essen, noch schützt es vor Nässe und Kälte. Und trotzdem ist es weit begehrter als alle Gegenstände, mit denen man etwas Vernünftiges anfangen kann.

Welch unbegreifliches Phänomen, daß die ganze

Menschheit auf den Knien liegt vor einem außer für Zahnplomben völlig wertlosen Metall, dessen Kurswert ausschließlich auf einer internationalen Abmachung beruht! Ist das im Grund etwas anderes, als wenn Kinder ernsthaft Kieselsteine verkaufen, nachdem sie vorher ihren Preis festgesetzt haben? Für sie verwandeln sich dadurch die Steine in Juwelen. Aber sie sind vernünftiger: Wenn es Abend wird, werfen sie die Kiesel wieder weg.

Natürlich leugnete der Kaw-djer nicht die praktische Seite – eine gewisse Bequemlichkeit, die sich aus der Anwendung eines willkürlichen Wertes ergibt, den man stellvertretend für alles andere als Zahlungsmittel benützt. Aber diese Bequemlichkeit wird doch mehr als aufgewogen durch die Gefahren, welche sich zwangsläufig aus diesem System ergeben.

Nur das Gold ist imstande, Kapital zu schaffen und zu vermehren. Ohne Gold lebten die Menschen zwar alle in wirtschaftlich bescheidenen Verhältnissen, aber es gäbe auch keine völlig Verarmten. Gold ist die Ursache, daß Macht und Luxus in einer einzigen Hand liegen, während tausend Hände sich abrackern, um diese Macht und diesen Luxus, an dem sie selber nicht teilhaben, zu schaffen in der Hoffnung, am Ende doch ein kleines bißchen davon zu ergattern.

Der Kaw-djer argumentierte natürlich zumindest einseitig. Denn in Wirklichkeit ist Gold ja nichts anderes als das Mittel, mit dem der Mensch sein natürliches Erwerbsbedürfnis befriedigt. Gäbe es dieses Mittel nicht, so erfände er ein anderes, das ähnliche Vorzüge und Nachteile aufwiese. So oder so hätte er sich zu dem entwickelt, was er ist: ein unlogisches, in allen denkbaren dunklen und hellen Farben schillerndes Geschöpf.

Solche und hundert andere Argumente pro und contra stritten im Kopf des Kaw-djer wie Armeen auf einem Schlachtfeld. Die Zeit, da das Recht auf uneingeschränkte Freiheit für ihn die Kraft eines Dogmas hatte, war vorbei – seine anarchistischen Maximen hatten ihren Anspruch auf absolute Gültigkeit verloren. Er überlegte ernsthaft, ob nicht doch Autorität und Hierarchie die natürlichen Voraussetzungen für jede Art von Gesellschaftsordnung seien.

Neue Vorkommnisse sollten ihm bald die Berechtigung seiner Zweifel bestätigen. Er mußte erfahren, daß es auch unter den Menschen wahre Raubtiere gibt, deren gefährliche Instinkte abgedrosselt werden müssen. Solche Kreaturen würden Tod und Verderben um sich säen, nur um ihre Leidenschaften zufriedenzustellen, wenn es keine Gesetze gäbe.

Ein solches Drama spielte sich zurzeit in dem Haus ab, das Patterson – zusammen mit Long und Blaker – bewohnte. Man möchte sogar fast von einer echten Tragödie sprechen, da dieses Unglück durch den Hunger, das elementarste Bedürfnis eines jeden lebenden Organismus, ausgelöst wurde.

Man erinnert sich, daß Blaker der arme Teufel war, mit dem sich die Natur den bösen Scherz erlaubt hatte, ihn mit dem unersättlichen Appetit auszustatten, den man gemeinhin Freßgier nennt.

Blaker hatte bei der Verteilung der Lebensmittel nicht weniger bekommen als irgendein anderer. Aber infolge seiner krankhaften Gefräßigkeit war der für vier Monate kalkulierte Vorrat in weniger als acht Wochen aufgebraucht. Und seither litt er – weit schlimmer als jemals – unter den Qualen des Hungers.

Wäre er nicht so schüchtern gewesen, hätte er diesem Mangel leicht abhelfen können. Eine Bitte an Hartlepool oder an den Kaw-djer – und er hätte eine zusätzliche Ration bekommen. Aber der geistig minderbemittelte Blaker kam überhaupt nicht auf eine so originelle und verwegene Idee. Von Geburt an auf der untersten Sprosse der sozialen Stufenleiter hockend, wunderte er sich schon lange nicht mehr über sein Unglück und kannte nur noch jene Resignation, die der letzte Trost des Elends ist. Wie ein Schilfrohr im Wind beugte er sich unwiderstehlichen Kräften, deren Wesen er sich nicht einmal vorstellen konnte; und nie wäre in ihm die vermessene Hoffnung aufgedämmert, die Verteilung der Lebensmittel sei zu ändern. Für ihn hatte irgendeine Art von höherer Gewalt die Portionen bestimmt. Daran war nicht zu rütteln, und er wäre eher an Entkräftung gestorben, als daß er sich auch nur beklagt hätte.

Da sprang Patterson ein. Dem Iren war nicht entgangen, wie rigoros sein Mitbewohner die ihm zugeteilte Ration dezimierte, und das brachte ihn auf den Gedanken, hier sei ein Geschäft zu machen. Während Blaker riesige Mahlzeiten gierig hinunterschlang, fing Patterson an zu hungern. Sein schamloser Geiz trieb ihn dabei zum Äußersten: Er schloß seine Vorratskammer ab und ernährte sich von den Abfällen der anderen.

Unweigerlich kam der Tag, an dem Blakers Teller leer blieb. Und darauf hatte Patterson gewartet. Er spielte den Mitleidigen und erbot sich, dem nimmersatten Stallgenossen einen Teil seiner Vorräte – gegen teures Geld natürlich – abzutreten. Blaker war begeistert, und das führte zu einem Handel, der sich nun täglich wiederholte, solange der Käufer bezahlen konnte. Selbstverständlich stiegen die Preise mit der Verknappung von Pattersons Vorräten, und so war in den Taschen des armen Vielfraßes bald kein roter Heller mehr zu finden.

Damit war die Sache für Patterson erledigt. Für seine mehr als bescheidenen Ansprüche hatte er genug zurückbehalten, und so gab er dieses Geschäft wieder auf, ohne den Unglücklichen, den er auf diese Weise unwiderruflich zum Hungertod verdammt hatte, weiter zu beachten.

Blaker beklagte sich auch jetzt nicht – die Macht der Dinge hatte ihn eben erneut in die Zange genommen. Gekrümmt kauerte er in seiner Ecke und preßte die Hände gegen den gefolterten Magen. Nur sein Gesicht verriet die Qual, und die flehenden Augen begegneten manchmal dem kalten, trockenen Blick Pattersons, der ungerührt seine Suppe löffelte. Was war schon dabei, wenn ein Mann starb, der nichts mehr besaß?

Schließlich wurden die Schmerzen des Kranken stärker als die Resignation. Nach zwei Tagen stummer Qualen taumelte er aus dem Haus, irrte durchs Lager und verschwand.

Als der Kaw-djer an einem Abend zu seiner Laubhütte zurückkehrte, stolperte er über einen ausgestreckten Körper. Er bückte sich und schüttelte den Schlafenden kräftig durch – aber der wimmerte nur noch. Ein Kranker? Der Kaw-djer flößte ihm ein paar Herztropfen ein und fragte:

»Was haben Sie denn?«

»Hunger!« antwortete eine schwache Stimme.

Der Kaw-djer war verblüfft.

»Hunger?« wiederholte er und runzelte die Stirn. »Aber Sie haben doch Ihre Ration erhalten – wie alle andern?«

Und da erzählte ihm Blaker in ein paar abgerissenen Sätzen seine traurige Geschichte. Er schilderte ihm sein krankhaftes Bedürfnis zu essen; er berichtete, wie er zuerst seinen Vorrat aufgezehrt und dann von Pattersons Wucherbrötchen gelebt hatte und wie ihn dieser seit drei Tagen dem Tod durch Verhungern auslieferte.

Der Kaw-djer hörte bestürzt zu und konnte es

wieder einmal nicht glauben: Da gab es also einen Menschen, der – nach allem, was er hinter sich hatte – immer noch von unstillbarer Habsucht beseelt war! Ein Wucherer, der gegen bares Geld das verschacherte, was ihm selber geschenkt worden war und was jeder andere seinem Opfer umsonst gegeben hätte! Ein Krämer, der mit dem Leben eines Mitmenschen schamlos Handel trieb!

Der Kaw-djer behielt diese Entdeckung für sich. Es war besser, diese Gemeinheit totzuschweigen und ungestraft zu lassen, als sie publik zu machen und damit neue Komplikationen zu schaffen. So beschränkte er sich darauf, Blaker neue Rationen zuteilen zu lassen und ihm zu versichern, er werde auch in Zukunft so viel bekommen, wie er brauche.

Patterson aber vergaß er nicht. Die Kreatur, die diesen Namen trug, blieb für ihn der Inbegriff aller menschlichen Verworfenheit. Und deshalb war er auch gar nicht sonderlich überrascht, als ihn drei Tage später Halg im Zusammenhang mit einer anderen, beinahe genau so widerlichen Angelegenheit auf einen Mann namens Patterson aufmerksam machte.

Der junge Indio kam von einem seiner täglichen Besuche bei Graziella zurück und lief gleich zum Kaw-djer hin.

»Ich weiß jetzt«, rief er ihm atemlos zu, »von wem Ceroni den Alkohol hat!«

»Endlich!« Der Kaw-djer war sichtlich erleichtert. »Wer ist es denn?«

»Dieser Patterson!«

»Patterson?!«

»Genau! – Vorhin habe ich gesehen, wie er ihm Rum gab! Jetzt weiß ich auch, warum die beiden so gute Freunde sind!«

»Und du hast dich bestimmt nicht geirrt?« Der Kaw-djer mußte das genau wissen.

»Ich bin ganz sicher. Was mich am meisten wundert: Patterson schenkt den Rum nicht her – er verkauft ihn. Ich konnte hören, wie Ceroni gejammert hat, seine ganzen Ersparnisse seien schon bei Patterson und er könne nicht mehr bezahlen. Und wie Patterson ihn auslachte und sagte: ›Dann kann ich auch nicht mehr liefern!‹«

Halg unterbrach sich einen Augenblick und fuhr dann wütend fort: »Wenn Ceroni kein Geld mehr hat, ist er zu allem fähig! Und was soll aus seiner Frau werden – und aus Graziella?«

»Wir müssen uns das gut überlegen«, antwortete der Kaw-djer und meinte vorsichtig: »Aber wenn wir dieses Thema schon angeschnitten haben, sollten wir auch einmal ganz offen darüber reden. Ich habe dich zwar noch nie gefragt, könnte mir aber gut vorstellen, daß du bestimmte, ganz konkrete Pläne hast. Wie steht es damit, mein Lieber?«

Halg schwieg verlegen – dieser Angriff kam ihm etwas zu plötzlich. Der Kaw-djer wollte ihm helfen:

»Es wird nicht mehr lange dauern – einen Monat noch, höchstens zwei –, dann sind wir hier wieder alleine. Die andern fahren zurück nach den Staaten. Alle, auch Graziella.«

»Sie kann doch hierbleiben?« Der junge Indio hob trotzig den Kopf.

»Und ihre Mutter?«

»Auch! – Oder warum nicht?«

Der Kaw-djer blieb skeptisch: »Glaubst du, daß sie ihren Mann im Stich läßt?«

Halg machte eine verärgerte Handbewegung: »Sie muß einfach!«

Der Kaw-djer nickte, aber Halg sah ihm an, daß er das Problem durchaus nicht für so einfach hielt. Er sagte:

»Graziella hilft mir, wir werden sie schon dazu bringen! Sie selber will auf jeden Fall hierbleiben, wenn Sie es erlauben. Sie hat das Elend mit ihrem Vater satt – und außerdem Angst.«

»Angst – vor wem denn?«

»Es gibt welche, die stellen ihr nach. Vor allem Patterson. Seit vier Wochen streicht er ständig um sie herum! Deshalb besorgt er dem Ceroni ja auch den Rum; er will ihn auf seiner Seite haben! Und dann ist auch noch ein anderer da, ein gewisser Sirk – gehört zur Bande von Lewis Dorick. Der ist noch gefährlicher!«

»Für Graziella?«

»Sie kann nicht aus dem Haus, ohne daß er irgendwo auf sie lauert. Gestern ist er neben ihr hergelaufen und hat gleich angefangen, dreckige Witze zu erzählen. Sie hat ihm natürlich ihre Meinung gesagt, aber jetzt droht er, und sie hat Angst. Ich glaube, bei dem muß man mit allem rechnen. Na ja, zum Glück bin ich noch da!«

Der Kaw-djer amüsierte sich über diesen Ausbruch jugendlichen Selbstbewußtseins. Er wehrte ab:

»Beruhige dich, Halg, beruhige dich! Warten wir erst einmal den genauen Abreisetermin ab, dann sehen wir schon weiter. Inzwischen laß dich nicht durcheinanderbringen und auch nicht provozieren! Deine Wut nützt niemandem, im Gegenteil. Und Gewalt hat noch nie etwas Gutes zustande gebracht; für ihre Anwendung gibt es überhaupt keine Entschuldigung – ausgenommen in Notwehr.«

Der Kaw-djer machte sich nach diesem Gespräch noch mehr Sorgen als vorher. Halg schlidderte da in einen ernsthaften Konflikt hinein, denn das Auftreten von Rivalen erschwerte die Dinge insofern, als bei diesem Naturburschen die Eifersucht leicht zu spontanen Reflexhandlungen führen konnte.

Auch in dieser lästigen Sache mit dem Alkohol hatten sich die Probleme nur verlagert, keineswegs gelöst. Man wußte jetzt, wer Ceronis Lieferant war. Aber wie und wo beschaffte sich Patterson den Alkohol, den er verkaufte? Besaß dieser widerwärtige Knülch irgendwo einen Vorrat davon?

Das konnte man sich nicht gut vorstellen. Selbst wenn es ihm gelungen wäre, trotz des strengen Verbots von Kapitän Leccar ein Fäßchen oder eine Korbflasche an Bord zu schmuggeln, wie hätte er einen solchen Behälter durch den Schiffbruch retten, später an Land bringen und seither versteckt halten können? – Nein, er mußte sich aus den Tag und Nacht bewachten Beständen der *Jonathan* versorgen. Das heißt – dieser Alkohol wurde fortlaufend gestohlen; und die Frage war nur noch, von wem: Patterson selbst, oder hatte er einen Mittelsmann?

Auch die folgenden Tage brachten kein Licht in die Angelegenheit. Das einzige, was man feststellen konnte: Lazarus Ceroni betrank sich nach wie vor mit sturer Regelmäßigkeit.

Und so verging der Rest des Winters; man schrieb schon den 15. September. An diesem Tag wurden an der *Wel-kiej* die letzten Reparaturen fertig, und die Schaluppe war genau in dem Augenblick wieder seetüchtig, als das Eis aufzubrechen begann.

Auch die Nächte wurden zusehends kürzer; in einer Woche hatte man Tagundnachtgleiche, und dann war der Winter zu Ende.

Bevor er jedoch endgültig das Feld räumte, tobte er sich noch einmal kräftig aus. Acht Tage heulte ein Orkan über der Insel Hoste, wie ihn die Siedler nie erlebt hatten, und zwang Mensch und Tier in die Hütten und Ställe. Dann setzte sich endlich der Frühling durch – die schlafende Natur begann zu erwachen.

Anfang Oktober bekam die Siedlung Besuch von einigen Feuerländern. Die Eingeborenen trauten zunächst ihren Augen nicht, die Insel Hoste plötzlich derart übervölkert vorzufinden – und das waren auch noch Weiße! Sie hatten keine Ahnung, daß vor dieser Küste zu Beginn des Winterhalbjahres ein Schiff gestrandet war. Aber jetzt würde sich die Nachricht natürlich rasch herumsprechen.

Die Auswanderer freuten sich über die Abwechslung und mochten die paar Familien von Wassernomaden gern leiden. Umgekehrt war das nicht durchweg der Fall. Es gab ein paar Siedler, die sich selber für besonders zivilisiert und die Eingeborenen für besonders wild hielten – wie zum Beispiel die Brüder Moore. Und sie taten deshalb alles, um die These von der Überlegenheit ihrer Rasse durch Grobheit und Brutalität den Indios gegenüber zu beweisen.

Einer ging so weit, sich an dem bescheidenen Schmuck dieser Halbnackten bereichern zu wollen: Irgendwo am Fluß hörte der Kaw-djer die Hilferufe eines Indiomädchens, lief hin und kam dazu, wie sie sich verzweifelt wehrte gegen Sirk, der ihr die Kupferringe vom Handgelenk reißen wollte – er hatte geglaubt, sie seien aus Gold.

Es war das erstemal, daß der Kaw-djer seinen eigenen Anschauungen in der Praxis zuwiderhandelte: Er legte den Burschen übers Knie und versohlte ihm regelrecht den Hintern. Damit hatte er in Sirk, der sich mit klappernden Zähnen und unter schrecklichen Verwünschungen zurückzog, neben Fred Moore einen zweiten Todfeind.

Dagegen war er sehr froh, endlich einige seiner alten Freunde aus Feuerland wieder um sich zu haben. Sie alle waren irgendwann seine Patienten gewesen, und aus ihrem Benehmen sah er, in welch überschwenglicher Dankbarkeit sie sich vor ihm buchstäblich auf die Knie warfen.

Am 15. Oktober kam er mit Harry Rhodes auf das Thema zu sprechen, als ihm dieser sagte, wie tief ihn die Anhänglichkeit der Indios beeindruckte.

»Allmählich verstehe ich, wie sehr Sie mit diesem Land und Ihren Aufgaben verbunden sind, und auch, warum Sie möglichst bald wieder zu diesen Stämmen zurück wollen. Für sie sind Sie ein Gott –«

»Ein Gott?« fiel ihm der Kaw-djer ins Wort. »Wieso ein Gott? Man kann auch als Mensch das Notwendige tun!«

Harry Rhodes wußte, daß er dem Kaw-djer wieder einmal an seine Achillesferse gekommen war, und begnügte sich, zu erwidern:

»Schön – wenn Sie das Wort nicht mögen, darf ich es vielleicht anders sagen: Sie hätten König von Magellanien werden können, als das Land noch unabhängig war.«

»Diese Leute, wenn es auch Wilde sind, brauchen keinen über sich. Im übrigen – jetzt haben sie ja einen.«

Die letzten Worte hatte der Kaw-djer leise hinzugefügt. Die wenigen Sätze, die sie gewechselt hatten, riefen ihm seine wachsenden Sorgen in Erinnerung. Was erwartete ihn nach der Trennung von dieser grundanständigen Familie Rhodes, die in ihm erst wieder das natürliche Verlangen nach menschlicher Geselligkeit geweckt hatte? Es würde ihm sehr schwerfallen, diese großartige Frau gehen zu lassen, ebenso wie ihren Mann, der sein Freund geworden war, und die beiden Kinder Edward und Clary, die so an ihm hingen wie er an ihnen. Und den Rhodes würde es ähnlich ergehen wie ihm. Ihr einstimmiger Wunsch war es ja, der Kaw-djer möge mit ihnen nach der Bucht von Lagoa übersiedeln und dort dieselbe Rolle übernehmen wie hier auf der Insel Hoste. Aber Harry Rhodes machte sich wenig Hoffnung, ihn überreden zu können. Er dachte sich wohl, daß nur gewichtige Gründe einen Mann wie den Kaw-djer bewogen haben konnten, sämtliche Kontakte mit der menschlichen Gesellschaft konsequent abzubrechen; den Schlüssel zu diesem Geheimnis hatte jedoch auch er noch nicht gefunden.

Unter diesen Überlegungen war es still geworden im Zelt, und Frau Rhodes ging auf ein anderes Thema über: »Den Winter haben wir ja wirklich gut überstanden, und er war gar nicht streng!«

»Und es hat sich bestätigt«, fuhr Harry Rhodes fort und wandte sich an den Kaw-djer, »daß das Klima hier genauso ist, wie Sie es geschildert und vorausgesagt haben. Manche von uns werden die Insel Hoste nur sehr ungern verlassen!«

»Warum auch?« mischte sich der junge Edward ein. »Bleiben wir doch einfach und gründen hier unsere Kolonie!«

»Schön und gut«, antwortete Harry Rhodes und lachte dabei. »Aber was ist dann mit unserer Konzession am Oranje? Was wird aus unseren Abmachungen mit der ›Gesellschaft für Kolonisation‹? Und aus dem Vertrag mit der portugiesischen Regierung?«

»Tatsächlich!« bestätigte der Kaw-djer nicht ohne Ironie, »da ist ja auch noch die portugiesische Regierung! Hier wäre es übrigens die chilenische – und eine ist so viel wert wie die andere!«

»Neun Monate früher –« begann Harry Rhodes.

Und der Kaw-djer führte seine Gedanken fort: »Ja – da hätten Sie hier noch freien Boden betreten. Jetzt hat uns ein verdammter Kuhhandel die Unabhängigkeit gestohlen!«

Der Kaw-djer schaute aus dem Zelt. Er stand mit verschränkten Armen, den Kopf im Nacken und die Blicke nach Osten gerichtet, als erwarte er das vom Gouverneur in Punta-Arenas zugesagte Schiff, das vom Pazifik her kommen mußte und zuletzt die Spitze der Halbinsel Hardy umsegeln würde.

An und für sich war der vereinbarte Termin schon da: die zweite Oktoberhälfte. Aber noch tauchte nirgends ein Schiff auf.

Die Siedler wurden verständlicherweise allmählich unruhig. Gewiß – es fehlte ihnen an nichts. Die Lebensmittelvorräte waren noch lange nicht erschöpft und würden für viele weitere Monate ausreichen. Aber schließlich waren die Leute ja nicht dort, wo sie hinwollten, und hatten keine Lust, noch einmal – unterwegs – zu überwintern. Einige von ihnen schlugen bereits vor, die Schaluppe sofort wieder nach Punta-Arenas zu schikken, um nach dem Grund der Verzögerung zu fragen.

Während der Kaw-djer noch in seine Gedanken verloren dastand, stolperte Lewis Dorick mit einem Dutzend seiner Leibgarde laut und herausfordernd vorbei. Sie waren auf dem Rückweg von einem Streifzug durch die Insel und machten auch jetzt – im Vorübergehen – kein Hehl aus ihrer Abneigung gegen den Kaw-djer und die Familie Rhodes, deren Einfluß ihnen natürlich mehr als unangenehm war; Harry Rhodes und der Kawdjer wußten das genau.

»Diese Leute sollte man eigentlich hier zurücklassen, von ihnen haben wir nichts Gutes zu erwarten. Sie werden auch in unserer neuen Kolonie nichts als Unruhe stiften. Sie lehnen jede Autorität ab und leben von der permanenten Revolution. Als wären Ordnung und Sicherheit nicht das notwendige Fundament einer jeden Ansammlung von Menschen!«

Der Kaw-djer antwortete nicht mehr. Vielleicht hatte er den Einwurf überhört – vielleicht fehlten ihm aber auch überzeugende Gegenargumente.

Jedenfalls kreisten alle Gespräche immer wieder um diese sozialen Erwägungen, und nie wurde man sich einig.

Harry Rhodes bemerkte die Verstimmung des Kaw-djer, und es tat ihm leid, daß er so ungeschickt gewesen war, das Thema überhaupt anzuschneiden. Da trat Hartlepool ins Zelt und brachte eine Neuigkeit.

»Ich muß mit Ihnen sprechen, Monsieur«, sagte er zum Kaw-djer.

»Wir lassen Sie allein!« bemerkte Harry Rhodes.

»Warum denn?« fragte der Kaw-djer und wandte sich an Hartlepool. »Was haben Sie mir zu sagen?«

Hartlepool erwiderte: »Wir wissen jetzt endgültig, wo der Alkohol herkommt.«

»Der Rum, der an Ceroni verkauft wird? – Vermutlich von der *Jonathan!*«

»Ja.«

»Gestohlen?«

»Von Kennedy und Sirdey.«

»Haben Sie Beweise?«

»Unwiderlegbare!«

»Berichten Sie!«

»Als Sie mir die Sache mit Patterson erzählt hatten, wurde ich gleich mißtrauisch. Ceroni selber hatte nämlich noch nie eine eigene Idee – Patterson dagegen ist ein schlauer Hund. Ich habe ihn also überwachen lassen –«

»Von wem?« unterbrach ihn der Kaw-djer sofort, denn die Vorstellung, einen Menschen zu bespitzeln, war ihm zuwider.

»Von den Schiffsjungen«, antwortete Hartlepool. »Die beiden sind nicht dumm und waren der Gaunerei auch bald auf der Spur. Kennedy haben sie gestern und Sirdey heute früh in flagranti erwischt, als diese die Unachtsamkeit des anderen Postens ausnützten und Pattersons Feldflasche mit Rum füllten.«

Der Gedanke an Tullia und Graziella – und auch an Halg – waren im Kaw-djer einen Augenblick lang stärker als all seine anarchistischen Überzeugungen.

»Sie sind Verräter!« rief er. »Man muß etwas gegen sie unternehmen!«

»Ganz meine Ansicht«, nickte Hartlepool. »Deshalb bin ich zu Ihnen gekommen.«

»Zu mir? Warum tun Sie es nicht selber?«

Hartlepool schüttelte den Kopf. Er wußte genau, wie die Dinge lagen.

»Seit unserm Schiffbruch habe ich nur noch die Autorität, die man mir freiwillig zugesteht. Die beiden würden mich auslachen.«

»Und mich würden sie nicht auslachen?«

»Nein.«

»Warum nicht?«

»Vor Ihnen haben sie Angst!«

Diese Antwort traf den Kaw-djer wie ein Peitschenhieb. So weit war es also schon gekommen: Man hatte Angst vor ihm. Weil er der Mächtigste war. Immer wieder dasselbe: Die Wurzeln jeder sozialen Ordnung nähren sich von der Macht.

»Ich muß gehen«, sagte er und verließ das Zelt der Familie Rhodes, ohne die andern noch einmal anzuschauen.

Er lief zu dem Zelt, in dem die Ladung der *Jonathan* gestapelt lag. Kennedy löste gerade einen Posten ab.

»Sie haben unser Vertrauen mißbraucht!« fuhr er den Matrosen an.

»Aber – Monsieur –« stotterte Kennedy.

»Sie haben es mißbraucht«, wiederholte der Kaw-djer kalt, »und deshalb gehören Sie und Sirdey ab sofort nicht mehr zur Besatzung der *Jonathan*.«

»Aber –« versuchte Kennedy zu protestieren.

»Oder muß ich deutlicher werden?«

»Nein, nein, Monsieur – ist schon gut«, versicherte Kennedy und riß sich die Mütze vom Kopf.

Da fragte hinter dem Kaw-djer eine Stimme:

»Und mit welchem Recht geben Sie diesem Mann Befehle?«

Der Kaw-djer drehte sich um. Es waren Lewis Dorick und Fred Moore, die zufällig Zeugen dieser Auseinandersetzung wurden.

»Und mit welchem Recht fragt ihr mich das?« antwortete er den drei Halunken.

Kennedy setzte angesichts der unerwarteten Verstärkung seine Mütze wieder ins Genick und grinste. Und Dorick wurde unverschämt:

»Wenn ich das Recht nicht habe, muß ich mir's nehmen! Wir sind nicht auf diese Insel gekommen, um uns herumkommandieren zu lassen!«

Herumkommandieren! Man wagte es also schon, ihn zu beschuldigen, er würde kommandieren!

»Aber das können sie eben nicht lassen, diese – Herren!« mischte sich Fred Moore ein und sprach das letzte Wort sehr pointiert aus. »Und der da ist ja noch ein bißchen mehr als die andern! Er entscheidet, regiert – vielleicht ist er der Kaiser von China?«

Die drei Ganoven standen dicht um den Kaw-djer. Dorick fixierte ihn böse, deutete dabei auf Kennedy und sagte schneidend: »Dieser Mann braucht niemandem zu gehorchen. Es ist seine Sache, ob er weiter zur Besatzung gehören will! Oder sind Sie etwa anderer Ansicht?«

Der Kaw-djer schwieg. Er sah, wie sich seine Gegner die Ärmel hochkrempelten.

Würde man ihn zwingen, zu seiner Verteidigung Gewalt anzuwenden? Angst hatte er keine. Es waren nur drei – und von dieser Sorte hätten es zehn sein können. Aber wie deprimierend war das doch: daß ein denkendes Wesen mit den gleichen Argumenten kämpfen mußte wie jedes beliebige Stück Vieh!

Es kam nicht zum Äußersten. Harry Rhodes und Hartlepool tauchten auf, und Dorick trat mit seinen beiden Mitstreitern sofort den Rückzug an. Der Kaw-djer schaute ihnen angewidert nach, da hörte er Geschrei vom Fluß herüber. Mit Rhodes und Hartlepool ging er dem Lärm nach. Bald konnte man einen Menschenknäuel als Mittelpunkt der Schreie ausmachen. Wie um das Auge eines Tornados kreiste die Menge – es waren fast alle Auswanderer zusammengeströmt, und drohende Fäuste überragten die Köpfe. Was mochte wohl die Ursache dieses Zwischenfalls sein, der allmählich die Ausmaße eines Aufstandes der Massen anzunehmen schien?

Zunächst: Eine Ursache gab es überhaupt nicht. Genauer gesagt, sie lag so weit zurück und war so belanglos gewesen, daß keiner der Radaubrüder sich noch daran erinnert hätte.

Sechs Wochen war es her, da wollte eine Frau von ihrer Nachbarin den Salzstreuer wieder, den sie ihr geliehen hatte. Die Nachbarin war der Ansicht, sie hätte den Salzstreuer längst zurückgebracht. Wer recht hatte – niemand wußte es. Ein Wort gab das andere; am Ende zeterten die beiden Frauen einander an, bis ihnen die Luft wegblieb.

Drei Tage später begann der Streit von neuem und nahm schon größere Ausmaße an, weil sich die Ehemänner einmischten. Von dem Salzfäßchen war inzwischen übrigens schon nicht mehr die Rede: Das Zerwürfnis als solches – gereinigt von den Schlacken der Veranlassung – konnte sich frei entwickeln.

So fing man zunächst an, gegenseitig in der Vergangenheit zu stöbern und alle möglichen großen und kleinen Schweinereien zu finden oder zu erfinden. Und je unglaublicher die Schandtaten wurden, deren man sich bezichtigte, desto stolzer waren die Urheber der Verleumdungen. »Ha – dem hab' ich vielleicht Bescheid gestoßen!« – Diesen Fundamentalsatz hörte man immer wieder.

Handgreiflich wurde man zunächst noch nicht, dafür kamen die Zungen immer seltener zur Ruhe. Beide Parteien hatten ihren Kreis von Freunden, der stündlich neue und schärfere Gewürze in die Suppe der Beschuldigungen rührte. Und es gab auch Mißverständnisse und Spionage – und die Suppe kochte allmählich über.

Erst hatte der eine *pater familias* den *pater* der anderen Familie verhauen, dann verprügelte der Sohn des Unterlegenen den Sieger. Und bei dieser Gelegenheit entwickelte sich schon eine kleine Straßenschlacht, an der sämtliche Angehörigen beider Familien lebhaft Anteil nahmen.

Damit war der Krieg erklärt; es begann die Periode der Anwerbung von Truppen, die damit endete, daß bald das ganze Lager aus zwei feindlichen Armeen bestand. Und je näher die unvermeidlich scheinende Entscheidungsschlacht rückte, desto lautstarker und massiver wurden die Drohungen.

Wie gesagt: das Salzfäßchen als Initialzündung war ebenso vergessen wie überflüssig geworden – man hatte, was man brauchte: den Krieg.

In diesem Augenblick ging es um das Problem, wohin man das erwartete Schiff steuern sollte: wie ursprünglich vorgesehen weiter nach Südafrika oder nach den Staaten zurück.

Keiner machte sich Gedanken über das geheimnisvolle Labyrinth, durch das man von einem harmlosen Haushaltsgegenstand zu diesem für die Zukunft aller lebenswichtigen Problem gelangt war. Jeder schien – heute – überzeugt, daß man nie über etwas anderes gestritten hatte.

Und so wurden beide Thesen auch mit Leidenschaft diskutiert. Ganze Breitseiten von Flüchen und Beleidigungen wurden gegenseitig abgefeuert, und in diesem Pulverdampf dröhnender Dummheit konnte man natürlich die vereinzelten Gewehrschüsse vernünftiger Argumente weder sehen noch hören.

Nur die fünf Japaner standen in einer friedlichen Gruppe abseits und starrten aus staunenden Schlitzaugen auf die brodelnde Masse.

Ferdinand Beauval war ganz in seinem Element, konnte sich jedoch kein Gehör verschaffen. Zwar rannte er von einem zum andern, verdoppelte und verdreifachte sich sozusagen – aber es half nichts: Keiner hörte ihn an.

Es hörte eben überhaupt niemand mehr dem andern zu. Jeder war zu sehr mit seinem eigenen Gebrüll beschäftigt, so daß die zwölfhundert Einzelschreie als eine mächtige Geräuschfackel gen Himmel loderten.

Das Gewitter war auf seinem Höhepunkt, jeden Augenblick mußte der Blitz einschlagen. Denn es bedurfte ja nur des ersten Fausthiebes – und ein kolossaler Freistilringkampf würde seinen Anfang nehmen.

Aber wie oft ein plötzlicher schwacher Regenschauer den stärksten Sturm zu Boden schlägt, so konnte hier ein einziger Mann mit einem einzigen Wort den ganzen Hexenkessel ausschütten.

Einer der Auswanderer, die auf Seehundjagd waren, kam atemlos vom Strand heraufgelaufen, fuchtelte wild mit den Armen und schrie in einem fort:

»Ein Schiff – Schiff – Schiff in Sicht!!«

ELFTES KAPITEL

EIN FREIER STAAT

Schiff in Sicht! Kein anderer Ruf hätte die Siedler so erschüttern können. Als hätte es nie einen Aufruhr gegeben, wälzte sich der Strom der Auswanderer einträchtig hinunter zum Strand. Drohungen und Flüche waren vergessen – schweigend schob und schubste man einander auf die östliche Landzunge hinaus und drängte sich dort gegenseitig zurück – jeder wollte eine möglichst weite Fläche des Meeres überblicken.

Harry Rhodes und Hartlepool folgten und schauten nun auch angestrengt nach Süden – und tatsächlich stieg dort eine dünne Rauchsäule hoch: Es mußte ein Dampfer sein!

Seinen Rumpf sah man zwar noch nicht, aber von Minute zu Minute tauchte er deutlicher aus dem Horizont. Und endlich konnte man ein Schiff von etwa vierhundert Tonnen ausmachen, an dessen Mastspitze eine Flagge flatterte. Die Farben waren auf die Entfernung noch nicht zu unterscheiden.

Die Leute sahen einander maßlos enttäuscht an. Nie und nimmer konnte ein so kleines Schiff sie alle an Bord nehmen! Oder war dieser Dampfer vielleicht nur ein simpler Frachter irgendeiner anderen Nation und hatte mit dem Schiff, das ihnen der Gouverneur von Punta-Arenas schicken wollte, überhaupt nichts zu tun?

Die Frage schien sich rasch zu beantworten. Das Schiff hielt in großer Fahrt direkt auf die Insel zu. Bei Einbruch der Dunkelheit lag es knapp drei Kilometer südlich vom Strand.

»Ein chilenisches Schiff«, sagte der Kaw-djer, als ein Windstoß einen Augenblick lang das Flaggentuch straffte und die Farben erkennen ließ.

Dreiviertel Stunden später – es war inzwischen völlig Nacht – verriet das Geräusch der durch die Eisenklüsen rasselnden Ketten, daß die Anker geworfen wurden. Da zerstreute sich die Menge, und alle kehrten unter lebhaften Diskussionen über diese rätselhafte Angelegenheit in ihre Behausungen zurück.

Während der Nacht gab es keinerlei Zwischenfälle, und im Morgengrauen sah man dann das Schiff drei Kabellängen vor dem Strand liegen. Hartlepool, den man um seine Meinung fragte, äußerte die Vermutung, es handle sich wohl um ein Avisoboot der chilenischen Kriegsmarine.

Er hatte sich nicht getäuscht – tatsächlich war es ein chilenisches Aviso. Um acht Uhr ließ sich sein Kommandant an Land übersetzen.

Er sah sich sofort von ängstlich besorgten Gesichtern umringt und mit tausend Fragen überschüttet: Warum hatte man ein viel zu kleines Schiff geschickt? Wann würde endlich das richtige kommen? Oder wollte man sie auf dieser ver-

dammten Insel verrecken lassen? Der Offizier wußte nicht, wo er zuerst hinhören und wem er zuerst antworten sollte.

So wartete er zunächst einmal schweigend, bis

der Orkan ein bißchen abgeebbt war, und als man sich dann mit größter Mühe gegenseitig vollends zum Schweigen gebracht hatte, sprach er mit lauter Stimme über alle hinweg.

Zuerst versuchte er, sein aufgeregtes Publikum zu beruhigen. Er versicherte, sie könnten volles Vertrauen haben zu Chile und jederzeit mit seiner Hilfe und Protektion rechnen – die Ankunft des Avisos sei ja der beste Beweis, daß man sie nicht vergessen habe.

Dann erklärte er, daß seine Regierung statt des versprochenen Transporters ein Kriegsschiff geschickt habe, weil sie den Emigranten einen Vorschlag unterbreiten wolle, der in seiner Art erstmalig und einmalig sei und ganz bestimmt ihre volle Zustimmung finden würde. Und diesen Vorschlag legte er nun ohne Umschweife dar.

Um die Überlegungen der chilenischen Regierungsstellen richtig zu verstehen, scheint hier ein kurzer Einschub angebracht:

Chile wollte bei der Erschließung der Teile von Magellanien, die ihm der Vertrag vom 17. Januar 1881 zusprach, mit einem tollen Paukenschlag beginnen, indem es aus dem Schiffbruch der *Jonathan* und der erzwungenen Anwesenheit von einigen hundert Auswanderern spontan Nutzen zog.

Der Vertrag an sich hatte bisher ja nur rein theoretischen Charakter. Argentinien verzichtete feierlich auf alle Gebiete außerhalb seines bisherigen Hoheitsbereiches und auf jene Teile Patagoniens und Feuerlands, die Chiles Souveränität unterstellt wurden. Und Chile wurde bevollmächtigt, auf diesen neuerworbenen Territorien nationale Interessen wahrzunehmen.

Aber was nützt es, ein Gebiet formell in Besitz zu nehmen, nur um andere Staaten an einem ebenso formellen Anspruch zu hindern? Man muß dieses Land wirklich ›besetzen‹ – das heißt seine Ackerflächen nutzen, seine Industrie aufbauen, Handel ermöglichen – kurzum: Man muß es besiedeln!

Das beste Beispiel dafür, was in Magellanien zu erreichen war und erreicht wurde, bot Punta-Arenas. Dieser Stützpunkt wurde von Jahr zu Jahr für Handel und Schiffahrt interessanter. Warum also sollte Chile nicht ein neues, ähnliches Experiment starten und die Auswanderer, die der Zufall auf einer der neuerworbenen Inseln festhielt, ermuntern, das bisher nur von armseligen Indiostämmen durchstreifte Land urbar zu machen und seine Bodenschätze zu heben?

Hoste lag genau in der Mitte des ganzen, von einem Wasserstraßenlabyrinth durchzogenen Gebiets, und auf der *Jonathan* waren zwölfhundert Menschen verschiedener Nationalitäten gewesen, die ja alle ohnehin eine Kolonie in Übersee gründen wollten.

So sagte sich die chilenische Regierung mit Recht, hier sei eine unverhoffte Chance, die Schiffbrüchigen der *Jonathan* zum Verbleib auf der Insel Hoste zu bewegen. Und deshalb schickte sie nicht einen Transporter, sondern das Aviso, dessen Kommandant den Auswanderern die entsprechenden Vorschläge zu unterbreiten hatte.

Diese Vorschläge kamen nicht nur unerwartet, sie waren auch äußerst verlockend: Die Republik Chile bot nämlich den Schiffbrüchigen nicht mehr und nicht weniger an, als ihnen die Insel mit allen Rechten völliger Souveränität abzutreten. Und zwar nicht auf der Grundlage einer zeitlich befristeten oder sonstwie eingeschränkten Konzession, sondern unter garantiertem Verzicht auf territorialen Besitzanspruch oder Einspruchsrecht seitens des chilenischen Staates: Die Siedler sollten Eigentümer ihrer Insel werden.

Nichts konnte klarer und eindeutiger formuliert sein als dieses Angebot. Und man darf hinzufügen: Nichts war geschickter!

Mit diesem Verzicht auf die Insel Hoste sicherte sich Chile das persönliche Interesse eines jeden einzelnen Siedlers am Erfolg der Unternehmung. Und dieser Erfolg würde sich sehr rasch herumsprechen und haufenweise neue Auswanderer auf die Nachbarinseln Clarence, Dawson, Navarin und Hermitte locken. Die neue Kolonie würde aufblühen – dessen war man sicher –, und jedermann konnte daraus schließen, daß die klimatischen Verhältnisse erträglich waren, daß man hier Ackerbau und Viehzucht treiben konnte und daß sogar Bodenschätze vorhanden waren, daß es reiche Wälder und ergiebige

Fischgründe gab – überhaupt, daß dieser Archipel für Unternehmen fast jeder Art glänzende Aussichten bot. Bald würde der Küstenhandel einen ungeahnten Aufschwung nehmen.

Für Punta-Arenas zeichnete sich ja bereits eine große Zukunft ab: Als von allen Zollscherereien unbehelligter Freihafen war es den Schiffen beider Kontinente zugänglich und kontrollierte die ganze Magellanstraße. Durch die Besiedlung der Insel Hoste und ihrer Umgebung würden nun – im südlichen Teil des Archipels – ähnliche Verhältnisse entstehen; und um dieses Ziel rasch und sicher zu erreichen, hatte sich die Regierung in Santiago mit untrüglichem politischem Instinkt entschlossen, die Insel Hoste einfach zu verschenken. Ein Opfer übrigens, das ohnehin nur auf dem Papier stand, denn es handelte sich ja um ein bisher völlig ungenütztes Stück Boden, das erst durch diesen Verzicht seinen Wert bekommen sollte.

Ein überaus kluger Schachzug, und man war großzügig und konsequent genug, um das Angebot auch wirklich interessant zu machen: keine Steuern, totale Autonomie. Hoste würde der einzige Teil Magellaniens sein – das heißt auch, der letzte bewohnbare Flecken auf dieser Welt –, auf dem vollständige Unabhängigkeit herrschte.

Und jetzt ging es nur noch um die Frage, ob die Schiffbrüchigen der *Jonathan* tatsächlich bereit waren, ihre afrikanischen Konzessionen gegen den Besitz der Insel Hoste einzutauschen.

Die Regierung wollte die Angelegenheit so bald als möglich erledigt wissen. Das Avisoboot hatte den Vorschlag gemacht und sollte die Antwort zurückbringen. Der Kommandant war bevollmächtigt, mit Vertretern der Auswanderer das entsprechende Abkommen auszuhandeln. Allerdings hatte er Anweisung, nicht länger als vierzehn Tage vor Anker zu bleiben. Nach dieser Frist mußte er in See stechen, gleichgültig ob ein Vertrag zustande gekommen war oder nicht.

Im Fall einer positiven Antwort wurde die neue Republik sofort anerkannt und durfte die von ihr selbst gewählte Flagge hissen.

War die Antwort negativ, so würden die Schiffbrüchigen baldmöglichst über die Chancen und technischen Einzelheiten ihres Rücktransports benachrichtigt. Begreiflicherweise konnte sie das Aviso mit seinen nur vierhundert Tonnen nicht nach Punta-Arenas bringen. Man mußte die amerikanische Gesellschaft um die Entsendung eines Bergungsschiffes ersuchen, dessen Überfahrt natürlich eine gewisse Zeit erforderte. Ein paar Wochen würde es in jedem Fall dauern, bis die Insel geräumt werden konnte.

Verständlicherweise schlug der Vorschlag der Regierung von Santiago unter den Auswanderern wie eine Bombe ein.

Damit hatte man nun wirklich nicht gerechnet, und die Siedler waren völlig außerstande, ein solches Projekt in seiner Tragweite auch nur oberflächlich zu überblicken. Unfähig, in dieser schwerwiegenden Angelegenheit irgendeinen Entschluß zu fassen, schauten sie einander nur dumm und bestürzt an.

Dann fiel ihnen allen gleichzeitig und schlagartig der Mann ein, der als einziger wissen konnte, was gut für sie war. In einer gemeinsamen Bewegung, deren Zusammenspiel zugleich Dankbarkeit, Glaube und eigene Hilflosigkeit bewies, drehten sie die Köpfe nach Westen, wo in der Flußmündung die *Wel-kiej* liegen mußte.

Aber sie lag nicht mehr dort. Und sie schwamm auch nicht irgendwo draußen. Sie war verschwunden.

Sekundenlang standen alle wie betäubt. Dann kam Bewegung in die Menge. Man lief hin und her, kletterte auf die Felsen der Landzunge, schirmte mit der Hand die Augen gegen die Sonne ab, suchte am Horizont. Und mußte sich am Ende der Wirklichkeit beugen: Der Mann, der ihre einzige Hoffnung war – der Kaw-djer – mußte zusammen mit Karroly und Halg abgesegelt sein.

Die armen Leute waren fassungslos. Sie hatten sich so daran gewöhnt, in allen schwierigen Situationen den Kaw-djer für sich denken und handeln zu lassen, daß sie von dieser Enttäuschung völlig zu Boden geschmettert wurden. Ausgerechnet jetzt, da ihre ganze Zukunft auf dem Spiel stand, ließ er sie im Stich? Sein Verschwinden war ein noch weit härterer Schlag für sie als am Abend zuvor das Auftauchen des viel zu kleinen Schiffes.

Auch Harry Rhodes wunderte sich. Er hätte es selbstverständlich gefunden, wenn der Kaw-djer nicht auf der von den Auswanderern verlassenen Insel zurückgeblieben wäre. Aber so lange konnte er doch warten? Eine so intensive und aufrichtige Freundschaft bricht man doch nicht schroff ab, ohne sich auf Wiedersehen zu sagen!

Oder war es eine Flucht, zu der ihn die Ankunft des chilenischen Schiffes veranlaßt hatte?

Jede Vermutung mochte zutreffen bei diesem Menschen voller Geheimnisse, von dem man nicht einmal wußte, wer er war und woher er kam.

Die unfaßliche Tatsache, daß der gewohnte Ratgeber in genau dem Augenblick, da man seine Hilfe am nötigsten brauchte, verschwunden war, brachte die Auswanderer völlig um den Verstand. Sie schlichen sich davon, und der Kommandant des Avisobootes stand bald – nur noch umgeben von seinen Matrosen – allein am Strand.

In unauffällige Grüppchen hatten sie sich aufgelöst; es wurde kaum gesprochen – jeder fürchtete vom andern, er könne aus seinen Bemerkungen eine Stellungnahme oder gar einen Vorschlag heraushören.

Natürlich war dieser Schock bald überstanden, und dann wurde das überraschende Angebot Gegenstand aller Gespräche. Acht Tage lang diskutierte man das Für und Wider einer Angelegenheit, der man zunächst noch sehr skeptisch gegenüberstand. Diese ganzen Vorschläge waren so verdächtig in ihrer Großzügigkeit, daß viele Auswanderer sie gar nicht ernst nehmen wollten.

Harry Rhodes, in dem viele eine Art Stellvertreter des Kaw-djer sahen, wurde zu dem Kommandanten geschickt und konnte sich dort von der Gültigkeit sämtlicher Vollmachten überzeugen: Die Republik Chile bot den Siedlern tatsächlich die Insel Hoste als Schenkung an.

Der Kommandant selbst kam noch ein paarmal herüber und tat alles, um die Schiffbrüchigen der Loyalität seiner Regierung zu versichern. Er gab sich auch alle erdenkliche Mühe, ihnen die Gründe für diese Vorschläge auseinanderzusetzen und ihnen die Vorteile aufzuzählen, die den Siedlern selber erwuchsen, wenn sie sich in einem Gebiet niederließen, dessen Autonomie man ihnen garantierte. Er versäumte auch nicht, immer wieder auf das Gedeihen Punta-Arenas hinzuweisen und hinzuzufügen, Chile würde der neuen Kolonie umfassende Wirtschaftshilfe zukommen lassen.

»Die Schenkungsurkunde liegt vor Ihnen«, schloß er, »sie braucht nur noch unterzeichnet zu werden.«

»Von wem?« fragte Harry Rhodes.

»Von den Vertretern, die alle Auswanderer in einer Vollversammlung bestimmen.«

Der Kommandant hatte recht: So und nicht anders mußte man zunächst vorgehen. Später, wenn dann die Regierungs- und Verwaltungsform zur Diskussion stand, war zu entscheiden, ob man die Leitung des jungen Staates in die Hände eines Einzelnen legen wollte. Man konnte ja in völliger Freiheit das Regime wählen, zu dem man sich entschloß – Chile würde sich in keiner Weise einmischen.

Um nicht von den Folgen dieses Vorschlags überrascht zu werden, sollte man sich vielleicht noch einmal die Situation genau vor Augen führen:

Wer war denn das Volk, das die *Jonathan* in San Franzisko an Bord genommen hatte, um es nach Südafrika überzusetzen? Arme Leute, die das Elend in die Emigration trieb und für die es überhaupt keine Rolle spielte, ob sie hier oder dort landeten, wenn sie nur unter günstigen und gesicherten Lebensbedingungen wieder zur Ruhe kamen.

Nun hatten sie einen Winter auf der Insel Hoste verbringen müssen und dabei feststellen können, daß Frost und Schnee zu ertragen waren. Und im Augenblick sahen sie, wie der Frühling kam und einen Sommer versprach, wie man ihn nicht einmal überall in den Breiten vorfindet, die dem Äquator bedeutend näher liegen.

In bezug auf die Sicherheit fiel der Vergleich auch nicht zugunsten der Lagoabucht aus, die zwischen englischem Territorium und dem Oranjefreistaat eingeklemmt war und in deren Gebiet ständig barbarische Kaffernstämme einfielen.

Natürlich waren den Auswanderern diese Nachteile schon vor ihrer Einschiffung bekannt gewesen, aber jetzt gewannen sie in ihren Augen immer mehr an Bedeutung. Denn man hatte plötzlich als Alternative das Angebot, eine – wie es schien – unangreifbare Insel zu besiedeln.

Hinzu kam noch die Erwägung, daß die Gesellschaft ihre südafrikanischen Konzessionen nur für einen befristeten Zeitraum erhalten hatte und die portugiesische Regierung nicht daran dachte, irgendwelche Souveränitätsrechte zugunsten der Siedler aufzugeben. In Magellanien dagegen waren sie frei wie kein anderes Volk mehr auf dieser Welt – sie konnten auf der Insel Hoste den schlechthin idealen Staat gründen.

Und noch zwei naheliegende und praktische Argumente: Jedem steckte noch die Katastrophe der *Jonathan* in den Knochen; blieb man auf Hoste, brauchte man nie wieder die unsicheren Planken eines Schiffes zu betreten. Und – was ebenso wichtig war: Die chilenische Regierung hatte bedeutende Subventionen und Investitionen in Aussicht gestellt. Bald würde eine regelmäßige Verbindung mit Punta-Arenas zustande kommen, Kontore mußten längs der Magellanstraße aus dem Boden schießen – man konnte wirtschaftliche Beziehungen zu den Falklandinseln anknüpfen, die Fischerei zu einer Industrie ausbauen.

Früher oder später würde auch Argentinien seine Chancen auf Feuerland wahrnehmen – Konkurrenzsiedlungen zu Punta-Arenas gründen, und bald hätte Feuerland seine argentinische Hauptstadt, so wie die Halbinsel Brunswick ihre chilenische hat.

(Und so ist es ja auch gekommen: Am Beagle-Kanal gibt es heute die kleine argentinische Stadt *Ushaia.*)

All diese Überlegungen und Argumente kamen zusammen und gaben am Ende den Ausschlag, daß nach langem Hin und Her die meisten Auswanderer das Angebot der chilenischen Regierung positiv beurteilten.

Um so bedauerlicher war es, daß der Kaw-djer ausgerechnet in dem Augenblick gegangen war, als man ihn so gern nach seiner Meinung gefragt hätte. Niemand konnte so wie er die Konsequenzen überschauen und die voraussichtlich beste Lösung finden. Sehr wahrscheinlich hätte auch er sich für den Vorschlag ausgesprochen, der wenigstens einer der elf großen Inseln des Magellanischen Archipels ihre Unabhängigkeit zurückgab. Harry Rhodes zweifelte nicht, daß sich der Kaw-djer in diesem Sinne und mit der Autorität geäußert hätte, die ihm zukam und von jedem anerkannt worden wäre.

Er selber trat auch für diese Lösung ein, und mit ihm – ein Wunder, das sich bestimmt nie wiederholen würde – Ferdinand Beauval.

Der Sozialistenführer machte tatsächlich hemmungslos Propaganda für dieses Projekt. Was ver-

sprach er sich davon? Welche Pläne verfolgte er? Witterte er die einmalige Chance, seine Thesen in die Praxis umzusetzen?

Vielleicht! Hier hatte er endlich das Kaninchen,

mit dem er ungehindert und ungestraft experimentieren konnte: die ungebildete Masse, wie in Urzeiten Besitzerin eines herrenlosen Gebietes, von dem auch nur die kleinste Parzelle für sich zu beanspruchen keiner das Recht hatte – welch herrliches, einmaliges Abenteuer! Welch unübersehbares Feld für alle möglichen und unmöglichen Versuche mit dem Kollektivismus oder gar mit dem absoluten Kommunismus!

Ferdinand Beauval agitierte wie ein Besessener. Tag und Nacht lief er von einem zum anderen und schwätzte ihn zu Boden. Sogar im Schlaf bellte er leise vor sich hin.

Aber der von der chilenischen Regierung festgesetzte Termin rückte näher, der Kommandant des Avisos drängte auf die Entscheidung. Man mußte bis zum 30. Oktober zur Abstimmung kommen, sonst würde das Schiff die Anker lichten, und der Traum von der Freiheit wäre vorbei.

Die Vollversammlung wurde auf den 26. Oktober einberufen; an der Abstimmung beteiligten sich insgesamt achthundertvierundzwanzig volljährige Männer. Der Rest waren Frauen, Kinder und junge Leute unter einundzwanzig Jahren, sowie die abwesenden Vertreter der Familien Gordon, Rivière, Iwanoff und Gimelli.

Die Auszählung der Stimmen ergab die beträchtliche Mehrheit von siebenhundertzweiundneunzig für die Annahme. Nur zweiunddreißig Auswanderer waren dagegen; sie wären lieber weitergefahren, um sich an der Bucht von Lagoa anzusiedeln. Aber auch sie fügten sich schließlich in den Mehrheitsbeschluß.

Nun hatte man noch drei Delegierte zu bestimmen. Und bei dieser Gelegenheit errang Ferdinand Beauval endlich den sichtbaren Erfolg, auf den er so lange warten mußte: Er wurde von den Auswanderern gewählt. Allerdings gab man ihm aus einem instinktiven Gefühl der Vorsicht Harry Rhodes und Hartlepool mit.

Der Vertrag wurde noch am gleichen Tag von den Delegierten und dem Kommandanten als Vertreter der chilenischen Regierung gemeinsam an Bord des Aviso unterzeichnet. Es war ein kurzes Schriftstück – sehr einfach formuliert. Es enthielt keinerlei Klauseln oder Anhaltspunkte für Mißverständnisse.

Dann hißte man am Strand feierlich die hostelische Flagge – man hatte sich für Weiß-Rot entschieden, und das Avisoboot grüßte mit einundzwanzig Salutschüssen.

Zum erstenmal lustig in der steifen Brise flatternd, verkündete sie der Welt das frohe Ereignis der Geburt eines freien Landes.

ZWÖLFTES KAPITEL

DIE KINDHEIT EINES VOLKES

Schon früh am nächsten Morgen lichtete das Aviso die Anker und war wenig später hinter der Landzunge verschwunden. Zehn der fünfzehn überlebenden Matrosen der *Jonathan* nahm es mit. Die übrigen fünf – unter ihnen Kennedy und der Koch Sirdey – wollten ebenso wie der Obermaat Hartlepool als Siedler auf der Insel bleiben.

Kennedy und Sirdey hatten einen triftigen Grund für ihren Entschluß: Beide waren zu bekannt in Kapitänskreisen, um noch jemals eine anständige Heuer zu bekommen. Hier, in einer Gemeinschaft ohne Organisation und Gesetze – vorläufig wenigstens –, hofften sie, weiterhin im Trüben fischen zu können.

Ihre Kameraden dagegen waren energische und ordentliche Burschen, mittellos und ohne Familie. Sie wollten – ebenso wie Hartlepool – nichts weiter als in einem neuen Land als kleine Fischer freie Männer sein.

Ob dieser bescheidene Traum in Erfüllung gehen würde, hing ganz entscheidend von der künftigen Regierung dieser Insel ab.

Wird ein Staat gut geführt und sauber verwaltet, steht dem Glück und der Wohlhabenheit seiner Bürger nichts im Wege. Jede Anstrengung aber bleibt fruchtlos, wenn die leitenden Stellen nicht die richtigen Maßnahmen treffen und anwenden, um die gemeinsamen Unternehmungen zu konzentrieren und zu koordinieren. Es war also von größter Wichtigkeit, die Kolonie zunächst einmal durchzuorganisieren.

Verständlich, daß sich die Hostelier – diesen Namen hatten sie sich einstimmig zugelegt – um solche lebenswichtigen Probleme zunächst keine Sorgen machten. Sie freuten sich des neuen Lebens und feierten es. Das magische Wort ›Freiheit‹ hatte sie völlig um den Verstand gebracht. Sie berauschten sich daran wie große Kinder und versuchten erst gar nicht, die Bedeutung dieses Wortes zu erfassen und sich vor Augen zu halten, daß die Freiheit eine Wissenschaft ist, die man erlernen muß, und daß man sie erst lernen kann, nachdem man die Kunst zu leben heherrscht.

Das Aviso war noch nicht außer Sicht, als man sich gegenseitig um den Hals fiel und beglückwünschte, als hätte man endlich eine schwierige Arbeit erfolgreich zum Abschluß gebracht. Dabei fing es ja erst an, schwierig zu werden!

Es gibt kein zünftiges Fest ohne ein ausgedehntes Gelage. So kam man überein, daß zunächst einmal gegessen und getrunken werden müßte. Man schickte die Frauen zu ihren Öfen und Töpfen und lenkte seine eigenen Schritte zur Ladung der *Jonathan*.

Überflüssig zu erwähnen, daß die Rumfässer

seit der Proklamation der Unabhängigkeit nicht mehr bewacht waren. Glückliche Umstände hatten die Schiffbrüchigen zu würdigen Bürgern einer neuen Nation erhoben, und nur sie selber waren befugt, die Ausübung ihrer Souveränität durch Verordnungen zu regeln. Im übrigen: Wer hätte noch Posten stehen sollen, nachdem zwei Drittel der Wachmannschaft abgesegelt waren?

Fröhlich stach man also das größte Faß an, als einigen besonders Schlauen eine noch weit bessere Idee kam. Der Rum gehörte allen. Warum also sollte man ihn nicht gleich ganz und an alle verteilen? Die Idee war einleuchtend – schüchterne, besorgte Gegenstimmen wurden von der allgemeinen Begeisterung niedergeschrien. Man schätzte die Menge ungefähr ab. Es ergab sich, daß jeder erwachsene Mann Anrecht auf einen, jede Frau und jedes Kind Anspruch auf einen halben Teil habe.

Der einstimmige Beschluß – es war die erste demokratische Willensäußerung des jungen Staates – wurde sofort in die Tat umgesetzt, und bald verließen die Familienoberhäupter – einer nach dem andern – mit vollen Feldflaschen das Vorratszelt.

Schon am Abend war das Fest auf seinem Höhepunkt angelangt. Alle bisherigen Differenzen waren weggeblasen, es gab keine Klassen und Nationalitäten mehr; Brüderlichkeit hieß das Wort, das man überall und fortwährend hören konnte.

Ein schwindsüchtiges Akkordeon gab sein Bestes; man zog eine Art Ball auf, und wer noch nicht genug getrunken hatte, tanzte, bis ihm ein anderer das Mädchen wegriß, denn es gab an diesem Abend natürlich viel zu wenig Frauen.

Zu denen, die sich längst nicht mehr im Kreis drehen konnten, gehörte selbstverständlich auch Lazarus Ceroni. Um sechs Uhr abends ging er zum erstenmal in die Knie, ab neun Uhr kam er nicht mehr hoch, um Mitternacht trank er nur noch im Liegen. Für Tullia und Graziella würde das eine traurige Nacht werden!

Und noch einen gab es, der Glas um Glas hinunterkippte. Er saß in einer dunklen Ecke, abseits des allgemeinen Trubels, und fand in dem abscheulichen Gift endlich seine Seele wieder, die das gleiche Gift längst ausgelöscht hatte.

Plötzlich ertönte herrliche Musik – keiner tanzte mehr, und die Becher senkten sich von den zum Trinken geöffneten Lippen: Fritz Groß, alkoholgesättigt, hatte sein Genie wiedergefunden.

Zwei Stunden lang improvisierte er nie dagewesene Melodien, und tausend gierten ihn aus aufgesperrten Augen und Mäulern an, als wollten sie jeden Ton trinken, der aus seiner Zaubergeige quoll.

Von allen Zuhörern war keiner so sehr in völlige Trance versunken wie ein Kind. Diese Wundertöne von ungekannter Schönheit und Reinheit wurden für Sand zur ersten, alles entscheidenden Offenbarung seines kleinen Lebens. Er stand in der Mitte des riesigen Halbkreises, der den Musiker umgab, und schaute und lauschte und war – ohne vorher einen Becher berührt zu haben – betrunkener als alle andern.

Ein unbeschreibliches, beinahe surreal pittoreskes Schauspiel: Fritz Groß, am Boden kauernd, unförmig in seinen kolossalen Proportionen, den Kopf auf die Brust gesenkt, die Augen geschlossen, nach innen blickend – und spielend! Unaufhörlich spielend, in ekstatischer Raserei, angeflackert von einer rußenden Fackel, die ihn aus dem Dunkel der undurchdringlichen Nacht heraushebt.

Und vor ihm ein Kind, das sich und die Welt vergessen hat – und ringsum eine stumme Menschenmauer, die nur hin und wieder sekundenlang im plötzlichen Aufflammen der Fackel sichtbar wird.

Dann reißt das Licht irgendeinen Fetzen aus der Finsternis: eine Nase, eine Stirn, ein Ohr leuchtet auf, wird vom Schatten ausgestoßen und gleich wieder verschlungen.

Und der helle, mächtige Gesang der Geige fließt in großen ruhigen Wellen über diese Mauer hinweg und erstirbt in der Unendlichkeit des Raumes.

Gegen Mitternacht fiel Fritz Groß der Bogen aus der Hand und der Kopf zur Seite – er war eingeschlafen. Die Siedler gingen langsam und beinahe andächtig in ihre Behausungen zurück.

Schon am nächsten Morgen war dieses sentimentale Intermezzo völlig vergessen, man begann wieder zu saufen und zu grölen. Das Fest ging weiter, und alles ließ darauf schließen, daß es erst mit dem letzten Tropfen enden würde.

Mitten in diese Dauerkirmes hinein kam die *Wel-kiej* zurück, achtundvierzig Stunden, nachdem das Avisoboot die Insel Hoste verlassen hatte. Niemand schien sich daran zu erinnern, daß die Schaluppe zwei Wochen weggewesen war, und ihre Insassen wurden begrüßt, als hätte man sie keinen Augenblick vermißt.

Der Kaw-djer begriff nichts von dem, was er um sich sah. Was ging hier eigentlich vor? Was hatte die am Strand aufgezogene unbekannte Flagge zu bedeuten? Wieso waren die Auswanderer alle völlig außer Rand und Band?

Harry Rhodes und Hartlepool informierten ihn kurz, der Kaw-djer hörte sich ihren Bericht mit wachsendem Interesse an. Er atmete tief, als füllten sich seine Lungen plötzlich mit reinerer Luft, und in seinem Gesicht leuchtete es auf: Es gab also noch – vielmehr wieder – ein freies Land im magellanischen Archipel!

Trotzdem erwiderte er die Mitteilung nicht sofort mit der gleichen Offenheit: Er schwieg über die Gründe, die ihn vierzehn Tage lang von der Insel ferngehalten hatten. Was hätte er auch sagen sollen? Wie hätte er Harry Rhodes plausibel machen können, daß er seinen Bruch mit der zivilisierten Welt nicht mehr rückgängig machen wollte.

Daß er beim Erscheinen des Avisos abgesegelt war in der Annahme, es sei beauftragt, die Autorität der chilenischen Regierung zu proklamieren und deren Rechte wahrzunehmen. Deshalb hatte er sich in einer Bucht der Halbinsel Hardy versteckt und war erst nach der Abfahrt des Schiffes wieder ins Lager zurückgekehrt.

Übrigens fragten ihn seine Freunde gar nicht danach. Sie waren froh, ihn wieder bei sich zu haben, und besonders Harry Rhodes und Hartlepool atmeten auf. Daß dieser Mann mit seinem klaren Willen und seiner überragenden Intelligenz jetzt die Zügel in die Hand nehmen konnte, gab ihnen wieder etwas von der Zuversicht zurück, die sie durch die Kindereien der Siedler schon fast verloren hatten.

»Dieses dumme Volk sieht in seiner Unabhängigkeit nur das Recht, sich mit Rum vollaufen zu lassen!« schloß Harry Rhodes seinen Bericht. »Kein einziger denkt daran, daß es viel wichtiger wäre, jetzt erst einmal eine Regierung zu wählen und so etwas wie einen Staat zu gründen!«

»Ach was«, bemerkte der Kaw-djer unbesorgt. »Sie sollen ruhig erst mal ihren Spaß haben! Bis jetzt war wenig Gelegenheit! Und das geht ja auch alles vorbei, und dann werden sie schon anfangen! – Und eine Regierung wählen? Was wollen wir denn mit einer Regierung?«

»Aber irgend jemand muß doch für Ordnung sorgen!« rief Harry Rhodes.

»Lassen Sie nur«, meinte der Kaw-djer. »Ordnung – die kommt wieder ganz von selber!«

»Wenn wir zurückdenken –«

»Was gestern war, ist vorbei!« fiel ihm der Kaw-djer ins Wort. »Gestern fühlten sich die Leute noch als Bürger von Amerika oder Europa. Heute sind sie freie Hostelier, das ist etwas völlig anderes!«

»Sie sind also der Meinung, daß –«

»– daß sie Ruhe und Ordnung halten werden auf dieser Insel: weil sie ihnen gehört! Zum Glück gibt es hier keine Gesetze, und hoffentlich kommen sie nie auf die Idee, welche zu schaffen und anzuwenden. Wozu denn Gesetze? Ich bin überzeugt, es liegt gar nicht im Wesen der menschlichen Natur, sich selber Gesetze zu geben. Und ohne diese Vorurteile und fixen Ideen, die alle aus jahrhundertelanger Versklavung stammen, kämen wir viel leichter miteinander aus. Die Erde bietet den Menschen alles, was sie brauchen; sie können aus dem vollen schöpfen und den Reichtum brüderlich teilen und miteinander genießen. Dazu braucht man doch keine Gesetze!«

Harry Rhodes schien nicht sehr überzeugt von diesem naiv-optimistischen Weltbild, aber er schwieg. Für ihn sagte Hartlepool:

»Solange uns die lieben Hostelier keine anderen Beweise ihrer Brüderlichkeit liefern, als gemeinsam zu saufen, haben wir für alle Fälle die Waffen und die Munition beschlagnahmt.«

Die ›Gesellschaft für Kolonisation‹ hatte nämlich der *Jonathan* sechzig Flinten, einige Fäßchen Pulver, Kugeln, Blei und Patronen mitgegeben, damit die Auswanderer Großwild jagen und notfalls Angriffe der Kaffern auf die Bucht von Lagoa abwehren könnten. Niemand hatte mehr an dieses Material gedacht – außer Hartlepool. Er war die ganze gestrige Nacht damit beschäftigt gewesen, sämtliche Waffen wegzuschaffen, und im allgemeinen Festtrubel hatte man das nicht einmal bemerkt.

Vielleicht wäre es gar nicht so einfach gewesen, auf Anhieb ein günstiges und nahe gelegenes Versteck zu finden. Aber Dick hatte ihn sofort auf das nur ihm und einigen andern Kindern bekannte Höhlenlabyrinth aufmerksam gemacht, das unter dem Felsmassiv der Ostspitze lag. Zusammen mit Harry Rhodes und den beiden Schiffsjungen hatte er das ganze Arsenal in die oberste Grotte gebracht und dort eingegraben. Seither fühlte sich Hartlepool etwas beruhigter.

Der Kaw-djer stimmte seiner Vorsichtsmaßnahme zu:

»Das war ganz bestimmt kein Fehler«, sagte er. »Wir müssen den Dingen jetzt erst einmal Zeit lassen, sich einzuspielen. Außerdem – in diesem Land brauchen die Leute gar keine Feuerwaffen!«

»Sie haben auch keine«, behauptete der Obermaat. »Die Vorschriften an Bord der *Jonathan* waren sehr streng. Und als sie an Bord gingen, wurde jeder durchsucht – einschließlich Gepäck – und sämtliche Waffen beschlagnahmt. Alles, was es hier an Waffen gibt, haben wir so versteckt, daß man es nicht finden wird. Und deshalb –«

Hartlepool stutzte und griff sich an den Kopf. »Verdammt!« rief er. »Es muß welche geben! Wir haben achtundvierzig Gewehre gefunden, und es waren sechzig. Ich dachte, wir hätten uns geirrt. Aber jetzt erinnere ich mich: Was fehlt, haben die Rivières, die Iwanoffs, die Gimellis und die Gordons mitgenommen. Zum Glück sind das anständige und zuverlässige Leute – bei ihnen ist das Zeug sicher.«

»Es gibt noch andere Gefahrenpunkte«, machte Harry Rhodes geltend, »den Alkohol zum Beispiel. Heute liegt man sich noch in den Armen, aber lange wird das nicht mehr so bleiben. Ceroni fängt schon wieder an seine Familie zu tyrannisieren. Hartlepool und ich mußten eingreifen. Wären wir nicht rechtzeitig dazugekommen – diesmal hätte er sie bestimmt totgeschlagen.«

»Dieser Mann ist ein Unmensch«, sagte der Kaw-djer.

»Ein Ungeheuer – wie alle, wenn sie getrunken haben! – Nun, zum Glück für die beiden Frauen ist Halg wieder zurück! Wie geht es ihm denn?«

»So gut und so schlecht es einem jungen Mann in diesem Zustand gehen kann. Ich brauche Ihnen nicht zu sagen, daß es ihm verdammt schwer wurde, mit seinem Vater und mir wegzufahren. Ich mußte meine ganze Autorität einsetzen und ihm außerdem mein Wort geben, daß wir hierher zurückkommen werden. Die veränderte Situation vereinfacht die Sache natürlich: Er und Graziella können zusammenbleiben. Andrerseits wird es mit Lazarus immer kritischer. Hoffen wir, daß sich diese Angelegenheit von selber erledigt, sobald er keinen Rum mehr auftreiben kann!«

Während man so von ihm sprach, hatte Halg die *Wel-kiej* seinem Vater überlassen und war zu Graziella gelaufen. Ein Wiedersehen, als ob Jahre und Ozeane die beiden getrennt hätten! Doch das war schnell vorbei – Graziella hatte neue Sorgen: Sie mußte ihrem jungen Indio erzählen, wie brutal ihr Vater wieder geworden war, und verschwieg ihm auch nicht das schmierig-penetrante Benehmen Pattersons und vor allem die offene Zudringlichkeit Sirks. Sie konnte keinen Schritt vor das Haus tun, ohne sich den Unverschämtheiten dieses Individuums auszusetzen.

Halg hörte sich das alles an und kochte vor ohnmächtiger Wut. In einer Ecke des Zeltes lag Lazarus Ceroni und schlief laut schnarchend seinen Rausch aus. Bald würde er aufwachen, einen kräftigen Schluck nehmen und zu dem großen Fest zurückkehren, dessen Ende noch nicht abzusehen war.

Doch konnte man heute schon deutlich bemerken, wie dieses Gelage sich ganz allmählich veränderte. Die Tänze und Spiele und Lieder zeigten nicht mehr den kindlich-unschuldigen Übermut des ersten Tages. Überschäumende Vitalität artete immer häufiger in bösartige Exzesse aus.

Sicher war das eine Folge des Alkohols: Der Katzenjammer, den er zurückließ, konnte nur immer wieder durch noch größere Mengen Rum hinuntergespült werden, und nach und nach führte die permanente Volltrunkenheit zu Reizzuständen, die sich in völlig unkontrollierbaren – und leider meist gewalttätigen – Reflexhandlungen niederschlugen.

Einige sahen die Gefährlichkeit dieser Entwicklung voraus und fingen an, sich aus der Festivität zurückzuziehen. Sie wurden wieder nüchtern und vernünftig und begannen über die Zukunft der Insel – und über ihre persönlichen Probleme – nachzudenken.

Gewiß waren es schwierige Probleme, aber keine unlösbaren. Die Insel war mit beinahe zweihundert Quadratkilometern fast durchweg guten Ackerbodens, mit ihren Wäldern und ihren Weiden groß genug, um noch viel mehr Menschen ernähren zu können. Das war aber nur möglich, wenn nicht der ganze Verein an der Bucht von Scotchwell kleben blieb, sondern sich über die gesamte Insel verteilte.

An landwirtschaftlichen Geräten fehlte es ebensowenig wie an Saatgut und Setzlingen und an Viehfutter. Alles, was man zum Holzschlag und für die Fischerei brauchte, war reichlich und in bester Qualität vorhanden.

Die meisten Auswanderer waren ja Bauern gewesen, und für sie war es natürlich, in der neuen Wahlheimat einen Hof zu gründen und dort ihrer gewohnten Arbeit nachzugehen.

Zu Anfang würde es begreiflicherweise an Vieh fehlen, doch wollte die chilenische Regierung nach und nach aus Patagonien, von den argentinischen Pampas, aus Feuerland und sogar von den Falklandinseln, auf denen Schafzucht betrieben wird, ganze Herden importieren. Grundsätzlich sprach also nichts gegen ein Gelingen dieses Besiedlungsversuches, sofern die Einheimischen selber aktiv zum Erfolg beitrugen.

Eine kleine Minderheit unter ihnen hatte von vornherein klar begriffen, daß man jetzt etwas unternehmen, das heißt in jedem Fall zunächst einmal arbeiten mußte. Diese wenigen, und Patterson gehörte zu den ersten, waren nach der Alkoholausgabe sofort wieder zur Ladung der *Jonathan* zurückgekehrt und hatten sich sorgfältig alles ausgesucht, was sie brauchen konnten: Pflüge, Äxte, Harpunen – je nach Berufen und Zukunftsplänen. Das hatten sie dann auf improvisierte Karren geladen, sich und ihre Frauen davorgespannt und waren losgezogen, um sich ein geeignetes Stück Land zu suchen.

Patterson hielt seine Stellung am Flußufer. Mit kräftiger Hilfe von Long und Blaker, der trotz aller schlechten Erfahrungen unbedingt bei seinem Protektor bleiben wollte, baute er das Stück Land, dessen Besitz er sich vor einem halben Jahr gesichert hatte, zu einer Art Festung aus. Aus mächtigen Rundhölzern führte er auf drei Seiten einen undurchsichtigen und undurchdringlichen Palisadenzaun auf – die vierte Seite grenzte der Fluß ab. Innerhalb dieses Zauns ließ er den Boden umgraben und säte Gemüse. Patterson wurde also Gemüsegärtner.

Nach zwei Tagen hemmungsloser Sauferei fanden einige weitere Auswanderer, die Unabhängigkeit sei nun gebührend begossen, und kamen allmählich auch wieder zu Verstand. Sie stellten mit Erstaunen fest, daß sich einige andere an diesem Gelage überhaupt nicht beteiligt und statt dessen ihre eigentlichen Interessen verfolgt hatten.

Diese Entdeckung brachte sie dazu, nun ihrerseits unverzüglich die Vorräte der *Jonathan* in Angriff zu nehmen. Es war noch alles in Hülle und Fülle vorhanden, und so konnten auch sie sich mit dem, was sie brauchten – und mit sehr viel Überflüssigem – reichlich eindecken. Sie trafen ihre Wahl, organisierten den Transport und folgten den Spuren ihrer Vorgänger.

Im Verlauf der folgenden Tage fand ihr Beispiel immer mehr Nachahmung, und so wurde der Haufen derer, die unterm Tisch lagen, kleiner, je mehr neue Karawanen sich in Bewegung setzten. Bald hatte die Mehrzahl der Siedler die Bucht von

Scotchwell verlassen, die einen vor unförmige Karren gespannt, andere beladen wie Maulesel – manche als einsame Robinsone, wieder andere mit Kind und Kegel.

Natürlich nahmen auch die Vorräte der *Jonathan* in dem Maße ab, wie man mit vollen Händen hineingriff. Als die letzten kamen, war die Ladung so ausgeplündert, daß nicht mehr viel zur Wahl blieb. Zwar war der Proviant noch längst nicht erschöpft, denn jeder konnte ja nur ein bestimmtes Quantum fortschleppen, doch das galt eben nur für die Lebensmittel. Mit landwirtschaftlichen Geräten sah es düster aus, und Klein- und Federvieh gab es schon lange keines mehr. Über dreihundert Siedler hatten außer dem mit Lebensmitteln gefüllten Sack nur noch ein paar übriggebliebene Hacken und Rechen auf dem Rücken.

Aber was sollten sie tun? Wer zu spät kam, kam zu kurz! Neidisch und verärgert schleppten sie das wenige, das die Schlaueren und Schnelleren nicht gebraucht oder gewollt hatten, mit sich fort auf dem weiten Weg ins Unbekannte.

Denn für die letzten und am kümmerlichsten Ausgerüsteten war der Weg auch am weitesten. Ob sie nach Norden oder Westen zogen, überall fanden sie den guten Boden längst von denen aufgeteilt und abgesteckt, die vor ihnen losmarschiert waren. Manche hatten besonderes Pech und mußten bis zur Halbinsel Dumas wandern, bis sie endlich eine günstige Stelle entdeckten. Sie waren gezwungen, den tiefen Fjord, der unter dem Namen Ponsonby-Sund bekannt ist und über hundert Kilometer von der Scotchwell-Bucht entfernt liegt, zu umgehen.

Trotz dieser allmählichen Entvölkerung blieb die Bucht von Scotchwell nach wie vor Hauptniederlassung und damit so etwas wie ein Zentrum der Kolonie. Tatsächlich waren sechs Wochen nach der Abfahrt des Avisos fast alle, die irgendwie mit Hacke oder Schaufel umzugehen wußten, gegangen. Und so zählte diese Hauptstadt des neuen Staates im Augenblick genau einundachtzig Einwohner, meist Leute, deren frühere Berufe sie für die jetzigen Erfordernisse untauglich machten.

Da war etwa ein Dutzend Bauern, die wegen irgendwelcher Krankheiten vorerst nicht weg konnten; einer davon hatte Frau und drei Kinder. Und dann einige Leute aus der Großstadt, vorwiegend der Bodensatz dieser zwölfhundert Schiffbrüchigen: John Rame war unter ihnen, Beauval, Dorick, Fritz Groß natürlich. Dann Patterson, Sirk, Kennedy, Sirdey und dreiundvierzig angebliche Arbeiter – angeblich deshalb, weil sie nichts mehr fürchteten als die Arbeit.

Ferner Lazarus Ceroni mit seiner Familie, und zum Glück auch ein paar positive Erscheinungen: Long, Blaker, die beiden Schiffsjungen, der Obermaat, die Familie Rhodes und schließlich der Kawdjer mit Halg und Karroly.

Die drei letzten waren am linken Flußufer geblieben, wo die *Wel-kiej* in einer vor den Gefahren der offenen See geschützten Bucht vor Anker lag.

Im Alltag des Kaw-djer hatte sich nichts verändert. Es wurde nur beschlossen, die primitive Laubhütte, mit der man bisher zufrieden gewesen war, durch einen soliden Bau zu ersetzen. Da man die Insel jetzt nicht mehr verlassen wollte, konnte man sich wetterfest und mit einigem Komfort einrichten.

Tatsächlich hatte der Kaw-djer die Absicht, nach der Insel Neuva zurückzukehren, endgültig aufgegeben. Hier, in diesem letzten freien Land, würde er bleiben bis zu seinem Tod – das erklärte er Karroly ganz offen.

Halg war natürlich sehr froh und beruhigt über diesen Entschluß, der mit seinen eigenen Wünschen und Plänen so völlig übereinstimmte, während Karroly es zur Kenntnis nahm als den Willen dessen, den er als seinen Herrn ansah und dem er sich zu unterwerfen hatte, was er in diesem Fall gar nicht so gern tat, denn der neue Wohnsitz bot ihm kaum mehr Gelegenheit, als Lotse Arbeit zu finden.

Der Kaw-djer wußte das, aber er nahm diesen Nachteil in Kauf. Man würde auf der Insel zunächst ausschließlich von der Jagd und vom Fischfang leben. Ob das genügte, würde sich bald herausstellen, und dann konnte man gegebenenfalls immer noch andere oder zusätzliche Möglichkeiten ins Auge fassen. Auf jeden Fall wollte er keinerlei Hilfe von außen in Anspruch nehmen, und aus dieser grundsätzlichen Einstellung heraus hatte er auch auf seinen Anteil an den Vorräten aus dem Strandgut der *Jonathan* verzichtet.

Natürlich hielt er seine Grundsätze auch weiterhin in den Grenzen der Vernunft. So benützte er die besten Teile der besten Baracken, die jetzt alle leerstanden und spätestens von den Stürmen des nächsten Winters zerschlagen würden, um sein Haus zu bauen. Er schaffte die Bretterwände ans linke Flußufer, setzte sie dort zusammen und verstärkte alles durch Stützmauern.

Diese Arbeit war in wenigen Tagen getan, denn einige der Handwerker hatten sich spontan zur Verfügung gestellt, und von ihnen ließ sich der Kaw-djer gern helfen. Diese Leute dachten nicht daran, sich bezahlen zu lassen, und das stand so sehr im Einklang mit den Überzeugungen des Kaw-djer, daß es diesem auch nicht in den Sinn kam, ihnen Lohn anzubieten.

Nach der Fertigstellung des Hauses schifften sich Halg und Karroly ein und segelten zur Insel Neuva. Von dort brachten sie drei Wochen später das Mobiliar ihrer ehemaligen Behausung mit. Unterwegs hatte Karroly einen Lotsendienst angenommen und dadurch die Fahrt unterbrechen müssen. Dafür konnte sich der Indio bei dieser Gelegenheit für den nächsten Winter mit ausreichenden Mengen von Munition und Lebensmitteln eindecken.

Nach ihrer Rückkehr lief das alltägliche Leben wieder im gewohnten Trott. Karroly und sein Sohn gingen auf Fischfang oder saßen an ihren Salzpfannen, um später den Überschuß ihrer täglichen Beute konservieren zu können. Der Kaw-djer streifte unterdessen mit seiner Büchse durch die Wälder.

So blieb er auch in ständigem Kontakt mit den verschiedenen Siedlungen. Nach und nach besuchte er sie fast alle. Er konnte bald sehr große Unterschiede feststellen. Ob das an den Siedlern selber lag oder an den Zufälligkeiten der örtlichen Verhältnisse – jedenfalls zeichneten sich der Erfolg des einen und der Mißerfolg des anderen jetzt schon deutlich ab.

Die Höfe der vier Familien, die schon vor der Unabhängigkeit die Arbeit aufgenommen hatten, waren am weitesten voran. Kein Wunder, denn sie hatten als erste gesiedelt.

Das Sägewerk der Rivière war in voller Tätigkeit; mit den bereits zugeschnittenen und gestapelten Brettern hätte man drei Schiffe von ansehnlicher Tonnage voll beladen können.

Germain Rivière empfing den Kaw-djer wie einen alten Freund. Er war brennend interessiert an allem, was sich inzwischen in der Bucht von Scotchwell zugetragen hatte. Warum hatte man ihn nicht aufgefordert, sich an der Wahl der Regierung zu beteiligen? Für welches System hatte sich die Mehrheit entschieden? Wer war Präsident geworden?

Zu seiner großen Enttäuschung mußte ihm der Kaw-djer mitteilen, daß sich in dieser Richtung überhaupt nichts abgespielt habe. Daß die Auswanderer – einer nach dem andern – einfach losmarschiert seien, ohne die Zweckmäßigkeit oder gar Notwendigkeit einer staatlichen Ordnung auch nur in Erwägung zu ziehen. Und seine Enttäuschung wurde noch größer, als sein Gesprächspartner, für den er ebensoviel Respekt wie Dankbarkeit empfand, diese ganzen Unterlassungen offensichtlich zu billigen schien.

Er zeigte dem Kaw-djer die am Fluß sauber gestapelten Bretterstöße:

«Und mein Holz?« fragte er, und im Ton seiner Stimme lag ein gewisser Vorwurf. »Wie soll ich denn das verkaufen?«

»Ich sehe nicht ein«, hielt ihm der Kaw-djer entgegen, »warum sich Leute damit herumplagen sollen, denen das Holz gar nicht gehört! Im übrigen mache ich mir darüber gar keine Sorgen. Sie werden auch mit diesem Problem fertig!«

»Schon möglich«, gab Germain Rivière zu. »Aber trotzdem könnten wir uns alle viel Arbeit und Ärger ersparen, wenn sich ein paar Siedler um die Absatzmöglichkeiten und den Tauschhandel innerhalb der Insel kümmern würden – gegen Provision natürlich. Das Leben hier ist schwer ge-

nug, und wenn wir uns nicht in die Arbeit teilen und sie damit vereinfachen, wenn jeder nur an sich denkt und für sich wurstelt, werden wir nie konkurrenzfähig.«

»Wem wollen Sie denn Konkurrenz machen?« fragte der Kaw-djer und lachte.

Doch für Germain Rivière war das Ganze kein Spaß.

»Es ist nur natürlich«, meinte er, »daß man arbeitet, um zu verdienen. Und wenn das hier nicht geht – wenn mir die Insel Hoste für meine Leistung keine Gegenleistung bietet, werde ich – und nicht nur ich – wieder gehen, sobald ich genug beiseite gelegt habe, um irgendwo anzufangen, wo man für seine gute Arbeit sein gutes Geld bekommt. Das werde ich tun – verlassen Sie sich drauf –, und andere werden es auch tun. Und alle, die nicht so denken wie ich, werden auf der Strecke bleiben!«

»Sie sind ein bißchen zu ehrgeizig, Monsieur Rivière«, sagte der Kaw-djer verärgert.

»Wenn ich es nicht wäre, würde ich mich nicht so anstrengen!« rief Germain Rivière.

»Und warum strengen Sie sich so an? Ist denn das nötig?«

»Ja! Das ist sogar verdammt nötig! Ohne die vielen, die sich angestrengt haben, würden wir alle noch aus der hohlen Hand trinken. Ohne Anstrengung gäbe es keinen Fortschritt!«

»Fortschritt«, wiederholte der Kaw-djer mit einer wegwerfenden Handbewegung. »Wer hat was davon? Einige wenige –«

»– Mutige und Kluge –«

»– auf Kosten aller anderen –!«

»– Feigen und Faulen! Das sind aber so oder so die Dummen! Nur daß sie unter einer guten Regierung arme Teufel bleiben, während sie unter einer schlechten – oder unter gar keiner – jämmerlich verrecken!«

»Man braucht wenig zum Leben.«

»Wenn man alt wird oder krank, ist das wenige auch noch mehr, als was man bekommt. In einer solchen Lage ist man hilflos der Tyrannei des Starken ausgeliefert, wenn es keinen Schutz durch Gesetze gibt – so unzulänglich sie im einzelnen auch sein mögen.«

Der Kaw-djer schüttelte den Kopf; er war nicht überzeugt. Immer dasselbe Lied! Immer die gleichen Ausreden, um Zwang und Unterdrückung zu rechtfertigen. Man will sie bekämpfen und schafft damit Mißstände, die es ohne Gesetze gar nicht geben könnte.

Und doch war er wieder unsicher geworden. Gerade die Erfahrungen des letzten Winters, als Dorick mit seiner Bande vor allem die Alten und Kranken terrorisiert hatte, verliehen den Argumenten des Mannes, den man durchaus respektieren mußte, ein beachtliches Gewicht.

Und bei den Nachbarn Germain Rivières stieß der Kaw-djer auf genau die gleichen Ansichten. Die Gimellis und die Iwanoffs hatten mehrere Hektar Weizen und Roggen gesät. Die jungen Triebe färbten die Erde schon hellgrün und versprachen für Februar eine schöne Ernte.

Bei den Gordons dagegen war man noch nicht so weit. Ihre großen, sauber eingefriedeten Weideflächen standen noch fast leer. Aber bald würden die ersten Jungtiere geworfen, und dann gab es Milch und Butter – so wie man jetzt schon Eier im Überfluß hatte.

Zwischen seinen Pirschgängen und ihren Fischzügen opferten der Kaw-djer, Halg und Karroly immer einige Tage dem Anbau des kleinen Hausgartens. Sie wollten sich durch Gemüse und Beeren vor allem von Patterson völlig unabhängig machen.

Sie lebten vergnügt und zufrieden. Natürlich fehlten die Annehmlichkeiten, die eine zivilisierte Gegend zu bieten hat; aber dem trauerte der Kawdjer nicht nach, wenn er an den Preis dachte, mit dem dort bezahlt werden mußte. Hier hatte er alles, was er brauchte – und mehr wollte er nicht.

Das gleiche galt natürlich a fortiori für seine Freunde, deren Horizont ja seit jeher vom Ozean begrenzt war. Karroly hätte sich nie träumen lassen, daß es ein so sorgloses und luxuriöses Leben überhaupt gab, und für Halg war auch alles in bester Ordnung – er verbrachte jede freie Stunde bei Graziella.

Die Familie Ceroni hatte inzwischen auch eines der verlassenen Häuser bezogen und begann sich allmählich zu erholen. Die schrecklichen Zeiten, die sie hatte durchstehen müssen, schienen endgültig vorbei. Denn Lazarus trank nicht mehr –

allerdings nur aus einem einzigen Grund: Jetzt gab es auf der ganzen Insel Hoste wirklich keinen Tropfen Alkohol mehr. Er war also endlich zu völliger Abstinenz gezwungen; leider schien er durch die Unabhängigkeitsfeier, die ja auch für ihn alles Vorherige in den Schatten gestellt hatte, gesundheitlich so angeschlagen, daß man bezweifeln mußte, ob er sich von diesen Nachwirkungen jemals würde erholen können. Er saß nur noch vor seinem Haus und wärmte sich an der Sonne. Seine Hände zitterten unablässig, und die Augen stierten verdrossen auf die dicken Füße.

Tullia hatte mit Eselsgeduld versucht, gegen diese besorgniserregende völlige Teilnahmslosigkeit anzukämpfen. Aber es war nichts mehr zu machen; sie konnte nur noch hoffen, daß die gesunde Lebensweise, zu der Lazarus gezwungen wurde, seinen Zustand im Lauf der Zeit doch noch etwas bessern würde.

Für Halg sah natürlich alles ganz anders aus. Er genoß den Frieden, der bei den Ceronis eingekehrt war. Kein Wunder, denn für ihn hatten die Dinge im Zusammenhang mit Graziella eine überaus erfreuliche Wendung genommen: Lazarus, der seinen Plänen so lange im Wege gestanden war, zählte nicht mehr; und der Rivale Patterson selbst schien endgültig aus dem Rennen geworfen. Vielmehr: er hatte es aufgegeben. Man bekam ihn nicht mehr zu sehen, weder Graziella noch die Mutter wurden wieder von ihm belästigt. Wahrscheinlich hatte er doch eingesehen, daß er ohne seinen Verbündeten, der ja nur noch vor sich hindöste, auf verlorenem Posten stand, und beschlossen, sich um so vehementer auf sein Gemüse zu stürzen.

Ein anderer jedoch gab nicht auf – das war Sirk. Er wurde mit jedem Tag frecher, bedrohte Graziella auch außerhalb des Hauses und versuchte sogar schon gelegentlich, mit Halg Händel anzufangen.

Als sie sich Ende Dezember einmal zufällig begegneten, hörte Halg seinen Gegner zwischen den Zähnen halblaute Flüche ausstoßen, die zweifellos ihm galten. Und einige Tage darauf flog ihm ein Stein aus der Deckung eines Hauses wenige Zentimeter am Kopf vorbei.

Halg hatte den Feigling noch hinter der Hausecke verschwinden sehen, aber er war zu sehr mit den Ideen des Kaw-djer aufgewachsen, um an Rache zu denken. Und so reagierte er auch in den darauffolgenden Tagen nicht auf die immer unverschämter werdenden Herausforderungen des Gauners, der darin natürlich wieder einen Mangel an Courage sah und am Ende alles tat, um Halg zum Äußersten zu treiben. Aber so sehr er ihn auch provozierte, Halg wehrte sich nicht.

Wenn Lazarus dank seiner fortschreitenden Verblödung nicht an Langeweile litt, so galt das nicht für die anderen Arbeiter.

Sie überlegten verzweifelt, was sie mit ihrer

Zeit anfangen sollten, und die Schlaueren unter ihnen machten sich sogar schon Sorgen um die Zukunft. Hier zu leben war leicht, hier am Leben zu bleiben, schien bedeutend schwieriger. Jedenfalls hatte man sich nun einmal für die Insel Hoste entschieden, und wer den Stoff zugeschnitten hat, muß ihn auch nähen. Vorläufig fehlte ihnen zwar noch nichts – aber was tun, wenn die Verpflegungskisten einmal leer waren?

So zerbrach man sich den Kopf, wie man den künftigen Gefahren und der gegenwärtigen Langeweile entgegentreten sollte. Manche verwirklichten ihren alten Traum und machten sich – jeder in seinem Beruf – zu Unternehmern. Bald prangten über vielen Haustüren Schilder, die darauf hinwiesen, hier sei eine Schlosserei oder ein Baugeschäft; es gab sogar eine Schuhfabrik und einen Modesalon.

Leider fehlte es an Kunden für die Industriebetriebe. Und hätten sie welche gehabt – was wollten sie mit dem Verdienst anfangen? Geld war wertlos – man konnte damit nicht einmal Lebensmittel kaufen, was unter den gegebenen Verhältnissen noch das vernünftigste gewesen wäre.

Da waren diejenigen schon besser beraten, die auf die Ausübung ihres ehemaligen Berufes verzichteten und einfach auf die Sicherung ihres Lebensunterhalts ausgingen. Aber wie? Feuerwaffen hatten sie keine, konnten also nicht jagen. Von Landwirtschaft verstanden sie auch nichts.

Also versuchten sie es mit der Fischerei und folgten damit einem Beispiel, das ihnen schon seit längerer Zeit vor Augen geführt wurde.

Tatsächlich hatten sich ja – neben dem Kaw-djer und seinen beiden Indios – Hartlepool und vier der Matrosen von Anfang an aufs Fischen verlegt. Sie waren sogar schon dabei, sich eine Schaluppe nach dem Vorbild und in der Größe der *Wel-kiej* zu bauen. Solange sie noch auf Dock lag, behalfen sie sich mit leichten Pirogen nach feuerländischem Muster, die sie im Handumdrehen zusammengezimmert hatten.

Ebenso wie der Kaw-djer legten Hartlepool und seine Matrosen ihre überzähligen Fische in Salz und hatten sich auf diese Weise schon ansehnliche Reserven geschaffen. Das imponierte natürlich einigen Handwerkern, und so bastelten sie mit Hilfe der Zimmerleute zwei kleine Boote und konnten nun auch Leinen und Netze auswerfen.

Aber Fischen will auch gelernt sein – es ist ein Beruf wie jeder andere. Wer Erfolg haben will, muß erst Erfahrungen sammeln. Und eben das war die erste Erfahrung, die das dilettantische Team machen sollte: Während die Netze des Kaw-djer und die Hartlepools zum Brechen voll waren, verirrte sich nur selten ein Fischchen in ihre Maschen. Ihre Salzfässer blieben leer; allenfalls konnte man den Tagesbedarf decken und ein bißchen Abwechslung in den Küchenzettel bringen – und meistens nicht einmal das. Oft fingen sie vom Morgen bis zum Abend nicht einen einzigen Fisch.

Eines Tages, als sie wieder einmal Pech gehabt hatten, kreuzten sie mit ihrem Kanu die *Wel-kiej*, die mit Halg und Karroly an Bord ihrem Ankerplatz zusteuerte.

Auf Deck der Schaluppe lagen säuberlich aufgereiht etwa zwanzig Fische, einige davon von beachtlicher Größe. Die unglücklichen Amateure wurden grün vor Neid.

»He du – Indio!« rief einer der Handwerker vom Kanu herüber.

Karroly ließ beidrehen.

»Ja – was wollt ihr?« fragte er.

»Ihr schämt euch wohl gar nicht! Werft die ganze Ladung ins Faß, und die armen Schweine neben euch müssen den Gurt enger schnallen!«

Karroly lachte. Er war zu lange in die Schule des Kaw-djer gegangen, um auch nur zu zögern. Was ihm gehörte, gehörte ebenso gut den andern. Nichts war natürlicher als was man nicht brauchte dem zu geben, der zu wenig davon hatte.

»Fangt auf!« rief er.

»Werft nur!«

So wurde die Hälfte des Fangs von der *Wel-kiej* auf das Kanu hinübergeworfen.

»Okay – ihr seid in Ordnung!« bedankten sich die Handwerker und legten sich wieder in die Riemen.

Halg hatte unter dem Bettelvolk auch Sirk erkannt, aber das war für ihn ohne Bedeutung. Einmal war Sirk nicht allein, und zum andern muß man auch seinem Feind helfen: Der Kaw-djer hatte seinem Jünger seit Jahren Vorlesungen in Altruismus gehalten, und man sieht, welch kuriose Blüten dieser Unterricht trieb.

Während sich also ein Teil der Auswanderer die Zeit mit Fischfang vertrieb, taten andere überhaupt nichts. Und für manche von ihnen war die völlige Selbstaufgabe sogar ein obligatorisches Endstadium. Was hätten zum Beispiel Fritz Groß oder John Rame noch unternehmen können? Von dem einen hatte der Alkohol nur eine amorphe Masse Fleisch zurückgelassen, der andere stand im Kampf ums Dasein ungefähr wie ein Säugling mitten in der Wüste.

Für Kennedy und Sirdey galten diese Entschuldigungen nicht, und trotzdem zeigten auch sie keinerlei Initiative. Sie waren auf der Insel Hoste geblieben im Vertrauen auf ihre Erfahrungen im letzten Winter und in der Erwartung, daß sie ihr Schmarotzerdasein ewig weiterführen könnten. Sie waren sicher, daß diese Rechnung aufgehen müßte, zumal im Augenblick alles nach Wunsch lief: Sie aßen den Rest der Vorräte auf, schlugen die Zeit tot und dachten nicht an die Zukunft.

Auch Dorick und Beauval waren arbeitslos geworden. Ihre frühere Tätigkeit hatte sie auf diese besonderen Lebensbedingungen denkbar schlecht vorbereitet, und so standen sie im Augenblick ziemlich ratlos da. Auf einer rauhen, einsamen Insel kletterten die Kenntnisse und Talente eines gescheiterten Advokaten und eines relegierten Professors ja tatsächlich nicht auf den höchsten Kurswert!

Und weder der eine noch der andere hatte das plötzliche Debakel vorausgesehen – der zwangsläufige Auszug der Kinder Amerikas und Europas hatte sie als Katastrophe überrascht und ihre konfusen Pläne völlig illusorisch gemacht. Der Exodus kostete Dorick seine Kundschaft und Beauval sein Publikum. Der Schmarotzer war ohne Wirt, und die Gans schnatterte im leeren Stall. Die große Masse derer war verschwunden, die der Berufspolitiker als Wählerschaft bezeichnet – den viel zutreffenderen Ausdruck ›Stimmvieh‹ lehnte er empört ab.

Nach zwei Monaten begann Beauval seine Depression zu überwinden. Er raffte sich wieder auf. Die Dinge waren ihm zwar vorübergehend aus der Hand geglitten, und er hatte nicht die Kraft und die Mittel gehabt, sie wieder in Ordnung zu bringen. Aber das war noch lange kein Grund, die Flinte ins Korn zu werfen. Was versäumt worden war, konnte nachgeholt werden.

Die Hostelier hatten vergessen, sich einen Führer zu küren. Der Thron war noch frei – man mußte sich nur draufsetzen.

Die winzige Anzahl greifbarer und somit ansprechbarer Stimmberechtigter war kein Hinderungsgrund – im Gegenteil: Das würde den Wahlkampf wesentlich vereinfachen.

Um die Meinung der andern Siedler brauchte man sich ja nicht zu kümmern. Sie waren über die ganze Insel verteilt und hatten keinen Kontakt untereinander. Also konnten sie sich auf keinen Fall zu einer gemeinsamen Gegenpartei oder -aktion zusammenschließen, und das wäre ja die einzige mögliche Gefahr gewesen. Sollten sie später einmal ins Lager zurückkommen, dann wären das höchstens einzelne kleine Gruppen oder Familien, und die würden einen konsolidierten Staat mit einer Regierung in Amt und Würden antreffen und könnten sich nur noch mit dieser längst vollendeten Tatsache abfinden.

Auf der Grundlage dieser Überlegungen ging Beauval ans Werk. Nach wenigen Tagen hatte er die Stimmung und seine Chancen sondiert: Es gab – neben den Neutralen und Indifferenten – drei politische Strömungen: eine, als deren Motor er sich selber betrachten durfte; eine zweite, die mit Lewis Dorick marschierte, und eine dritte, die hinter dem Kaw-djer stand. Nach gründlicher Prüfung konnte er zu dem Schluß kommen, daß die drei Parteien ungefähr gleich stark waren.

Nach dieser demoskopischen Vorarbeit startete Beauval seinen eigentlichen Wahlfeldzug – und tatsächlich machte seine suggestive Geschwätzigkeit den beiden anderen Parteien ein halbes Dutzend Stimmen abspenstig.

Und das war der Augenblick, um alle unverzüglich zur Urne schreiten zu lassen. Zwei Wahlgänge waren erforderlich – wegen der vielen Stimmenthaltungen, die davon herrührten, daß die meisten sich ihrer staatsbürgerlichen Pflichten im allgemeinen und der historischen Bedeutung dieser Wahl im besonderen nicht bewußt waren.

Aber schließlich hatte es Beauval geschafft: Er konnte ungefähr dreißig Stimmen auf seine Person vereinigen.

Durch diesen Taschenspielertrick war er nun Staatsoberhaupt geworden, und wie jedes Staatsoberhaupt nahm er sein Amt sehr ernst, wohl wissend, daß es ihn aller Sorgen um sein künftiges Wohlergehen entheben würde. Es wäre ja völlig uninteressant, Politiker zu werden, wenn dieser Beruf nicht das Recht einschließen würde, auf Kosten der Wähler zu leben.

Die ganze Angelegenheit hatte eigentlich nur einen einzigen Haken, aber der bereitete ihm großen Kummer: Mit seinem angeborenen Instinkt für logische Schlußfolgerungen sagte er sich, daß mit zu den vielfältigen Aufgaben einer Regierung das Regieren gehört. Und das schien ihm bei weitem nicht so einfach, wie er sich's vorgestellt hatte.

In solche Konflikte wäre Lewis Dorick nie geraten. Das Einmaleins der kommunistischen Schule, aus der er kam, ist simpel und unmißverständlich. Die Formel heißt: ›Alles allen!‹

Wie auch immer man die materiellen und psychologischen Auswirkungen abschätzen und beurteilen mag – die Durchführung ist einfach, ganz gleich, ob man die Betroffenen zwingt oder ob sie sich freiwillig fügen. Und vielleicht wären die Hostelier mit einem Versuch in dieser Richtung sogar besser gefahren. Die Überschaubarkeit ihrer geringen Anzahl und ihre von der übrigen Welt isolierte Situation waren besonders günstige Voraussetzungen für einen Erfolg, und vielleicht hätten sie sich auf der Grundlage dieser Formel tatsächlich ein gemeinsames Existenzminimum schaffen und sichern und damit das Prinzip der Gleichheit verwirklichen können. Allerdings nicht durch eine allgemeine Anhebung des Niveaus, sondern durch eine umfassende Nivellierung nach unten.

Aber leider bekannte sich Ferdinand Beauval nicht zum Kommunismus, sondern zum Kollektivismus, dessen Realisierung einen sehr viel komplizierteren und heikleren Mechanismus erfordert. Wobei die Frage offen bleibt, ob dieses Ideal nicht das menschliche Vermögen übersteigt!

Und das andere Problem: Ob diese Lehre in der Praxis überhaupt Chancen hat? Für ihren Erfolg fehlt nämlich bisher noch jeder Anhaltspunkt. Natürlich war der Kollektivismus in seinen Anfängen – ab 1850 etwa – eine gute und positive Sache: Er weckte das öffentliche Interesse, lenkte es auf Mißstände und Elend. Er veranlaßte, daß geeignete Mittel zur Abhilfe gesucht und gefunden wurden. Er gab den Anstoß zu großzügiger Initiative. Er schuf Grundlagen für Gesetze, die nicht durchweg schlecht waren.

Aber alle diese Resultate konnte er nur dadurch erreichen, daß die soziale Ordnung, auf deren Zerstörung er ausging, intakt blieb. Und noch etwas war charakteristisch für den Kollektivismus: Bei aller Kritikfähigkeit an dem, was existierte, zeigte er sich bemerkenswert unfähig in der Ausarbeitung von praktischen Alternativvorschlägen. All die Reformer, die sich mit dieser Kehrseite des Problems befaßten, blieben in schrecklich infantilen Vorstellungen stecken.

Und eben das machte Ferdinand Beauvals Lage so hoffnungslos: Hier war nichts zu kritisieren, weil nichts geschah – und nichts niederzureißen, weil keiner etwas aufgebaut hatte. Hier mußte positive schöpferische Arbeit geleistet werden, und dafür fehlten ihm jeder Anhaltspunkt und jedes Beispiel.

Der Sozialismus ist ja keine fixierte Wissenschaft, keine umfassende und abgeschlossene Doktrin. Er ist in seinem Wesen destruktiv – nicht konstruktiv. Deshalb mußte Beauval selber Ideen entwickeln und stellte bald fest, wie schwer es ist, eine alle Lebensgebiete einschließende soziale Ordnung zu improvisieren. Aber er begann wenigstens einzusehen, daß die Menschen in dem langen finsteren Tunnel, durch den sie sich in die Ewigkeit hineintasten, ohne diesen Wollfaden von Konventionen und Gesetzen verloren wären.

Darüber hinaus war er nur von der einen vagen Vorstellung beherrscht: daß es keine sozialistische Schule gibt, die nicht die Abschaffung des freien Wettbewerbs durch Verstaatlichung der Produktionsmittel verlangt. Das ist die gemeinsame Mindestforderung aller linken Parteien und insbesondere das Credo der Kollektivisten. Und hier hatte Beauval zumindest einen Ansatzpunkt.

Aber auch dieser Grundsatz hat seine Existenzberechtigung – wenn überhaupt – nur dort, wo aus jahrhundertelangen Anstrengungen heraus mächtige und komplizierte Produktionsorganismen entstanden sind. Und auch davon konnte auf der Insel Hoste kaum die Rede sein. Hier waren kräftige Fäuste und persönliche Courage die einzigen Produktionsmittel – es sei denn, man verwandelte den Kollektivismus doch in den schlichten, reinen Kommunismus und verstaatlichte die Wälder und Wiesen ebenso wie die Pflüge und Kochtöpfe.

Beauval wand sich in grausamer Ratlosigkeit, zumal seine Wahl auch nach außen hin merkwürdige Konsequenzen nach sich zog: Die an sich schon beängstigend dezimierte Hauptstadt leerte sich noch mehr. Man machte sich davon.

Das Beispiel hatte Harry Rhodes gegeben. Beunruhigt über die Entwicklung des seltsamen Staatswesens, überquerte er noch am Abend nach Beauvals ›überwältigendem Wahlsieg‹ den Fluß.

Dort ließ er sein in die Einzelteile zerlegtes Haus von einigen Maurern und Zimmerleuten wieder aufbauen. So wie das des Kaw-djer wurde es behaglicher und solider als vorher. Im Gegensatz zu seinem Freund bot er den Handwerkern eine angemessene Entlohnung. Sie waren über das Geld ebenso erfreut wie enttäuscht über den Umstand, daß sie nichts damit anfangen konnten.

Die Umsiedlung der Familie Rhodes machte Schule: Nach und nach kamen Smith, Wright, Lawson, Fock, die beiden Zimmerleute Hobart und Charley und noch zwei andere Handwerker über den Fluß und bauten am linken Ufer. So entstand hier, wo vordem neben dem Kaw-djer nur Hartlepool und vier seiner Matrosen gewohnt hatten, als Konkurrenz zur ›Metropole‹ eine Siedlung, die bereits drei Monate nach der Unabhängigkeitserklärung immerhin einundzwanzig Seelen zählte, darunter die beiden Kinder Dick und Sand – und zwei Frauen: Clary Rhodes und ihre Mutter.

Ein friedliches kleines Dorf, in dem nichts das gutnachbarliche Einvernehmen störte. Erst als Beauval seinen Antrittsbesuch machte, gab es Ärger.

Vorausgegangen war ein Gespräch zwischen Halg und dem Kaw-djer. Halg hatte ihn in Gegenwart von Harry Rhodes gefragt, wie er sich gegenüber einigen Siedlern vom anderen Ufer verhalten solle. Es handelte sich um die Amateurfischer, die seinerzeit an die Kameradschaftlichkeit der beiden Indios appelliert hatten. Sie waren nämlich durch den spontanen Erfolg ihrer Bettelei auf den Geschmack gekommen und wiederholten sie deshalb inzwischen in immer kürzer werdenden Abständen. Zurzeit gab es kaum einen Tag, an dem nicht die Hälfte des jeweiligen Fangs in die Hände der andern überging. Sie hatten ihre letzten Hemmungen längst abgebaut und ließen neuerdings Halg und Karroly nicht nur für sich arbeiten, sondern blieben einfach an Land, um in der warmen Sonne schmorend die Rückkehr der Schaluppe abzuwarten und ihren Anteil zu fordern, als käme er ihnen rechtmäßig zu.

Halg begann sich über dieses Maß an Unverschämtheit aufzuregen, und die Bande ging ihm um so mehr auf die Nerven, als Sirk dazugehörte. Aber er wollte nichts unternehmen, ohne vorher seinen Freund und Lehrer gefragt zu haben. Selbstverständlich würde er seinem Rat folgen.

Die drei saßen am Strand – vor ihnen lag der weite Ozean, und Halg hatte die Angelegenheit in allen Einzelheiten vorgetragen.

Die Antwort des Kaw-djer war eindeutig:

»Schau dir dieses unendliche Meer an und darüber den unendlichen Himmel! So weit und so groß muß deine Philosophie werden! Oder umgekehrt: Schau mich an oder dich selber – was sind wir? Ein Staubkorn im All. So oder so – wegen einer Handvoll Fische darf man sich nicht aufregen. Wir sind Menschen und haben nur eine Pflicht, und sie ist zugleich eine Notwendigkeit, wenn wir Menschen bleiben wollen: Wir müssen miteinander und füreinander leben. Und wenn du welche triffst, die das nicht wollen oder können, ist das für dich kein Grund, mit gleicher Münze zu zahlen. Es gibt eine einfache Regel: Sichere dir zuerst deine eigene Existenz und kümmere dich dann um die andere. Und wenn sie das mißbrauchen, ist es nur schlecht für *sie* – niemals für *dich!*«

Halg hatte wie immer aufmerksam zugehört. Er kam zu keiner Erwiderung mehr, denn unter ihm knurrte plötzlich der Hund Zol. Und hinter ihm rief eine Stimme:

»Kaw-djer!«

Der Kaw-djer wandte den Kopf.

»Ah – Monsieur Beauval!«

»Ja – ich bin's! Ich muß mit Ihnen sprechen!«

»Ich bin ganz Ohr!«

Aber Beauval legte nicht gleich los. Er war sogar ziemlich verdattert. Zwar hatte er seine Ansprache sorgfältig ausgearbeitet, aber jetzt, da er dem Kaw-djer und seiner kalten Ironie gegenüberstand, verlor er den Faden seiner bombastischen Rede, bevor er ihn aufgenommen hatte. Alles, was er im Augenblick begriff, war die ungeheuerliche Dummheit und Anmaßung seines Vorhabens.

Durch seine intensive Beschäftigung mit den Grundprinzipien des Sozialismus hatte Beauval nämlich entdeckt, daß es auf der Insel doch ›Produktionsmittel‹ gab, an die man – wenn auch nur

unter großzügiger Auslegung der Begriffe – mit Hilfe seiner Doktrin herankommen konnte.

Es waren die Boote, einschließlich der *Wel-kiej*, und vor allem das Gewehr des Kaw-djer, das vor ihm im Sand lag. Besonders nach diesem letzteren

Produktionsmittel war Beauval ganz verrückt. Denn nichts verleiht den Argumenten eines Politikers durchschlagendere Überzeugungskraft als eine geladene Flinte, wenn der Gegner keine hat. Und nichts ist natürlicher und legitimer, als daß die einzige Flinte der Regierungspartei zusteht, um die Öffentlichkeit vor der Opposition zu schützen.

»Kaw-djer«, begann Beauval schließlich mit aller Vorsicht, »Sie wissen – oder wissen es vielleicht auch noch nicht, daß ich zum Gouverneur der Insel Hoste gewählt wurde.«

Der Kaw-djer lächelte unmerklich in seinen Bart und antwortete mit einer wegwerfenden Handbewegung.

»Ich finde«, fuhr Beauval fort, »meine erste und vornehmste Pflicht besteht unter den gegebenen Umständen zunächst einmal darin, gewisse Produktionsmittel, die sich noch im Privatbesitz einiger Mitglieder unserer Gemeinschaft befinden, in den Dienst dieser Gemeinschaft zu stellen.«

Er machte eine Pause und wartete auf Zustimmung. Da der Kaw-djer sie ihm ungehörigerweise nicht gab, fuhr er fort:

»Was Ihren Fall betrifft, Kaw-djer, so besitzen Sie ganz für sich alleine ein Gewehr und eine Schaluppe. Dieses Gewehr ist die einzige Feuerwaffe in dieser Kolonie und die Schaluppe das einzige seetüchtige Boot, mit dem man auf große Fahrt gehen kann.«

»Und Sie möchten sich beides gern – organisieren«, nickte der Kaw-djer.

»Ich verwahre mich gegen diesen Ausdruck!« rief Beauval in pathetischer Empörung, als müsse er vor dem Parlament eine ungeheuerliche Unterstellung zurückweisen. »Als demokratisch gewählter Vertreter des Volkswillens kommt es mir nur darauf an, unser kollektivistisches Programm durchzuführen. Meine Maßnahme hat mit Diebstahl überhaupt nichts zu tun! Es handelt sich hier keineswegs um eine Konfiskation, sondern lediglich um Sozialisierung – und das ist etwas ganz anderes!«

»Holen Sie sich das Gewehr!« sagte der Kaw-djer ruhig.

Beauval streckte die Hand aus – und zog sie schnell wieder zurück, denn Zol knurrte unheilverkündend.

»Soll das heißen«, fragte er, »Sie widersetzen sich den Anordnungen der auf breiter demokratischer Grundlage gewählten Regierung Ihres neuen Vaterlandes?«

Dem Kaw-djer wurde die Komödie zu dumm. Er ergriff seine Flinte, stieß den Kolben in den Sand und sagte kurz:

»Lassen Sie den Unsinn! Wenn Sie mein Gewehr wollen, nehmen Sie mir's weg!«

So unfreundlich kannte Zol seinen Herrn gar nicht und zeigte deshalb die Zähne, an denen Beauval gar keinen Gefallen finden konnte, zumal auch ihn plötzlich der Tonfall des Kaw-djer in Verbindung mit dessen herkulischer Gestalt irritierte. Deshalb begnügte er sich als gewandter Politiker mit dem Erfolg, die Standpunkte gegenseitig abgegrenzt zu haben. Und wenn man auch nicht in allen Punkten völlige Übereinkunft erzielt hatte, so konnte man ja die Regelung der Detailfragen – es handelte sich vor allem um die Schaluppe und das Gewehr – einem zu gründenden Unterausschuß übertragen. Unter diesen Überlegungen trat er mit vorsichtig gegen Zol ausgestreckten Armen den Rückzug an.

Der Kaw-djer hatte ihn nicht mehr beachtet und schaute wieder übers Meer. Aber den Vorfall konnte man nicht einfach ignorieren; das war zumindest Harry Rhodes' Meinung, und er sagte:

»Was halten Sie davon?«

»Was soll ich davon halten?« antwortete der Kaw-djer. »Dieser Beauval ist ein Hanswurst!«

»Ein Hanswurst«, bestätigte Harry Rhodes, »und gleichzeitig unser Gouverneur!«

»– zu dem er sich selber gemacht hat! Es waren keine sechzig Leute mehr im Lager!«

»Zwei Stimmen reichen schon, wenn jeder andere nur die eigene hat!«

Der Kaw-djer hob die Schultern.

»Bitte verzeihen Sie mir, was ich Ihnen jetzt sagen werde«, fuhr Harry Rhodes plötzlich in unvermittelter Eindringlichkeit fort, »aber haben Sie bei alldem wirklich immer ein völlig gutes Gewissen?«

»Ich?«

»Ja, Sie! Sie sind der einzige von uns, der seit Jahren hier lebt; der das Land kennt mit all seinen Möglichkeiten und Tücken; der über die nötige Intelligenz verfügt und die Autorität aufbringt, um diesen armen Haufen Gestrandeter in eine bessere Zukunft zu führen. Und Sie stehen als gleichgültiger Zuschauer abseits! Statt die guten Kräfte zu konzentrieren und um diesen Kern herum eine Ordnung aufzubauen, haben Sie zugelassen, daß alles ohne Sinn und Methode auseinanderlief und jetzt schon keiner mehr weiß, was der andere treibt. Ob Sie es wahrhaben wollen oder nicht: Sie sind verantwortlich für alles Elend, das meiner Ansicht nach unausweichlich auf uns zukommt!«

»Verantwortlich?« protestierte der Kaw-djer. »War ich denn zu irgend etwas verpflichtet?«

»Zu der Hilfe, die der Starke dem Schwachen schuldig ist!«

»Habe ich nicht geholfen? Beim Schiffbruch eurer *Jonathan*? Kann irgendeiner von euch behaupten, ich hätte ihm irgendwann meine Hilfe oder meinen Rat verweigert?«

»Sie hätten mehr tun müssen«, erklärte Harry Rhodes unerbittlich. »Jeder, der den andern überlegen ist, trägt für sie die Verantwortung – ob er will oder nicht. Und Sie sind uns überlegen.

Und deshalb hätten Sie den Lauf der Dinge bestimmen müssen, statt sie treiben zu lassen. Sie hätten diesen hilflosen Haufen führen müssen und schützen – gegen sich selber!«

»Und ihm damit seine Freiheit stehlen?«

»Warum nicht? Die wenigen Brauchbaren kann man überreden. Den ganzen großen Rest muß man zwingen: durch Gesetze, Befehle!«

»Niemals werde ich das tun!« rief der Kawdjer.

Und fuhr nach einer Pause ruhig fort:

»Schließen wir die Diskussion ab: Nehmen Sie ein für allemal zur Kenntnis, mein Lieber, daß ich ein unversöhnlicher Gegner einer jeden Staatsform bin und daß ich somit auch jede Regierung ablehne, wie immer sie beschaffen sei. Ich habe ein Leben lang über dieses Problem nachgedacht und bin zu dem Schluß gekommen, daß man in keiner Situation das Recht hat, die Freiheit seines Mitmenschen anzutasten. Jedes Gesetz, jede Vorschrift, jedes Verbot, das im sogenannten Interesse der Öffentlichkeit auf Kosten des Individuums erlassen wird, ist ein Betrug. Wenn sich dagegen das Individuum in uneingeschränkter Freiheit entfalten kann, kommt dieses automatisch der Masse zugute, die ja die Summe aller Individuen ist. Diese Überzeugung war immer die Triebfeder meines Handelns gewesen. Leider konnte ich sie in der verrotteten Gesellschaft der Alten Welt nicht in Realität umsetzen und habe deshalb alles, was ich hatte an Geld und Macht, hingeworfen – und das war weit mehr, als die meisten hinwerfen können! Und bin hierher gekommen nach Magellanien, um auf freiem Boden frei zu leben und frei zu sterben. Und ich habe auch jetzt keinen Grund, meine Überzeugungen zu korrigieren. Natürlich weiß ich, daß auch die Freiheit ihre Schattenseiten hat. Aber diese Nachteile schleifen sich mit der Zeit ab, und sie sind in jedem Fall geringer als die negativen Auswirkungen der Gesetze, die den unverschämten Anspruch erheben, das Negative auszumerzen. Was sich in den letzten Wochen hier abgespielt hat, gefällt mir zwar auch nicht – aber was hat das mit meiner generellen Einstellung zu tun? Ich war, bin und bleibe einer von denen, die man als ›Anarchisten‹ abtut. Meinetwegen! Meine Devise ist: ›Kein Gott und kein Herr!‹ – Bitte finden Sie sich damit ab – ich möchte von heute an nicht mehr darüber reden!«

Es war nicht zu überhören: Die Erfahrung hatte seinen Glauben schwer erschüttert, aber er wollte es nicht zugeben. Weit entfernt davon, seinen Überzeugungen abzuschwören, klammerte er sich an sie wie der Ertrinkende an den Strohhalm, obwohl ihm sein Verstand sagen mußte, daß dieser Halt nur noch eine Fiktion ist.

Harry Rhodes hörte sich das leidenschaftliche Glaubensbekenntnis aufmerksam an. Er erwiderte nichts – er wußte, es hatte keinen Zweck. Er war nur sehr besorgt um die Zukunft der Insel.

DREIZEHNTES KAPITEL

HALG UND SIRK

Für den Kaw-djer bedeutete die Freiheit schlechthin alles. Es war ihm ebenso wichtig, die der anderen zu respektieren, wie die eigene zu erhalten. Dabei war die Autorität, die von ihm ausging, so suggestiv, daß man ihm gehorchte wie dem unerbittlichsten Despoten. So ängstlich er jedes Wort vermied, aus dem man einen Befehl herauslesen konnte: Man nahm den unverbindlichsten Vorschlag als strikte Anweisung und führte ihn sofort widerspruchslos durch.

Nur weil er auf dem linken Flußufer wohnte, hatte man auch dort Häuser gebaut. Beunruhigt über das anfängliche Durcheinander und dann alarmiert durch die neue Pseudoregierung, flüchtete man instinktiv in die Nähe des Mannes, dessen Kraft, Intelligenz und Charakter ein gewisses Maß an Schutz und Sicherheit versprachen.

Und je enger man mit ihm in Berührung kam, desto stärker geriet man unter seinen Einfluß. Hartlepool und seine vier Matrosen sahen in ihm ihren Kapitän; bei Harry Rhodes, der sich seiner Empfindungen bewußter war, wurde die Sympathie zur echten Freundschaft.

Halgs und Karrolys Ergebenheit konnte man nur noch als Fetischismus bezeichnen. Sie widerlegten am sichtbarsten das Schlagwort des Kaw-djer, es gebe keinen Gott. Denn für sie war er die personifizierte Gottheit: für den Vater, weil er dessen materielle Existenz grundlegend geändert und gebessert hatte; für den Sohn, weil er ihn von dem halben Tier, als das er in seinem Indiostamm dahinvegetiert hatte, zu einem denkenden Menschen gemacht hatte. Jedes Wort des Kaw-djer war für die beiden ein Gesetz und bedeutete für sie eine Offenbarung.

So konnte es auch nicht überraschen, daß Halg – bei allem Gespür für Ungerechtigkeit und Ausbeutung – gegen Sirk und seine Bande auch weiterhin nichts unternahm, obwohl diese allmählich einen Zynismus entwickelten, der dem jungen Feuerländer bei jeder neuen Begegnung das Blut in die Ohren trieb. Aber er beherrschte sich und lieferte ihnen nach jedem Fang die Hälfte seiner Beute ab, so wie es sein Herr und Meister von ihm erwartete.

Am Ende kam es jedoch so weit, daß die vom Kaw-djer aufgestellten Verhaltensregeln – wieder einmal – zu unerwarteten und unerwünschten Konsequenzen führten.

Selbst für geschickte und seit frühester Jugend mit dem Wasser vertraute Fischer gibt es Mißerfolge, und solchen unglücklichen Zufällen war auch Halg unterworfen. Eines Tages warf er vom Morgen bis zum Abend seine Netze aus und suchte seinen Fanggrund nach allen vier Himmelsrichtungen ab und hatte am Ende einen einzigen und nicht einmal sehr großen Fisch an Bord.

Und am Strand lagen – wie immer – Sirk mit vier anderen gemütlich im Sand und warteten auf seine Rückkehr. Als die *Wel-kiej* vor Anker ging, standen sie auf und schlenderten auf Halg zu.

»Wir hatten wieder mal Pech, Genosse«, sagte der eine. »Gut daß du kommst, sonst ging's uns dreckig!«

Das verbettelte Pack strengte seine Phantasie nicht sonderlich an. Es brachte seine Forderungen jeden Tag mit den gleichen stereotypen Wendungen vor, und jeden Tag hatte auch Halg mit den gleichen Worten geantwortet: »Zu Diensten Messieurs!« Heute sagte er:

»Ich habe nichts.«

Man war sehr erstaunt.

»Nichts?« wiederholte einer.

»Ihr könnt alles nachschauen. Ein einziger Fisch – und der nicht mal besonders groß –, das ist alles.«

»Na ja«, brummte der Gutmütigste von ihnen und resignierte: »Besser einer als gar nichts.«

»Und ich?« fragte Halg.

»Du?« riefen alle gleichzeitig – so groß war ihre Überraschung.

Und tatsächlich: Eine solche Unverschämtheit hatten sie noch nie erlebt! Dieser junge Wilde besaß die Frechheit, sich in einem Atemzug mit ihnen zu nennen, mit ihnen, den Angehörigen von großen Kulturnationen – er, dem sie mit der Abnahme seiner Beute doch weiß der Teufel schon mehr Ehre erwiesen, als ihm je zukam!

»Du verdammter Bastard!« brüllte ihn der eine an. »Du hast wohl noch nie was von Brüderlichkeit gehört? Oder sag bloß, du willst deinen stinkenden Fisch gar nicht hergeben?«

Halg gab keine Antwort. Er erinnerte sich an das, was der Kaw-djer gesagt hatte, und war von seinem guten Recht überzeugt. »Zuerst nimm, was du selber brauchst – dann sorge für die andern«, das waren etwa seine Worte gewesen. Und heute war es nur ein einziger Fisch, und der reichte nicht einmal für sein eigenes Abendessen – also brauchte er ihn nicht zu teilen.

»So ein Schwein!« schrie ihn der Ganove wieder an und war außer sich über solch unbeschreiblichen Egoismus.

»Quatscht nicht soviel«, mischte sich Sirk ein und wurde konkret. »Wenn ihn der Indiokaffer nicht hergeben will, holen wir ihn.«

Er wandte sich an Halg.

»Also – ich zähle –: Eins – zwei – drei!«

Halg schwieg immer noch und ging in Verteidigungsstellung.

»Also – dann mal los!« befahl Sirk seiner Bande.

Und alle warfen sich gleichzeitig auf Halg, rissen ihn zu Boden und nahmen ihm den Fisch weg.

»Kaw-djer!« rief Halg im Fallen.

Der Kaw-djer und Karroly hörten es und kamen aus ihrem Haus. Sie sahen Halg in seinem ungleichen Kampf und wollten ihm zu Hilfe kommen.

Aber die Angreifer warteten nicht ab. Sie liefen über den Fluß zurück, so schnell sie konnten – den eroberten Fisch nahmen sie natürlich mit.

Halg stand auf – es war noch einmal gut gegangen: Er hatte nur ein paar blaue Flecke abbekommen.

»Was ist passiert?« fragte der Kaw-djer.

Halg schilderte den Vorfall, der Kaw-djer hörte ihm zu, und seine Stirn legte sich in Falten: Wieder ein Beispiel menschlicher Bösartigkeit, ein neuer Beweis gegen seinen philanthropischen Optimismus. Wie viele brauchte es noch, bis er sich endlich ins Unvermeidliche fügen und die Leute so sehen würde, wie sie wirklich waren?

Bei allem Altruismus konnte er Halg diesmal kein Argument entgegenhalten, denn dieser war ganz einfach und unbestreitbar im Recht. Deshalb beschränkte er sich wieder auf die Bemerkung, es sei doch lächerlich, um einen so kleinen Fisch ein solches Theater aufzuführen. Doch damit ließ sich Halg diesmal nicht abspeisen.

»Ob kleiner Fisch oder großer«, sagte er – immer noch wütend, »ich kann doch für diese Kerle nicht ewig den Hanswurst spielen!«

»Natürlich – sollst du ja auch nicht!« beruhigte ihn der Kaw-djer.

Verletztes Ehrgefühl also! Auch das stiftete Unfriede unter den Menschen. Es sind ja nicht nur materielle Interessen, die immer wieder zum Kampf aufreizen. Psychische Bedürfnisse fordern ebenso gebieterisch ihr Recht – und sie sind oft noch weit potenter. Und unter ihnen steht mit an erster Stelle der Stolz. Was hat er nicht schon alles dazu beigetragen, das Leben zur Hölle zu machen!

Aber hatte ausgerechnet der Kaw-djer, der selber nicht den mindesten Zwang ertragen konnte, das Recht, die elementare Gewalt des Stolzes zu leugnen?

Halgs Wut hatte sich noch nicht gelegt.

»Ausgerechnet dieser Sirk – der soll bloß noch mal kommen!«

Und auch er spielt mit: der Jähzorn, der sie immer wieder aufeinanderhetzt – sie, in denen der Kaw-djer hartnäckig Brüder sehen wollte. Er winkte verärgert ab und ging.

Aber er gab es immer noch nicht auf, seine Wunschbilder gegen den Ansturm der Tatsachen in Schutz zu nehmen. Er suchte – und fand natürlich auch – Entschuldigungen für die Piraten. Daß ihr Verhalten indiskutabel war, stand außer Frage. Aber was konnte man von diesen traurigen Produkten einer gnadenlosen Zivilisation anderes erwarten? Sie kannten ja keine Argumente als die der Gewalt, wenn ihr Leben auf dem Spiel stand!

Und stand ihr Leben etwa nicht auf dem Spiel? Jeder – auch der oberflächlichste – mußte doch sehen, wie sich ihnen langsam, aber unerbittlich die Schlinge um den Hals zuzog! Die meisten Lebensmittel waren von den Siedlern weggeschleppt worden, Nachschub gab es nicht, und so konnte man heute schon den Tag vorausberechnen, an dem endgültig Schluß sein würde. Was war natürlicher, als daß diese armen Teufel den unabwendbaren Termin mit allen Mitteln hinausschieben wollten? Sie folgten damit nur dem Urinstinkt eines jeden lebenden Organismus, der darauf ausgeht, den *exitus per fas et nefas* zu verzögern!

Hatten sich Sirk und seine Kumpane über die Versorgungslage der Kolonie Gedanken gemacht, oder folgten sie einfach ihrer angeborenen Brutalität? So oder so – die Befürchtungen des Kaw-djer hatten ihre guten Gründe. Man mußte blind sein, um nicht zu sehen, wie die schlimmste aller Seuchen – der Hunger – auf die junge Kolonie zukroch.

Und wie standen die Dinge bei den Siedlern im Innern der Insel? Man wußte es nicht. Man konnte nur sagen, daß man in keinem Fall vor dem Ende des nächsten Sommers Ernteüberschüsse von dort zur Küste schaffen konnte. Man mußte also noch mindestens über ein Jahr warten – und die Lebensmittel reichten noch knapp zwei Monate.

Am linken Flußufer war die Lage weniger prekär. Hier hatte man von Anfang an nach dem Beispiel des Kaw-djer vernünftig eingeteilt und gewirtschaftet, hatte die Reserven sparsam angegriffen und sie – wo irgend möglich – durch Gartenbau und Fischfang wieder ergänzt oder sogar vermehrt.

Im krassen Gegensatz dazu stand die sorglose Gleichgültigkeit der sechzig Auswanderer auf dem rechten Ufer. Was aus ihnen werden sollte? Vielleicht würde sich dort – nach dreihundert Jahren – die Tragödie von *Port-Famine* wiederholen?

Man mußte es tatsächlich befürchten – alle Anzeichen deuteten darauf hin. Aber da bot sich diesem sträflich unbekümmerten Haufen eine neue, unverhoffte Chance:

Chile hatte sein Versprechen, die junge Nation zu unterstützen, nicht vergessen. Gegen Mitte Februar ging ein Schiff mit chilenischer Flagge mitten in der Bucht vor Anker. Es war die *Ribarto*, ein Transportsegler von sieben- bis achthundert Tonnen. Er fuhr unter dem Kommando von Kapitän José Fuentes und importierte Lebensmittel, Saatgut, Nutztiere und landwirtschaftliche Geräte – eine Ladung von unschätzbarem Wert für die Siedler. Gerecht verteilt und zweckmäßig verwendet, mußte jetzt der Erfolg sicher sein.

Kaum hatte der Anker Grund gefaßt, ging Kapitän Fuentes an Land und setzte sich in Verbindung mit dem Gouverneur der Insel. Ferdinand Beauval war zur Stelle – wer sollte es ihm verwehren, denn er führte den Titel zu Recht –, und man begann sofort, die Ladung der *Ribarto* zu löschen.

Während dieser Arbeiten entledigte sich der Kapitän eines Sonderauftrags.

»Monsieur le Gouverneur«, sagte er zu Beauval, »meine Regierung glaubt zu wissen, daß auf Ihrer Insel ein Mann lebt, der unter dem Namen Kaw-djer bekannt ist. Stimmt das?«

Beauval bestätigte es, und der Kommandant fuhr fort: »Unsere Informationen sind also zutreffend. Darf ich Sie fragen, was das für ein Mensch ist – dieser Kaw-djer?«

»Ein Revolutionär«, antwortete Beauval mit einer Naivität, deren er sich selber gar nicht bewußt war.

»Revolutionär – was verstehen Sie unter dieser Bezeichnung, Monsieur le Gouverneur?«

»Für mich wie für jeden anständigen Bürger ist ein Revolutionär ein Mensch, der die Gesetze mißachtet und den eingesetzten Behörden den schuldigen Respekt verweigert.«

»Dann hat Ihnen dieser Kaw-djer schon Schwierigkeiten gemacht?«

»Unentwegt!« Beauval fing an, sich aufzuregen. »Das ist vielleicht ein Dickschädel! – Aber ich werd' schon noch mit ihm fertig!«

Der Kommandant des chilenischen Schiffes schien äußerst interessiert. Er dachte einen Augenblick nach und erkundigte sich dann:

»Könnten Sie mich diesem Kaw-djer vorstellen? Meine Regierung wurde schon wiederholt auf ihn aufmerksam gemacht.«

»Nichts leichter als das«, antwortete Beauval. »Da schauen Sie mal – dort kommt er – der dort drüben!«

Beauval wies mit ausgestrecktem Arm auf den Kaw-djer, der gerade den kleinen Steg über den

Fluß herüberbalancierte. Der Kapitän ging ihm entgegen.

»Kann ich Sie kurz sprechen, Monsieur?« sagte er und legte die Hand an den Schirm seiner Mütze.

Der Kaw-djer blieb stehen.

»Sie wünschen?« fragte er in einwandfreiem Spanisch.

Aber der Kapitän hatte seinen Auftrag vergessen: mit weit offenen Augen und blanken Zähnen starrte er den Kaw-djer an.

»Also – bitte?« Der Kaw-djer wurde ungeduldig.

»Pardon Monsieur«, stotterte der Kapitän endlich. »Aber wir kennen uns doch! – Ja, ich bin ganz sicher – wir haben uns schon irgendwo gesehen!«

»Sehr unwahrscheinlich«, meinte der Kaw-djer und verbarg seine Ironie hinter einem unverbindlichen Lächeln.

»Ja!« Der Kapitän schlug sich die flache Hand gegen die Stirn: »Jetzt weiß ich's wieder! Sie haben recht – begegnet sind wir uns tatsächlich noch nie. Aber ein Foto – das in Millionen Exemplaren verbreitet wurde – ja, ein Foto –, und dieser Mann sind Sie, da gibt es überhaupt keinen Zweifel – doch doch!«

Er hatte sich in völlige Verwirrung hineingeredet, und seine Haltung war dabei immer devoter geworden. Schließlich riß er sich die Mütze vom Kopf.

»Es tut mir leid, aber Sie irren sich«, antwortete der Kaw-djer kalt.

»Nein – ich könnte schwören –«

Der Kaw-djer unterbrach: »Aus welcher Zeit stammt die fragliche Fotografie?«

»Das mögen jetzt zehn Jahre sein!«

Der Kaw-djer zögerte nicht, die Wahrheit ein bißchen zu korrigieren. Er erwiderte:

»Ich habe vor über zwanzig Jahren dem, was Sie die Welt nennen, den Rücken gekehrt. Kann also gar nicht der Mann sein, von dessen Bild Sie sprechen. Im übrigen – wie wollten Sie mich wiedererkennen? Vor zwanzig Jahren war ich jung, inzwischen –«

»Wie alt sind Sie denn?« fragte der Kapitän ganz spontan.

Die Frage war unhöflich und ungeschickt – der Kapitän wußte es sofort, nachdem er sie ausgesprochen hatte. Aber seine Neugierde hatte ihn zu sehr gereizt, einem Geheimnis auf die Spur zu kommen, dessen Lösung ihm greifbar nahe schien.

Der Kaw-djer wurde noch kälter: »Habe ich etwa Sie nach Ihrem Alter gefragt?«

Der Kapitän biß sich auf die Lippen, und der Kaw-djer fuhr fort:

»Und ich kann mir auch nicht vorstellen, daß Sie hier sind, um sich mit mir über alte Fotos zu unterhalten. Wenn ich Sie also bitten darf, zur Sache zu kommen?«

»Gut«, nickte der Kapitän, setzte die Mütze

wieder auf und wurde wieder knapp und offiziell:

»Meine Regierung hat mich beauftragt, Sie nach Ihren Absichten zu fragen.«

»Meine Absichten?« wiederholte der Kaw-djer überrascht. »Was für Absichten?«

»In bezug auf Ihren künftigen Wohnsitz!«

»Was geht Sie und Ihre Regierung mein Wohnsitz an?«

»Wir interessieren uns dafür.«

»Unsinn!«

»Ich darf Ihnen den Grund sagen: Meine Regierung kennt Ihre Position – das heißt Ihren Einfluß auf die Eingeborenen des Archipels. Wir beobachten das schon seit längerer Zeit und machen uns Gedanken darüber.«

»Sehr liebenswürdig!« Der Kaw-djer machte eine ironische Verbeugung.

»Solange Magellanien *res nullius* blieb«, fuhr der Kapitän fort, »ging uns das nichts an. Mit der Teilung ist die Situation anders geworden. Die Annexion –«

»Der Raub«, murmelte der Kaw-djer zwischen den Zähnen.

»Sie sagten –?«

»Nichts – bitte fahren Sie fort!«

»Nach der Annexion«, fuhr der Kapitän fort, »mußte meine Regierung zunächst darauf bedacht sein, ihre Autorität in den neu erworbenen Gebieten fest zu verankern, und sich in diesem Zusammenhang fragen, welche Haltung sie Ihnen gegenüber einnehmen soll. Natürlich hängt diese Haltung von der Ihrigen ab. Mein Auftrag geht also dahin, mich nach Ihrer grundsätzlichen Einstellung zu erkundigen. Ich biete Ihnen einen Freundschaftsvertrag an.«

»Oder eine Kriegserklärung?«

»Ganz recht. Werden Sie Ihren Einfluß, den wir nicht in Abrede stellen, gegen uns ausspielen, oder wollen Sie an unserem Zivilisationsprogramm mitarbeiten? Sind wir Verbündete oder Gegner? Es liegt ganz in Ihrer Hand!«

»Ich werde weder das eine noch das andere tun«, sagte der Kaw-djer. »Ich bin neutral.«

Der Kapitän schüttelte skeptisch den Kopf. Er meinte:

»In Ihrem Fall scheint mir das eine unrealistische Einstellung.«

»Im Gegenteil, das ist sogar sehr einfach zu realisieren«, entgegnete der Kaw-djer. »Ich habe nämlich Magellanien verlassen und denke nicht daran, dorthin zurückzukehren.«

»Magellanien verlassen – wie meinen Sie das? Hier, auf der Insel Hoste –«

»– bin ich auf freiem Boden und fest entschlossen, nie mehr den Teil des Archipels zu betreten, der seine Freiheit verloren hat!«

»Sie wollen also hier bleiben?«

Der Kaw-djer nickte, und Kapitän Fuentes war erleichtert.

»Das vereinfacht natürlich alles. Ich darf also Ihre Versicherung mitnehmen, daß Sie nicht gegen meine Regierung agitieren werden?«

Der Kaw-djer lüftete seine Mütze. »Sagen Sie Ihrer Regierung, sie kann mich –«, er lächelte, »vielmehr sie kann sich – darauf verlassen.«

Damit ließ er den Kapitän stehen und ging weiter.

Monsieur Fuentes sah ihm nach. Trotz aller gegenteiligen Behauptungen war er überzeugt, daß er sich nicht geirrt hatte: Der Mann war identisch mit dem Gesicht auf dem berühmten Foto – und das war ebenso unglaubhaft wie hochinteressant.

»Merkwürdig«, murmelte er, »sehr merkwürdig – das alles!«

Der Kommandant hatte keine Gelegenheit mehr, die Berechtigung seines Verdachtes nachzuprüfen, denn der Kaw-djer vermied eine zweite Begegnung. Er wollte keinen Vorwand geben, in seinem früheren Leben herumzuschnüffeln, und verschwand daher noch am Abend desselben Tages mit geschulterter Flinte im Innern der Insel.

Der Kapitän hatte also nichts mehr zu tun als das Löschen der Ladung zu überwachen. Man brauchte ungefähr eine Woche.

Außer der von Chile großzügig für den allgemeinen Gebrauch gelieferten Geräte, Pflanzen und Tiere hatte die *Ribarto* noch eine besondere – nur für Harry Rhodes bestimmte – Beiladung an Bord.

Harry Rhodes, dessen Herkunft ihn nicht gerade zur Arbeit im Wald und auf dem Acker prädestinierte, hatte nämlich die Idee gehabt, ein Importunternehmen aufzuziehen. Gleich nach der Proklamation der Unabhängigkeit, als man mit einigem Recht auf eine glückliche Zukunft der jungen Kolonie hoffen durfte, hatte er den Kommandanten des Avisos gebeten, dem ersten Transport alles mitzugeben, was er für den Start einer solchen Firma brauchen würde.

Der Kommandant hielt Wort, und so brachte die *Ribarto* im Auftrag und auf langfristig und zinslos kreditierte Rechnung Harry Rhodes eine Unzahl von Kleinzeug mit, das im einzelnen unwichtig, im ganzen jedoch auf die Dauer für den täglichen Gebrauch unumgänglich notwendig war: Faden, Nadeln, Stecknadeln, Streichhölzer, Schuhe, Kleider, Federhalter, Bleistifte, Schreibpapier, Tabak und vieles andere: ein richtiges Kramladensortiment.

Das war schon ein sehr vernünftiger Einfall, und Harry Rhodes hatte auch eine geschickte Auswahl getroffen. Leider entwickelte sich inzwischen alles anders, als bei der Bestellung vorauszusehen war, und so bestand die Gefahr, daß Harry Rhodes auf seinen Waren sitzenbleiben würde.

Nichts deutete im Augenblick darauf hin, daß es auf Hoste jemals zu Handel oder Verkehr kommen würde – denn der Mangel jeder Organisation oder Planung hatte die Siedler als einen Haufen Einzelgänger, die nur ihre persönlichen Interessen kannten und denen das Gemeinwohl ein fremder Begriff geblieben war, über die gesamte Insel versprengt.

In dieser Situation sah Harry Rhodes keine Chancen für sein Unternehmen und überlegte ernsthaft, ob er, statt seine Ladung überhaupt an Land zu schaffen, nicht selber mit seiner Familie an Bord der *Ribarto* gehen und das Land verlassen sollte, in dem er für sich nichts mehr erhoffte.

Doch wohin sollte er gehen – mit seinem Krimskrams, der hier in dieser von der Außenwelt abgeschnittenen Gegend hätte so kostbar werden können, für den er aber in irgendeiner Stadt, in der es ja alles im Überfluß gab, keinen roten Heller bekommen würde?

Nachdem er das Für und Wider reiflich gegeneinander abgewogen hatte, entschloß er sich dann doch noch abzuwarten. Es würden weitere Schiffe die Insel anlaufen, und wenn sich die Lage bis dahin nicht gebessert hätte, könnte er immer noch auswandern.

Nachdem die gesamte Fracht gelöscht war, lichtete die *Ribarto* den Anker und verschwand wieder. Einige Stunden später, als hätte er nur darauf gewartet, kehrte der Kaw-djer von seiner Pirsch zurück.

Der gewohnte Alltag begann wieder. Einige arbeiteten in ihren Gärten, ein paar fuhren zum Fischen, der Kaw-djer ging auf die Jagd. Die meisten taten wieder nichts. Sie verbrachten die

Tage mit der heiteren Gelassenheit, die dem Umstand entsprach, daß die Vorratszellen jetzt wieder voll waren.

Die Bevölkerungsziffer war ja auf weniger als hundert gesunken – einschließlich *Neudorf;* diesen Namen hatte man der Siedlung rings um die Baracke des Kaw-djer gegeben. Und auf diese wenigen Leute verteilt, reichten die Lebensmittel für mindestens achtzehn Monate – wer sollte sich also Sorgen machen?

Beauval regierte – wenigstens hatte er selber diesen Eindruck. In Wahrheit war er eine Art Schattenkönig, nach dessen Meinung alles zum besten stand. Seine größte politische Tat lag schon einige Zeit zurück: bald nach seiner Ernennung hatte er das Lager durch ein feierliches Dekret in den Rang der offiziellen Hauptstadt der Insel Hoste erhoben und ihr den Namen Liberia gegeben. Von dieser Anstrengung ruhte er sich seither aus.

Aber nun hatte ihn die großzügige Spende der chilenischen Regierung zu einer zweiten bedeutsamen Amtshandlung inspiriert: Die Subvention mußte gefeiert werden.

So gab er einen Tagesbefehl ›An mein Volk‹ heraus, in dem angeordnet wurde, daß die von der *Ribarto* importierten alkoholischen Getränke zur einen Hälfte unverzüglich an die Siedler zu verteilen, zur anderen Hälfte auf Lager zu legen waren. Der Erfolg dieses Geniestreichs war frappierend: Die meisten verloren augenblicklich wieder den Verstand – allen voran Lazarus. Tullia und Graziella hatten wieder abscheuliche Szenen durchzustehen – zum Glück ging das Wutgebrüll Ceronis im allgemeinen Freudengeschrei des Festes unter, das nun zum zweitenmal die Bucht von Scotchwell erschütterte.

Man trank, man spielte, man tanzte zu den Klängen der Geige von Fritz Groß, den der Rum von den Toten erweckt hatte. Wer sich noch aufrecht halten konnte, stand in dem Kreis, der sich bald wieder um das betrunkene Genie gebildet hatte.

Sogar der Kaw-djer kam über den Fluß – die herrlichen Klänge, die in dieser tödlich einsamen Landschaft noch wunderbarer klangen, waren bis hinüber nach Neudorf gedrungen. Auch Harry Rhodes mit seiner Familie ließ sich verzaubern, und vor allem Halg und Karroly, für die jeder Ton eine Offenbarung war und die vor Begeisterung buchstäblich den Mund nicht mehr zubrachten.

Und natürlich versäumten auch Dick und Sand kein einziges Konzert; sie rannten ans rechte Flußufer hinüber, sobald sie die Violine hörten.

Ehrlich gesagt – für Dick war es nicht viel mehr als eine Gelegenheit zu toben. Er tanzte herum – einigermaßen im Takt, bis er keine Luft mehr bekam.

Ganz anders verhielt es sich mit Sand. Wie bei

den früheren Vorstellungen von Fritz Groß stellte er sich in die vorderste Reihe und lauschte mit offenem Mund, großen Augen und zitternd vor Aufregung. Keine Note entging ihm, und er blieb, bis die letzte Kadenz im Raum verklungen war.

Seine Ausdauer fiel am Ende sogar dem Kaw-djer auf.

»Du hast Musik sehr gern – hm?« fragte er ihn eines Tages.

»O Monsieur!« Sand seufzte tief und setzte in flüsternder Ekstase hinzu: »Spielen können – so Geige spielen können wie Monsieur Groß –!«

»Warum nicht?« lachte der Kaw-djer; er freute sich über den Kleinen. »Wenn es dir wirklich so viel Spaß macht, wollen wir sehen, daß du auch eine Geige bekommst!«

Sand schaute ihn fassungslos an, und der Kaw-djer versprach ihm:

»Also – ich werde mich jedenfalls darum kümmern!«

»Wirklich, Monsieur?« Sand konnte es immer noch nicht glauben.

»Bis das übernächste Schiff kommt, wirst du natürlich noch warten müssen!«

Die anderen Auswanderer trieben ihre Begeisterung natürlich nicht so ins Extrem wie der Schiffsjunge, aber auch sie waren sehr dankbar für die Abwechslung, die ihnen Fritz Groß mit seiner Geige vors Haus brachte.

Und aus diesem unbestreitbaren Erfolg erwuchs

Ferdinand Beauval wiederum eine große Idee: Er ließ dem Musiker zweimal wöchentlich eine Sonderration an Rum verabreichen, und so hatte Liberia von nun an mittwochs und sonntags sein Konzert wie jedes andere Kulturzentrum in der Alten und der Neuen Welt.

Aber mit diesen beiden politischen Großtaten – Benennung der Hauptstadt und Organisation von Konzerten – hatte sich Beauval geistig derart übernommen, daß er – zumindest vorerst – ein ausgebrannter Mann war, wie wir es bei hochverdienten Staatsmännern ja öfter erleben. Er saß erschöpft in seinem Regierungsgebäude und sonnte sich in der Bewunderung seines Werkes.

Manchmal stiegen klassische Erinnerungen in ihm auf: Die Römer verlangten *panem et circenses.* War er, Beauval, nicht dieser antiken Forderung nachgekommen? Das Brot hatte die *Ribarto* geliefert – künftige, reiche Ernten würden den Rest besorgen. Und die Vergnügungen für das *misera plebs* – das war die Geige von Fritz Groß, wenn man auch einschränkend zugeben mußte, daß dieses permanente Nichtstun kein reines Vergnügen war – nicht einmal für den Teil der Siedler, die das unbeschreibliche Glück und die hohe Ehre hatten, unter der Schirmherrschaft und in der unmittelbaren Nähe ihres Gouverneurs zu leben.

Februar und März verstrichen, ohne daß der selbstgefällige Optimismus des Staatsoberhauptes irgendwie getrübt worden wäre. Einige Dispute, sogar gelegentliche Raufereien störten zwar hin und wieder den Frieden von Liberia, aber das war unbedeutend, und Beauval hielt es ohnehin für ein besonderes Zeichen politischer Klugheit und Großzügigkeit, beide Augen so lange wie möglich fest zuzudrücken.

Und doch brachten ihn noch die letzten Tage des März um seine Seelenruhe. Der erste Zwischenfall, der sie erschütterte, war an und für sich belanglos – aber er sollte bald den Auftakt geben für dramatische Ereignisse, von denen später die Rede sein wird.

Es begann wieder mit einem kleinen Streit, der aber keine Möglichkeit friedlicher Beilegung voraussehen, sondern eher eine Ausweitung befürchten ließ. Deshalb hielt es Beauval in diesem Fall für angebracht, aus seiner diplomatischen Reserve herauszutreten. Das bekam ihm aber gar nicht gut – seine Intervention führte zu Konsequenzen, mit denen er kaum gerechnet hatte.

Der unfreiwillige Held dieser Affäre war Halg.

Nach dem ungleichen Kampf, den er gegen Sirk und dessen Bande hatte durchstehen müssen, verstrichen mehrere Wochen, ohne daß er seinen Rivalen wiedersah. Wahrscheinlich aus Angst vor dem Kaw-djer hatten die Ganoven seit damals auf ihren Anspruch auf Halgs Fangergebnisse verzichtet. Und inzwischen waren sie ja auch durch die Ankunft der *Ribarto* aller kulinarischen Sorgen enthoben. Was bedeuteten schon ein paar Fische mehr oder weniger – jetzt, nachdem man die Vorräte wieder mit Fug und Recht für unerschöpflich halten durfte?

Wir wissen, daß die Ladung der *Ribarto* leider nicht ausschließlich aus Lebensmitteln bestand, sondern daß auch gewisse Mengen Alkohol dabei waren und Beauval die Hälfte davon ausgegeben hatte und daß seit dieser Dummheit wieder Krach und Unruhe ins Lager eingezogen waren.

Besonders bei den Ceronis herrschten ganz unmögliche Zustände. Das hatte zur unmittelbaren Folge, daß die Spannungen zwischen dem Indio und Sirk unaufhörlich wuchsen. Denn während Halg sich für Tullia und Graziella einsetzte, schien Sirk die verfluchte Sauferei und das erbärmliche Benehmen des Alten noch gern zu sehen und zu unterstützen. Halg wurde immer wütender auf Sirk, denn vor allem ihm verdankte Graziella, was sie mit ihrem Vater durchstehen mußte.

Auch nachdem der verteilte Rum alle war, wurde das nicht besser. Denn Sirk gelang es – als Freund des Staatsoberhauptes und unter Anwendung von Pattersons Methoden, den Schnapsvorrat von Lazarus Ceroni immer wieder aufzufüllen und sich auf diese Weise dessen Wohlwollen zu sichern.

Und dieser Trick hatte den gleichen Erfolg wie beim erstenmal: Lazarus ergriff offen Partei für seinen Lieferanten und war in kurzer Zeit völlig in seiner Hand. Bald nannte er Sirk nur noch seinen Schwiegersohn und randalierte laut: Ob Graziella wolle oder nicht – er werde sie schon noch dorthin bringen, wo sie hingehöre.

Das junge Mädchen tat zwar alles, um Halg aus ihren Schwierigkeiten herauszuhalten, aber der junge Indio wußte ja, wie es stand, und durchschaute Sirks Spiel gründlich genug, um ihn allmählich wie die Pest zu hassen.

Am Morgen des 29. März wollte er gerade über die Brücke zum rechten Flußufer hinüber, da sah er hundert Meter vor sich Graziella mit fliegenden Haaren und völlig außer Atem auf der Flucht vor einer – wie es schien – schrecklichen Gefahr.

Und tatsächlich – die Gefahr war schrecklich für sie, denn fünfzig Schritte hinter ihr rannte Sirk und wollte sie einholen.

»Halg – Halg – hilf mir doch!« rief Graziella, sobald sie ihn sah.

Halg lief ihr entgegen und stellte sich dem Verfolger in den Weg.

Aber Sirk machte sich nichts aus einem so unterlegenen Gegner. Er stutzte nur einen Augenblick, dann lachte er laut, zog den Kopf ein und sprang ihn an.

Er sollte sehr schnell erfahren, daß er sich getäuscht hatte. Halg war noch sehr jung. Aber er hatte lange genug als Wilder leben und überleben müssen und sich dabei eine affenartige Gewandtheit und stählerne Muskeln erworben. Seine Arme schnellten wie Sprungfedern vor und bearbeiteten

Gesicht und Brust des Gegners so gründlich, daß dieser, bevor er sich auch nur wundern konnte, wie ein Taschenmesser zusammenklappte.

Halg nahm Graziella bei der Hand und lief mit

ihr zurück über die Brücke, verfolgt von den fürchterlichsten Drohungen und widerlichsten Flüchen Sirks, der sich inzwischen wieder mühsam auf die immer noch schlotternden Beine gestellt hatte.

Sie schauten nicht einmal zurück, sondern gingen sofort zum Kaw-djer, und das junge Mädchen bat um seine Hilfe.

Sie hielt das Leben am andern Ufer einfach nicht mehr aus. Sie hatte geschwiegen, solange sie konnte, aber jetzt war der Punkt erreicht, wo sie alles sagen mußte.

An diesem Morgen hatte Sirk sie zu vergewaltigen versucht. Er hatte sie geschlagen, getreten – und auch die Mutter, sobald sie eingreifen wollte. Lazarus war dabeigestanden und schien den Burschen noch zu ermuntern.

Graziella konnte schließlich weglaufen, aber Sirk hatte sie verfolgt. Wie es dem Mädchen ohne das zufällige Dazwischentreten Halgs ergangen wäre, läßt sich leicht erraten.

Der Kaw-djer hatte sich alles in seiner gewohnten Ruhe angehört. Er fragte:

»Und was wollen Sie jetzt tun?«

»Ich möchte bei Ihnen bleiben«, bat Graziella. »Drüben bin ich nirgends mehr sicher. Bitte – schicken Sie mich nicht wieder zurück!«

»Natürlich brauchen Sie nicht mehr zurückzugehen«, erklärte der Kaw-djer. »Jeder ist hier sein eigener Herr und kann seinen Wohnort selber bestimmen. Allerdings würde ich Ihnen einen Rat geben: Ziehen Sie doch zur Familie Rhodes. Man wird Sie dort sicher aufnehmen, und ich will mich auch gern dafür verwenden.«

Diese Lösung war bestimmt die beste und stieß auch auf keinerlei Widerstand. Graziella wurde von der Familie mit offenen Armen empfangen – besonderes von Clary, die froh war, endlich ein Mädchen ihres Alters bei sich zu haben.

Nur eines noch bedrückte Graziella: Was sollte aus ihrer Mutter werden in der Hölle, in der sie zurückblieb? Der Kaw-djer beruhigte sie. Er würde Tullia sofort auffordern, zu ihrer Tochter zu kommen.

Um es kurz zu machen: Seine wohlgemeinte Mission scheiterte. Obwohl Tullia den Umzug ihrer Tochter vollauf billigte und sogar froh war, sie unter der Obhut einer anständigen Familie am andern Flußufer in Sicherheit zu wissen, so weigerte sie sich doch ganz entschieden gegen den Vorschlag, Lazarus zu verlassen. Es war die Aufgabe, die sie zu erfüllen hatte und die darin bestand, ihren Mann, der nebenan gerade den ersten Rausch dieses Tages ausschlief, auf seinem Lebensweg zu begleiten – bis zum Ende; wenn es sein mußte, bis zum – für sie – vorzeitigen und bitteren Ende.

Als er diese Antwort, auf die er übrigens gefaßt gewesen war, zurückbrachte, fand er Ferdinand Beauval bei Graziella und mitten in einer heftigen Auseinandersetzung mit Harry Rhodes. Die Atmosphäre war alles andere als entspannt.

»Was gibt's?« erkundigte sich der Kaw-djer.

Harry Rhodes war wütend. »Dieser Mensch hat die Frechheit, von mir zu verlangen, ich solle ihm Graziella wieder herausgeben, damit er sie ihrem liebenswerten Papa zurückbringen kann!«

»Und Sie, Monsieur Beauval«, fragte der Kaw-djer verärgert, »was geht Sie die Familie Ceroni an?«

»Alles, was sich innerhalb dieser Siedlung abspielt, unterliegt der Kompetenz des Gouverneurs!« Beauval versuchte, in der Haltung und dem Ton zu antworten, die seiner Ansicht nach der Würde eines Staatsoberhauptes entsprachen.

»Gouverneur?«

»Ja – und der bin ich!«

»Ah – so!«

Beauval nahm einen zweiten Anlauf, ohne auf die unheilkündende Ironie des Kaw-djer zu achten.

»Man hat mir eine Klage vorgetragen –«

»Das war Sirk und kein anderer!« mischte sich Halg ein, denn er wußte genau, daß die beiden unter einer Decke steckten.

»Überhaupt nicht!« beteuerte Beauval. »Dieser Rückführungsantrag kommt vom Vater, von Lazarus Ceroni persönlich!«

»Unsinn!« wandte der Kaw-djer ein. »Seit wann stellt Lazarus Ceroni im Schlaf Anträge! Im Augenblick schläft er nämlich. Ein Wunder, daß man ihn nicht bis hierher schnarchen hört!«

»Ihre Spötteleien ändern nichts an der Tatsache, daß auf hostelischem Staatsgebiet ein Verbrechen begangen wurde!«

»Zu begehen versucht wurde: von Sirk an Graziella!«

Beauval überhörte diese Berichtigung und fuhr fort:

»Ein minderjähriges Mädchen aus den Armen von Vater und Mutter reißen – das wird nach den Gesetzen aller Länder als Verbrechen qualifiziert und geahndet.«

»Ach, dann gibt es jetzt auch schon Gesetze auf dieser Insel?« fragte der Kaw-djer, und bei dem Wort ›Gesetze‹ wurden seine Augen klein und die Lippen schmal. »Und wer hat sie erlassen, diese Gesetze?«

»Ich!« antwortete Beauval, richtete sich majestätisch hoch und schaute in bösem Trotz am Kawdjer hinauf. »Ich vertrete hier die Siedler und verlange in meiner Eigenschaft als frei und demokratisch gewählter Gouverneur Gehorsam – von allen!«

»Was sagen Sie da?« rief der Kaw-djer. »Gehorsam – oder habe ich nicht recht gehört? Verdammt nochmal – wollen Sie meine Antwort: Diese Insel Hoste ist ein freies Land – hier gibt es keinen Gehorsam! Hier gibt es nur die Freiheit! Graziella ist frei und freiwillig zu uns gekommen, und ebenso freiwillig wird sie bleiben – oder gehen – wie sie will!«

»Aber«, versuchte Beauval einzuwenden.

»Es gibt kein ›aber‹! Wer hier von Gehorsam schwätzt, bekommt es mit mir zu tun!«

»Das wird sich zeigen!« raffte sich Beauval noch einmal auf. »Dem Gesetz schuldet man Respekt! Jeder von euch! Und wenn ich Gewalt anwenden müßte –«

»Gewalt – Gesetz –!« rief der Kaw-djer. »Probieren Sie's doch! Aber dann werden Sie, Monsieur Beauval, sehr schnell das einzige Gesetz kennen lernen, das auf dieser Insel gilt! Und das ist das Gesetz der Schwerkraft: wenn Sie nämlich dort die Böschung zum Fluß hinunterkullern! Aber davon rate ich Ihnen ab! Gehen Sie lieber in Ihre ›Hauptstadt‹ zurück und ›regieren‹ Sie noch ein bißchen – vor dem Mittagessen!«

Beauval hielt es für diplomatisch, diesem Rat schleunigst Folge zu leisten, denn der Kaw-djer hatte die Tür weit aufgerissen. Er lief hinaus und über das Brückchen – der Kaw-djer, Harry Rhodes, Hartlepool und Karroly schauten ihm nach.

Als er am andern Ufer in Sicherheit war, drehte er sich um und hob die Faust wie zu einem Schwur:

»Wir sehen uns wieder!«

Diese Drohung aus dem Mund eines Beauval war zwar nicht gerade alarmierend, trotzdem mußte man den Burschen im Auge behalten. Verletzter Stolz macht mitunter sogar Feiglinge mutig, und es war nicht auszuschließen, daß er eine dunkle Nacht ausnützen würde, um mit seinen

Kumpanen dem linken Flußufer einen unangenehmen Besuch abzustatten.

Dem konnte man zum Glück leicht vorbeugen. Als Beauval sich hundert Schritte weiter noch einmal umdrehte, mußte er sehen, wie Hartlepool und Karroly die Planken der kleinen Brücke aufs jenseitige Ufer zogen. Und da sämtliche Boote in der Bucht vor Neudorf ankerten, waren jetzt alle Verbindungen mit Liberia unterbunden und somit jeder Handstreich unmöglich geworden.

Als Beauval das sah, zeigte er seinen Feinden nochmals die geballte Faust.

Der Kaw-djer hob nur die Schultern – dann montierten sie die restlichen Planken ab. Bald standen nur noch die Pfähle, an denen sich das Wasser des Flusses brach, der nun die beiden gegnerischen Lager durchschnitt.

So hatte sich wieder einmal gezeigt, daß die menschliche Natur den Kampf braucht. Zwei am Ende der Welt versteckte Dörfer hatten sich nicht anders verhalten als zwei mächtige Staaten. Man lebte nebeneinander her, bis der Abbruch diplomatischer Beziehungen zur *ultima ratio* geworden war. Verdienen diese seltsamen Zweibeiner wirklich den Namen *homo sapiens?*

VIERZEHNTES KAPITEL

DER ZWEITE WINTER

Bis der Monat April den Winter brachte, unterbrach nichts oder fast nichts den langweiligen Alltag der Bewohner von Liberia. Solange die Temperatur mild und das Wetter freundlich blieb, lebten sie sorglos und ohne an die Zukunft zu denken vor sich hin, und so wurden sie von den atmosphärischen Störungen, mit denen sich die Tagundnachtgleiche ankündigt, sozusagen im Schlaf überrascht. Dann aber – unter den ersten winterlichen Orkanböen – schien sich Liberia wieder zu entvölkern. Wie im Herbst zuvor vergrub man sich in den Häusern.

Auch in Neudorf war das nicht viel anders, denn alle Arbeiten im Freien, besonders die Fischerei, mußten eingestellt werden. Die Fische waren mit dem Einbruch des schlechten Wetters nach Norden in die weniger kalten Gewässer der Magellanstraße gezogen. So ließen die Fischer ihre Boote, die sie nicht mehr brauchten, vor Anker liegen. Was hätten sie auch gegen eine vom Sturm aufgewühlte schwere See ausrichten können?

Nach dem ersten Orkan kam der Schnee; dann taute ein Sonnenstrahl ihn wieder weg und machte aus dem Boden einen tiefen Morast. Schließlich wurde die Insel völlig und endgültig eingeschneit.

Damit wäre der Verkehr zwischen der Hauptstadt und ihrem Vorort in jedem Fall zum Erliegen gekommen, und die Drohungen Beauvals wären illusorisch geworden – auch wenn man die Brücke nicht abgebaut hätte. Aber wahrscheinlich dachte der Pseudogouverneur gar nicht mehr an den unfreundlichen Abschied nach seinem letzten Besuch. Jedenfalls hatte man in Neudorf sein dummes Geschwätz längst vergessen, und der Schwätzer selbst mußte sich bald mit so vordringlichen Schwierigkeiten herumschlagen, daß auch für ihn jene blamable Geschichte kaum mehr ins Gewicht fiel.

Die Bevölkerung von Liberia, die sich nach der Unabhängigkeitserklärung in für ihn so erfreulicher Weise verringert hatte, fing nämlich auf einmal an, sich wieder zu vergrößern, und zwar dadurch, daß jene ins Landesinnere gewanderten Siedler, die aus dem einen oder anderen Grund dort keinen Erfolg gehabt hatten, zu Beginn der schlechten Jahreszeit wieder an die Küste – in die Hauptstadt – zurückströmten. Natürlich brachten sie nichts mehr mit als Hunger und Elend, und manche schleppten Krankheiten ins Lager ein. Damit hatte Beauval allerdings am wenigsten gerechnet.

Nicht als ob er davon persönlich berührt oder materiell betroffen worden wäre. Wie er ganz richtig vorausgesehen hatte, wurden die inzwischen längst vollendeten Tatsachen widerspruchslos hingenommen; man zeigte nicht einmal die geringste

Überraschung, daß er zur Würde eines Gouverneurs aufgestiegen war.

Diese armen Teufel waren es von der Wiege an gewohnt, weniger wert zu sein als andere, und nichts schien ihnen selbstverständlicher, als daß sich auch hier einer das Recht anmaßte, sie zu unterjochen. Sie hielten sich an die unabwendbaren Naturgesetze, gegen die sich aufzulehnen sie für Wahnsinn hielten und nach denen sie selbst kleine Leute waren, die den großen zu gehorchen hatten. Für sie lag alles in der von Gott oder vom Teufel gewollten Ordnung der Dinge.

Allerdings – die Macht legte dem Gebieter auch entsprechende Verpflichtungen auf. Wer Sklaven hält, muß für sie sorgen. Wer sich in freiwilliger Begnügsamkeit unterwirft, der erwartet von seinem Herrn, daß dieser für ihn die Initiative ergreift und die Verantwortung übernimmt. Die Masse ist leicht lenkbar und anspruchslos. Aber wehe dem, der ihr Vertrauen mißbraucht und sie hungern läßt. Denken wollen sie nicht, aber den knurrenden Magen hören sie sofort.

Und genau dieser Termin rückte näher – es gab zu viele neue Mäuler zu stopfen.

Am 15. April sah man den ersten der Auswanderer zurückhumpeln, der sich im Kampf ums Dasein und gegen die Natur geschlagen gegeben hatte. Er tauchte gegen abend auf und zog seine Frau und die vier Kinder hinter sich her. Eine jämmerliche Karawane: die Frau blaß und abgemagert, und die Kinder – zwei Mädchen und zwei Buben, der jüngste fünf Jahre alt – fast nackt an die zerlumpten Röcke der Mutter geklammert. Der Vater wankte voraus, verdreckt und total erschöpft.

Man drängte sich um sie – überschüttete sie mit Fragen.

Der Mann war schon zufrieden, nur wieder unter Menschen zu sein. Er erzählte kurz seine Geschichte.

Er war einer der letzten gewesen, die das Lager verlassen hatten, und so mußte er lange suchen, bis er noch einen Flecken herrenlosen Bodens fand. Da es inzwischen schon Ende Dezember geworden war, mußte er sich sehr beeilen, um vor Einbruch des Winters wenigstens die allernotwendigsten Voraussetzungen für das kommende Frühjahr zu schaffen.

Als erstes hatte er natürlich ein Haus gebaut – mit bloßen Händen, denn ordentliches Werkzeug war für ihn nicht mehr übrig gewesen. Zudem hatte er wenig Erfahrung und machte vieles falsch, und das verzögerte den Bau noch mehr.

Nach sechs Wochen tierischer Anstrengungen stand eine rohgezimmerte windschiefe Hütte da, und man konnte endlich darangehen, das Land zu roden. Aber da stellte sich heraus, daß ihn ein unglücklicher Stern auf schwerscholligen, von unentwirrbarem Wurzelgeflecht durchwachsenen Boden geführt hatte, dem mit Hacke und

Spaten kaum beizukommen war. Kein Wunder, daß er bei aller Schufterei erst ein kleines Stück Boden saatfertig hatte, als der Winter hereinbrach.

So war an eine künftige Ernte überhaupt nicht mehr zu denken, und dabei schmolzen bereits die Lebensmittelvorräte dahin. Er mußte den schweren Entschluß fassen, seine wenigen Werkzeuge und das ungenutzte Saatgut stehen und liegen zu lassen und sich den gleichen langen Weg wieder zurückzuschleppen, auf dem er vier Monate vorher mit größtem Optimismus in eine freie Zukunft marschiert war.

Zehn Tage lang hatte er sich nun mit seiner Familie quer durch die Insel gequält. Gegen den Sturm hatten sie sich in den Schnee eingegraben und gewartet, um bei Tauwetter in knietiefem Schlamm weiterzuwaten. Und so waren sie mit dem letzten Rest ihrer Kraft an die Küste gekommen.

Beauval ließ der Familie eine der leerstehenden Baracken zuweisen, und alle sechs bekamen eine großzügige Lebensmittelzuteilung, über die sie gierig herfielen. Damit hielt der Gouverneur den unangenehmen Zwischenfall für erledigt.

Aber das sollte sich bald als eine Illusion erweisen: Es verging kein Tag mehr, an dem nicht mehrere Auswanderer zurückkamen – die einen allein, andere mit ihrer Familie –, so wie sie im Frühjahr aufgebrochen waren, aber ohne irgend etwas wieder mitzubringen außer Hunger und Erschöpfung.

Manche Familien waren nicht einmal mehr vollzählig – und keiner fragte, wo die Mutter, der Sohn oder die Tochter geblieben waren. Man konnte sich's ja denken! Und allmählich war auch kein Zweifel mehr möglich, daß sich in jedem Augenblick Dutzende solcher ausgemergelter Prozessionen irgendwo durch Schnee und Morast kämpften – alle in derselben Richtung: Liberia. Der nie abreißende Zustrom würde bald unüberwindliche Probleme aufwerfen.

Und tatsächlich: Bereits Mitte Juni hatte sich die Bevölkerung der Hauptstadt um dreihundert Rückwanderer vermehrt.

Bis zu diesem Zeitpunkt war Beauval seiner Aufgabe gewachsen gewesen. Allen hatte er in Baracken Unterkunft verschaffen können, und dort herrschte jetzt wieder das gleiche Gedränge wie im letzten Winter.

Aber allmählich gab es keine Fertighäuser mehr. Einige davon waren ans linke Flußufer geschafft worden und standen jetzt dort in Neudorf; andere hatte man zu Brennholz kleingehackt, ein paar waren zu einem großen Gebäude, dem Regierungspalast, verbaut worden: Man mußte wieder Zelte aufschlagen.

Noch weit bedrohlicher indes war das Problem der Lebensmittelversorgung. Die Unmenge völlig ausgehungerter Mägen dezimierte die von der

Ribarto mitgebrachten Vorräte mit erschreckender Geschwindigkeit. Wenn man vor dieser Invasion geglaubt hatte, man komme mit Sicherheit ein Jahr oder länger aus, so konnte man jetzt, wenn alles so weiterlief, nicht einmal mehr bis zum Frühjahr durchhalten.

Beauval kam endlich zur Besinnung und erließ das erste vernünftige und verantwortungsbewußte Dekret: Die Lebensmittel wurden wieder rationiert.

Aber es war zu spät. Man lachte ihn aus mit seiner Verordnung, denn wie wollte er sie durchsetzen? Beauval tat das einzig mögliche: Er rekrutierte unter seinen Parteifreunden zwanzig Freiwillige, die vor den Proviantzelten Posten standen, so wie letztes Jahr die Mannschaft der *Jonathan*. Die Maßnahme wurde allgemein verflucht, aber man fügte sich.

Beauval glaubte schon, die Schwierigkeiten unter Kontrolle zu haben beziehungsweise den Hunger wenigstens hinausschieben zu können, da brach eine andere Katastrophe über Liberia herein.

Alle Rückkehrer waren durch das Klima und die Strapazen des Fußmarsches so ausgelaugt und – auch psychisch – am Ende ihrer Widerstandskraft und ihres Lebenswillens, daß es kam, wie es kommen mußte: eine Epidemie brach aus. Krankheit und Tod nisteten in den Zelten und Baracken.

In dieser verzweifelten Lage fiel den Bewohnern von Liberia wieder der Kaw-djer ein. Bis Mitte

Juni hatten sie seine Abwesenheit nicht bemerkt – so wie man vergangene Hilfeleistungen gern vergißt, wenn man sie in Zukunft nicht mehr nötig zu haben glaubt. Aber jetzt war die Not groß, und da erinnerten sie sich an ihn. Er war Arzt, hatte ihnen oft geholfen und konnte ihnen vielleicht auch jetzt helfen. Warum kam er nicht, warum ließ er sie im Stich? Was auch immer zum Bruch zwischen der Hauptstadt und Neudorf geführt haben mochte, konnte doch im Hinblick auf diese Katastrophe für ihn nicht ins Gewicht fallen? Immer häufiger fiel der Name des Wundermannes, und täglich richteten sich mehr Blicke auf Neudorf, dessen Dächer drüben überm Fluß aus dem Schnee ragten.

Eines Tages – es war der 10. Juli – lag so dichter Nebel im Tal, daß sogar der Kaw-djer im Haus blieb und endlich einmal dazukam, seine Jacken aus Guanakofell zu flicken. Plötzlich glaubte er eine Stimme zu hören, die ihn von weither anrief. Er stand unwillkürlich auf – da trug der Wind dieselbe Stimme ein zweites Mal herüber.

Er öffnete die Tür und schaute hinaus.

Es war Tauwetter an diesem Tag. Eine feuchtlaue Brise aus West hatte den Schnee zum Schmelzen gebracht. Vor ihm lag eine Schlammfläche, über die Dämpfe hinzogen – in den unteren Schichten als Nebelschwaden, in den oberen als Wolken, die sich dann – eine nach der andern – in den aufgeweichten Boden hinein ausregneten. Der

Nebel war undurchdringlich – man sah keine hundert Schritte weit. Über diese Entfernung hinaus löste sich alles in Schemen auf. Auch das Meer konnte man von hier aus nicht sehen. Es lag hinter der Steilküste, und kleine resignierende Wellen schwappten faul und müde an den Strand.

»Kaw-djer!« rief die Stimme aus dem Nebel.

Fast erstickt durch die Entfernung, aber deutlich vom Fluß her: ein Klagelaut.

Der Kaw-djer lief zum Ufer hinunter. Was er dort sah, war ein Bild zum Erbarmen: Drüben auf der Böschung, für ihn wegen der fehlenden Brücke unerreichbar, drängten sich an die hundert nasser, zerlumpter, knochenmagerer Gespenster. Sobald sie ihn erkannten – den König und Heiland –, richteten sie sich auf und streckten in einer gemeinsamen Bewegung die Arme hoch.

»Kaw-djer!« riefen sie im Sprechchor: »Kaw-djer – Kaw-djer – Kaw-djer!«

Der Kaw-djer stand wie gelähmt. Was konnte das nur für eine Katastrophe sein, die so plötzlich und grauenhaft über Liberia hereingebrochen war?

Im Augenblick konnte er sich nur durch Winken verständlich machen, daß er sie gesehen habe und kommen werde. Dann lief er zurück und holte Halg, Hartlepool und Karroly. Eine Stunde später war die Brücke wieder passierbar, und er ging hinüber.

Bald standen sie alle um ihn herum. Eine Galerie von Gesichtern, die das Elend entstellt hatte.

Im Fieber brennende Augen, vom Frost aufgerissene Lippen, Hungerlöcher in den Backen.

Aber sie strahlten. Der Führer und Retter war da! Sie knieten, sie weinten, sie küßten seine Hände und strichen ihm über die Kleider, sie kicherten und glucksten vor Glück und Dankbarkeit.

Der Kaw-djer sah und hörte sich das alles schweigend an.

Sie plapperten von ihrem Elend, die einen für sich selbst, die andern für ihre Angehörigen – Frauen und Kinder, die im Sterben lagen.

Der Kaw-djer ließ sie reden, so lange sie wollten. Er wußte, daß Anteilnahme die einzige Medizin war, die er ihnen fürs erste bieten konnte, und daß es schlechtere Arzneien gibt als Mitleid. Schließlich antwortete er allen gemeinsam: Jeder solle nach Hause gehen – er werde sie der Reihe nach aufsuchen, keiner würde vergessen.

Man gehorchte – fügsam wie brave Kinder schlichen sie alle zurück ins Lager.

Der Kaw-djer ging mit ihnen, stützte einen, der nicht mehr weiterkam, tröstete einen anderen, der sich an ihn klammerte, fand für jeden, der ihn anbettelte, ein gutes Wort.

Dann sah er die Hütten und Zelte und trat ein.

Was war aus den hübschen Häuschen geworden, die man vor einem Jahr aufgerichtet hatte? Windschiefe Ruinen! Und mit den Zelten stand es nicht besser. Schlaff und zerfetzt – die Stangen geflickt, die Schnüre aus Resten verknotet.

Manche schienen leer zu stehen, und man mußte sie mit Gewalt öffnen. In ihnen sah es am schlimmsten aus: Kehricht und Gestank. Und Menschen, die nicht mehr den Willen oder die Kraft hatten, weiterzuleben. Sie riegelten sich ein und warteten im Halbschlaf des allmählichen Verhungerns auf das Ende.

Der Kaw-djer kam auch am ›Regierungspalast‹ vorbei – Beauval hockte gerade im ›Sitzungssaal‹. Er schlich zum Fenster, drückte den Laden eine Handbreit auf und schaute dem Kaw-djer nach. Er blieb dabei still wie ein Mäuschen. Natürlich war er immer noch wütend, aber sein diplomatisches Fingerspitzengefühl sagte ihm, daß dies nicht der Augenblick war, die alten Rechnungen zu begleichen. Niemand hätte auch nur einen unfreundlichen Blick geduldet auf den Mann, der jetzt wieder anfangen würde, Wunder zu tun.

Ehrlich gesagt: Es fiel Beauval sehr schwer, sich zu dem Wiederauftauchen des Kaw-djer nicht zu beglückwünschen. Denn er brauchte seine Hilfe so notwendig wie alle andern. Das Regieren war ein wunderschöner und lukrativer Zeitvertreib, solange alles gut ging. Aber im Augenblick ging es schlecht – sein Volk und er selbst waren vom Untergang bedroht. Und die Geschichte ist voller Beispiele, wie in solchen Situationen das Staatsoberhaupt seine Befugnisse vorübergehend einem Fachmann delegiert. Daran dachte Beauval und daß er dabei nur die Entwicklung genau verfolgen müsse, um am Ende der Krise die Macht wieder in seine legitimen Hände zurückzuerobern.

Niemand erhob also Einspruch gegen das Eingreifen des Kaw-djer, und nirgends fand er auch nur den geringsten Widerstand.

Was für ein Leben führte er von diesem Tag an! Bei jedem Wetter kam er schon am frühen Morgen über den Fluß nach Liberia und ging dort bis zum späten Abend von Haus zu Haus. Beugte sich über die halbverfaulten Strohsäcke, atmete Kot, Schweiß, Fieber und Tod ein, pflegte, wo es noch zu hoffen gab, und tröstete, wo es zu Ende gegangen war.

Der Tod mochte zuschlagen, so oft er wollte – die Anzahl der Patienten verringerte sich nicht. Immer neue Rückkehrer aus dem Landesinnern stopften die Löcher. Dieser Strom schien unversiegbar – und je später sie kamen, desto kläglicher war ihre körperliche Verfassung.

Bei allem medizinischen Wissen und aller persönlichen Aufopferung konnte der Kaw-djer die Seuche nicht ausrotten. Er rang mit ihr wie mit einem unsichtbaren Riesen, und meistens unterlag er: Die Sterbefälle häuften sich.

Er lebte in einer einzigen großen Trauergemeinde. Um ihn gab es nur noch Schmerz, Delirium und Trennung auf immer und ewig. Aber er ließ nicht locker – er tröstete, wo er nicht mehr helfen konnte.

Manchmal war niemand mehr übrig, der Trost brauchte: Ein Toter, der letzte seiner Familie, lag irgendwo im leeren Zelt. Vielleicht der traurigste Anblick, aber auch das kam immer öfter vor in dieser Gesellschaft von Auswanderern, diesem Haufen Strandgut des Lebens.

Eines Morgens, als der Kaw-djer ins Lager kam, rief man ihn zu einer unförmigen, röchelnden Masse. Es war ein Mensch – ein Mann, den der Zufall unter dem Namen Fritz Groß in die endlose Liste der Bewohner dieses Planeten eingetragen hatte.

Eine Viertelstunde vorher war er – noch im Halbschlaf – in die Kälte hinausgetaumelt und dort zusammengebrochen. Zehn Männer hatte man zusammentrommeln müssen, um ihn in die Ecke zu schleppen, in der er jetzt lag. Aus dem violett verfärbten Gesicht und dem stoßweise pfeifenden Atem schloß der Kaw-djer auf eine Lungenblutung, und eine kurze Untersuchung ergab, daß dieser von Alkohol verwüstete Organismus auch gegen das stärkste Medikament immun war.

Die Diagnose bestätigte sich bald. Als der Kaw-djer wieder an der Stelle vorbeikam, gehörte Fritz Groß nicht mehr dieser Welt an. Seine Körpermasse war schon kalt – sie lag steif ausgestreckt auf dem Boden. Die Augen hatten sich den irdischen Dingen endgültig verschlossen.

Der Kaw-djer ging noch einmal zu der Leiche zurück – ihm war etwas aufgefallen.

In der Agonie mußte es für den Sterbenden einen Augenblick der Klarheit gegeben haben. Das Bewußtsein mußte erwacht sein, daß mit ihm sein

Genius unterging – vielleicht auch die Einsicht, wie unverantwortlich er diesen Genius mißbraucht – das heißt im Rum ertränkt – hatte. Jedenfalls war der große Künstler nicht hinübergeschlafen, ohne dem einzigen, was er auf Erden geliebt und verstanden hatte, Lebewohl zu sagen. Tastend mußte er nach seiner Geige gegriffen haben, um das wunderbare Instrument im Augenblick des großen Aufbruchs noch ein letztes Mal an sich zu drücken. Es lag zierlich auf seinem mächtigen Brustkorb – die Hand, die es dorthin geschoben hatte, war daneben auf die Erde gefallen.

Der Kaw-djer nahm die Geige, die so göttlich jubilieren konnte und nun für immer stumm bleiben würde. Mußte das sein?

Er kehrte nach Neudorf zurück und ging zu dem von Hartlepool und den beiden Schiffsjungen bewohnten Haus.

»Sand!« rief er und öffnete die Tür.

Der Junge kam gelaufen.

»Hatte ich dir nicht eine Geige versprochen? – Hier ist sie!«

Blaß vor Freude und Überraschung griff der Kleine nach dem Instrument – seine Hände zitterten.

»Es ist eine Geige, die gute Musik macht«, fügte der Kaw-djer hinzu. »Sie hat Fritz Groß gehört.«

»Aber«, stotterte Sand, »will Monsieur Groß nicht mehr –«

»Er ist tot«, sagte der Kaw-djer.

»Ein Säufer weniger«, kommentierte Hartlepool, und das war der einzige Nachruf auf Fritz Groß.

Wenige Tage später berührte ein anderer Sterbefall den Kaw-djer noch mehr. Es war der Tod von

Lazarus Ceroni. Denn sein Verschwinden konnte auf die Beziehungen zwischen Halg und Graziella nicht ohne günstigen Einfluß bleiben.

Tullia hatte den Kaw-djer zu spät gerufen. In ihrer Ahnungslosigkeit hatte sie gewartet, bis es keine Rettung mehr gab, und sie war bis zum letzten Augenblick nicht besorgter gewesen als gewöhnlich. Nun traf sie die plötzliche Erkenntnis, daß der Mann, dem sie alles geopfert hatte, verloren war, besonders schwer.

Übrigens hätte auch ein rechtzeitiges Eingreifen des Kaw-djer nichts mehr genützt. Das Leiden des Lazarus war unheilbar und die unausbleibliche Folge seiner Unmäßigkeit. Die sogenannte ›galoppierende Schwindsucht‹ fraß ihm in acht Tagen die Lunge auf.

Als alles ausgestanden und der Tote beerdigt war, blieb der Kaw-djer zunächst bei Tullia. Sie hatte so wenig Kraft übrigbehalten, daß man mit ihrem völligen Zusammenbruch rechnen mußte. Jahre um Jahre hatte sie nur gelebt, um ihren Mann zu lieben – ihn immer wieder und trotz allem zu lieben, und jetzt war er nicht mehr da. Die Feder in ihr, die bis zuletzt alles angetrieben hatte, war zersprungen. Für Tullia gab es nichts mehr, was noch irgendeiner Anstrengung wert war – sie gab auf.

Der Kaw-djer nahm die arme Frau mit nach Neudorf und brachte sie zu Graziella. Wenn es noch irgendeine Medizin gab für dieses übermüdete

Herz, dann konnte nur die Tochter das Wunder vollbringen.

Apathisch und ohne recht zu wissen, was um sie vorging, ließ Tullia sich aus dem Haus und zum Fluß hinunterführen. Der Kaw-djer hatte sich ihre wenigen Habseligkeiten auf die Schulter gepackt.

Sie bemerkte nicht, wie Sirk gerade in dem Augenblick auftauchte, als sie auf die Brücke stiegen.

Auch der Kaw-djer sah ihn nicht. Ahnungslos gingen sie über den Fluß – hinüber nach Neudorf.

Aber Sirk hatte sie erkannt und war stehen geblieben. Sein Gesicht wurde weiß vor Wut; Lazarus war tot, Graziella in Sicherheit – und Tullia jetzt auch unterwegs nach Neudorf. Das zerschlug seine Pläne vollständig und endgültig.

Er blickte dieser Frau und diesem Mann lange nach. Hätte sich der Kaw-djer umgedreht und hätte er diese Blicke gesehen – er wäre bei all seiner unbekümmerten Courage Sirk gegenüber vorsichtiger geworden.

FÜNFZEHNTES KAPITEL

BLUT

Der Zug der nach Liberia zurückflutenden Emigranten schien nicht enden zu wollen. Den ganzen Winter hindurch kamen täglich neue Flüchtlinge. Die Insel Hoste war zu einem gespenstisch unerschöpflichen Reservoir geworden – man hatte den Eindruck, sie speie weit mehr Menschen aus, als sie je aufgenommen hatte. Anfang Juli erreichte der Zustrom seinen Höhepunkt, dann ebbte er ab, um am 29. September endgültig zu versiegen.

An diesem Tag sah man den letzten Rückwanderer die Geröllhalde herunterrutschen und zum Lager kriechen. Ein halbnacktes Skelett, blieb er vor dem ersten Haus liegen.

Aber solche Bilder waren zu alltäglich geworden, als daß man sich noch darüber aufgehalten hätte. Man schüttete dem Mann Wasser über den Kopf, bis er wieder zu sich kam, steckte ihm ein Stück Zwieback zwischen die Zähne und kümmerte sich dann nicht mehr um ihn.

Wie gesagt – er war der letzte. Was müßte man daraus schließen? Daß die andern, die noch fehlten und von denen man nichts wußte, entweder Glück gehabt hatten oder nicht mehr lebten.

Zurückgekommen waren mehr als siebenhundertfünfzig – die meisten körperlich völlig erschöpft und psychisch ebenso schwach geworden. Die entkräfteten Organe waren der beste Nährboden für alle Arten von Krankheiten, und der Kaw-djer stand vor unlösbaren Aufgaben. Mit der Fortdauer des Winters häuften sich die Todesfälle – am Ende starben die Leute wie die Fliegen: Männer, Frauen, Kinder, Junge und Alte – ohne Unterschied.

Aber der Tod mochte noch so viele hungrige Mäuler mit Erde stopfen – der Rest war immer noch zu groß für die Vorräte der *Ribarto*. Als Beauval sich – viel zu spät – zur Rationierung entschlossen hatte, konnte er noch nicht voraussehen, daß die Zahl seiner Untertanen derart anschwellen würde. Und als er seine Unvorsichtigkeit erkannte und wirklich sparen wollte, gab es nichts mehr zu sparen: Am 25. September gab das Magazin die letzten Zwiebäcke aus, und damit legte das gräßliche Gespenst des Hungers seine Hand auf Liberia.

Am Hunger – am Hunger, der in den Eingeweiden nagt und bohrt und sie schließlich zerreißt, mußten die Schiffbrüchigen der *Jonathan* jetzt wohl langsam – grauenhaft langsam – zugrunde gehen.

Das erste Opfer war Blaker. Trotz der Pflege des Kaw-djer, den man wieder zu spät geholt hatte, starb er am dritten Tag unter entsetzlichen Schmerzen. Patterson konnte man diesmal nicht verantwortlich machen – er hatte jetzt offensichtlich ebensowenig zu essen wie alle andern.

Wovon lebten die Siedler in den folgenden Tagen und Wochen? Niemand hätte es sagen können. Die Schlauen, die gehamstert hatten, bauten ihre Vorräte ab. Aber die andern?

Der Kaw-djer wußte in dieser fürchterlichen Zeit nicht mehr, wo ihm der Kopf stand. Er mußte nicht nur seine Krankenvisiten durchführen; auch alle, die Hunger hatten – und alle hatten Hunger –, erwarteten von ihm irgendein Wunder. Die Männer bettelten ihn an, die Frauen warfen sich ihm vor die Füße, die Mütter streckten ihm ihre jammernden Kinder entgegen. Er lebte mitten in einem grauenhaften Konzert von Verwünschungen, Klagen und Bitten.

Und er wollte nicht, daß auch nur ein einziger völlig leer ausging. Großzügig verteilte er die in Neudorf gehorteten Vorräte, gefrorenes Gemüse, gedörrtes Fleisch, eingesalzene Fische. An sich zu denken hatte er keine Zeit; und er wollte auch nicht zugeben, daß die Gefahr in dem Maß auf ihn zukam, in dem er sie für die anderen hinausschob.

Und das Ende war schon in Sicht: Fleisch, Gemüse und Fisch – alles nahm rasch ab. Noch ein Monat, und in Neudorf würde man ebenso hungern wie in Liberia.

Diese Entwicklung war so offensichtlich, daß die Bewohner von Neudorf nicht mehr mitmachten. Sie weigerten sich, dem Kaw-djer weitere

Lebensmittel zur Verteilung in der Hauptstadt mitzugeben. Er mußte den Leuten gut zureden – selber betteln, bis man ihm schließlich etwas hinwarf, weil man müde war und nicht streiten wollte. Aber es wurde ihm von Tag zu Tag schwerer gemacht.

Harry Rhodes versuchte, seinem Freund die Sinnlosigkeit seines Opfers vor Augen zu halten. Was versprach er sich davon? Es war doch ganz ausgeschlossen, mit dem wenigen, was es noch auf dem linken Flußufer gab, die ganze Bevölkerung der Insel zu retten! Was kam, wenn effektiv nichts mehr übrig war? Und warum sollte man überhaupt versuchen, eine nahe und unvermeidliche Katastrophe hinauszuzögern – auf Kosten derer, die klug genug waren, für sich selbst Vorsorge gegen einen solchen Fall zu treffen?

Harry Rhodes erreichte nichts. Der Kaw-djer blieb taub und antwortete nicht einmal. Ihm war es unbegreiflich, wie man beim Anblick Verhungernder argumentieren konnte. Bevor Menschen zugrunde gingen, mußte man die letzte Brotkrume mit ihnen teilen – ohne Rücksicht auf die Folgen. Später würde man weitersehen. Wenn nichts mehr da war, zog man eben fort und suchte neue Möglichkeiten zur Jagd oder zum Fischfang. Das Lager würde sich dann binnen weniger Tage in eine Stadt voll menschlicher Skelette verwandeln. Aber das ging einen selber nichts mehr an: Man hatte das Mögliche getan, es zu verhindern.

Auf Vorschlag von Harry Rhodes überlegte man, ob es zweckmäßig sei, die von Hartlepool versteckten vier Dutzend Gewehre an die Siedler zu verteilen. Vielleicht konnten wenigstens ein paar von ihnen damit umgehen und von der Jagd leben. Aber man unterließ es dann doch: In dieser Jahreszeit gab es wenig Wild, und Gewehre in den Händen unerfahrener Bauern waren so gut wie nutzlos. Zumindest stünde der Vorteil in keinem Verhältnis zu den Gefahren, die mit der Ausgabe von Feuerwaffen verbunden sein mußten. Schon jetzt war an gewissen Reibereien und brutalen Ausfällen deutlich zu sehen, wie sehr überall Haß und Gewalt schwelten. Der Hunger hatte das Stadium erreicht, in dem sich die Leute völlig gehen ließen und nichts mehr verbargen. Jeder gab dem andern die Schuld am allgemeinen Versagen; jeder schob dem Nachbarn die Verantwortung an der Katastrophe in die Schuhe.

Einen gab es allerdings, den alle gemeinsam verfluchten. Das war Ferdinand Beauval, der die Unvorsichtigkeit begangen hatte, sich zum Herrscher aller Hostelier zu krönen.

Und trotzdem duldete man ihn noch, obwohl seine eklatante Unfähigkeit die allgemeine Wut auf ihn vollauf rechtfertigte.

Die Masse ist ja als Konglomerat vieler widersprüchlicher Einzelbestrebungen handlungsunfähig, weil sich die Kräfte und die Gegenkräfte gegenseitig aufheben und das Ganze neutralisieren.

So bleibt sie ewig passiv und ist unendlich geduldig. Und was auch immer sie unternehmen will, beim Anblick ihres Führers erstarrt sie wie das Kaninchen vor der Schlange. Sie wird ihn nie antasten aus heiliger Scheu vor dem Nimbus, den sie selbst geschaffen hat.

So war es auch auf der Insel Hoste. Und wahrscheinlich hätte sich die Opposition ihrer Bewohner ewig in heimlichen Zusammenkünften, platonischen Drohungen und harmlosen Verschwörungen erschöpft, wenn nicht einer unter ihnen gewesen wäre, der sie zu Aktionen hingerissen hätte.

Es ist beinahe unglaublich, daß in dieser gräßlichen Lage die Position, die Beauval einnahm, Neid erregen konnte. Weiß Gott – es war eine armselig-groteske Macht, die darin bestand, nomineller Gouverneur eines Haufens von Halbverhungerten zu sein.

Und doch gab es einen, der ihm diesen Thron streitig machte.

Lewis Dorick interessierte sich gerade wegen dieser grausigen Wirklichkeit für das Amt, und dabei ging es ihm durchaus nicht um die Autorität selbst – beziehungsweise den Schein von Autorität, sondern um die Vorteile, die auch jetzt noch damit verbunden waren.

Im Volksmund gibt es die vulgäre, aber treffende und anschauliche Bezeichnung ›Futterkrippe‹ für politische Macht. Und tatsächlich sichert ja auch in der rückständigsten Gesellschaft der erste Platz seinem Inhaber gewisse Privilegien. Beauval wußte das, aber Dorick wußte es auch. Warum sollte er die – wenn auch sehr relativ gewordenen – Vorteile nicht einmal zur Abwechslung sich und seiner Bande zuschanzen? Wer etwas von Politik versteht, weiß genau, daß gelegentlicher Wechsel der Regierungsmannschaft mit zu den demokratischen Spielregeln gehört.

Bisher hatte Dorick die Vorherrschaft seines Rivalen mit unterdrückter Wut ertragen. Jetzt endlich war die große Chance da. Er konnte eine großangelegte Kampagne starten; der öffentliche Notstand bot dafür eine solide Grundlage. Er hatte nur die Qual der unerschöpflichen Auswahl – denn es lag ja ungefähr alles im argen!

Das einzige, was ihn hätte in Verlegenheit bringen können, wäre die Frage gewesen, was er an der Stelle seines Gegners unternehmen würde. Glücklicherweise blieb ihm die Beantwortung dieser Frage erspart, weil keiner so indiskret war, sie zu stellen.

Beauval wußte genau, was ihm blühen sollte. Stundenlang blickte er vom Fenster seines Sitzungssaales, in dem seit Monaten nur noch er selber saß, gedankenvoll auf die Menge, wie sie unten vorbeizog. Je näher der Frühling heranrückte, desto zahlreicher wurde diese Menge – und desto näher rückte auch sie heran. Und ihre Blicke und Fäuste waren das Barometer, das ihm sein drohendes Sturmtief anzeigte. Aber noch dachte er nicht daran, von seinem Piedestal herunterzusteigen, sondern arbeitete eifrig an den Plänen zu seiner Verteidigung.

Freilich – den Bankrott der Kolonie konnte er nicht abstreiten. Aber daran waren die Umstände und vor allem das Klima schuld. Höhere Gewalt also, und kein Grund, sich in seinem Selbstvertrauen erschüttern zu lassen. Zum Donnerwetter, er hatte nichts unternommen, weil man nichts unternehmen konnte! Ein anderer hätte genauso abgewartet wie er.

Beauval klebte nicht mehr aus Prinzip an seiner Stellung: Die Illusionen von Glanz und Ehre, die dieses Amt verlieh, hatte er weitgehend eingebüßt. Nein, er dachte vor allem mit Sorge an die Lebensmittel, die er im Lauf der Zeit kraft seiner Würde hatte organisieren können. Nur dem Gouverneur verdankte er seinen vollen Keller! Und würde man ihn nicht ausräumen, sobald seine Immunität fiel?

Nein – an seinem Posten hing alles, was das Leben lebenswert machte, und so stürzte er sich erbittert in die Schlacht. Und er wußte, wie man einen Gegner ausmanövriert!

Vor allem bestritt er keinen der Mißstände, die Dorick als Waffen gegen ihn ins Feld führte, sondern schlug sie ihm aus der Hand, indem er noch weit lauter dagegen anschrie als der andere. Es gab keinen eifrigeren Unzufriedenen als Beauval.

Dagegen waren die beiden Parteiführer verschiedener Ansicht über die Mittel, Abhilfe zu schaffen. Während Dorick für einen Regierungswechsel plädierte, trat Beauval für die Bildung einer sogenannten ›Großen Koalition‹ ein – zwischen ihm selbst und Dorick. Nur auf der Basis dieser breiten Mehrheit des Volkswillens glaubte er, mit Erfolg gegen die wahren Feinde der Republik und Urheber allen Übels vorgehen zu können.

Wer aber waren diese Feinde und wirklich Schuldigen – und wo hielten sie sich versteckt?

Beauvals sechster Sinn hatte sie aufgespürt und entlarvt: Niemand anders konnte es sein als die kleine Anzahl Emigranten, die der Winter nicht nach Liberia zurückgetrieben hatte.

Eine Kette logischer Überlegungen! Das erste Glied war die Tatsache, daß es ihnen gut gehen mußte, sonst wären auch sie gekommen, das letzte Glied der Umstand, daß sie unrechtmäßig ihre gehorteten Vorräte der Allgemeinheit vorenthielten. Also glatter Diebstahl von Volksvermögen – und das während einer Hungersnot! Ein Verbrechen, dessen unmenschliche Gemeinheit überhaupt nicht in Worte zu fassen war. Man mußte die Hamsterbeute sofort konfiszieren und die Verbrecher ihrer gerechten Strafe zuführen.

Beauval fand ein starkes Echo, und man handelte ohne Verzug. Zuerst wurde die nähere Umgebung geplündert, aber dort wußte man um die Zustände in Liberia, und so fand man nur verlassene Blockhäuser vor. Dann aber rüstete man eine regelrechte Strafexpedition aus, die in einer Stärke von zweihundert Mann und unter dem Kommando der Gebrüder Moore aufbrach zum Heiligen Krieg um Gerechtigkeit, Trockengemüse, Brüderlichkeit, Rauchfleisch, Freiheit und so weiter.

Fünf Tage lang durchkämmte diese Bande die ganze Insel. Ihre Methoden? Man sah sie ihren Opfern an, wenn sie verstört aus ihren Wäldern kamen und vom Gouverneur ihr Recht verlangten.

Der wagte es zwar nicht, sie zu bestrafen, dafür aber überschüttete er sie mit den gröbsten Vorwürfen: Hier verreckten anständige Menschen, und ein paar Kilometer daneben fraß man sich den Wanst voll! Konnte man sich ein schlimmeres Beispiel von krassem Egoismus vorstellen? Gab es irgendwo sonst auf der Welt noch solche Klassenunterschiede?

Die geplünderten Siedler verstanden kein Wort von dem, was der Gouverneur sagte – der beste Beweis für ihre hoffnungslos reaktionäre Einstellung. Beauval wußte, er war wieder einmal auf dem richtigen Weg. Und vor allem hatte ihn sein sechster Sinn nicht getrogen: Tatsächlich waren manche nicht zurückgekehrt, weil sie auf Kosten des Gemeinwohls im Fett schwammen.

Jetzt waren auch sie gleichgeschaltet – genauso arm wie ihre Räuber. Denn die Horden waren nicht nur über alles Eßbare hergefallen; es war zu all den Exzessen gekommen, denen sich die Masse so gern hingibt, auch wenn sie sich dabei ins eigene Fleisch schneidet: Die Höfe brannten, die Saaten waren zertrampelt, die Hühnerhöfe leer, das Großvieh geschlachtet.

Trotzdem war die Beute – gemessen am Bedarf – nur der berühmte Tropfen auf den heißen Stein. Denn was konnte man unter den gegebenen Umständen schon unter Erfolg verstehen? Diese Siedler hatten etwas mehr Glück oder weniger Pech gehabt als die Nachbarn, waren vielleicht auch ein bißchen fleißiger und intelligenter gewesen. Ihr Lohn dafür war nicht mehr, als daß sie sich knapp ihren Lebensunterhalt sichern konnten. Durch ein Wunder reich geworden war kein einziger.

Natürlich hatte sich die Bande weit mehr von ihrer Expedition versprochen, und die Enttäuschung führte an manchen Stellen zu ganz scheußlichen Grausamkeiten. Mehr als ein Siedler wurde auf der Folter zur Angabe des Verstecks erpreßt, in das er seine Schätze gebracht hatte – oder angeblich gebracht haben sollte.

Am fünften Tag stießen die Plünderer auf die Palisaden, die das Gebiet der Familie Rivière und ihrer drei Nachbarn einzäunten. Seit ihrem Aufbruch hatten die Teilnehmer an der Expedition von nichts anderem gesprochen als von diesen Gütern, die man sich als letzten, besonders fetten Happen aufsparen wollte und von dessen Eroberung man sich goldene Berge versprach. Denn die

Rivière und ihre Freunde hatten als erste gesiedelt, und ihre Speicher mußten ja voll sein bis zum Dach. Man zerbrach sich eigentlich nur noch den Kopf über die Schwierigkeiten des Abtransports.

Doch es kam alles ganz anders.

Die vier Höfe waren aneinandergebaut und bildeten so eine uneinnehmbare Palisadenfestung. Und als einzige hatten diese Siedler Waffen. Sie empfingen die Angreifer mit einer Gewehrsalve, und sieben Tote und Verwundete blieben liegen. Die übrigen hatten genug und flohen in wildem Durcheinander.

Und mit dieser ersten Feindberührung war die Großoffensive der Strafexpedition auch schon zusammengebrochen. Der ganze Haufen rannte nach Liberia zurück und erreichte es mit dem Einbruch der Dunkelheit. Ihr Wutgeschrei und wildes Gefluche flog ihnen kilometerweit voraus und kündete die Rückkehr an. Man lief ihnen entgegen und horchte gespannt ins dunkle Land hinein, aus dem das Gebrüll kam.

Solange man in der Entfernung die einzelnen Laute noch nicht unterscheiden konnte, glaubte man natürlich an Siegesjubel und Freudengeheul. Aber bald tauchten die ersten Horden aus der Finsternis – und man sah einander erschrocken an.

»Verrat – Verrat!«

Verrat?! Über Liberia schlug eine Woge von Panik zusammen, und am heftigsten wurde Beauval von der Angst geschüttelt. Er sah großes Unheil nahen und wußte, daß man ihm die Schuld geben würde – ganz gleich, worum es sich handelte. Ohne die geringste Ahnung, was eigentlich los war und welche Gefahr damit für ihn verbunden sei, rannte er schnell in seinen Regierungspalast und riegelte hinter sich zu. Und da kam auch schon die tobende Meute und randalierte vor seiner Tür.

Was wollte man von ihm? Wer waren die Toten und Verletzten, die man vor seinem Haus nebeneinanderlegte? Was war das für ein Drama gewesen? Und dieser Haufen Leute? Warum gingen sie nicht wieder?

Während Beauval all diese Rätsel vergeblich zu lösen versuchte, spielte sich zwischen dem Fluß und dem Lager eine wirkliche Tragödie ab, die für Neudorf sehr betrüblich war und den Kaw-djer tief treffen sollte.

Auch er hatte die Unruhe unter der Bevölkerung von Liberia bemerkt. Zusammen mit Harry Rhodes, Hartlepool, Halg und Karroly stand er am Fluß. Da das linke Ufer etwas höher lag als das rechte, hätten sie bei Tag von hier aus auf Liberia hinuntersehen können. Jetzt aber lag die Stadt im Dunkel. Nur das ferne Geschrei und der Tanz flackernder Fackeln verrieten, daß drüben etwas Ungewöhnliches vorging.

Sie setzten sich schweigend an die Böschung und schauten in die Nacht, der Hund Zol hatte dem Kaw-djer die Schnauze flach über die Füße gelegt. Da hörten sie vom andern Ufer herüber plötzlich eine Stimme:

»Kaw-djer!« rief sie keuchend. Der Mann mußte schnell gelaufen und völlig außer Atem sein.

»Hier!« antwortete der Kaw-djer und stand auf.

Ein Schatten huschte über die Brücke und kam. Es war Sirdey, der ehemalige Koch der *Jonathan*. Er wandte sich an den Kaw-djer:

»Man braucht Sie dort unten!«

»Warum? Was ist los?«

»Es hat Tote gegeben – und Verletzte!«

»Tote? – Verletzte? Wieso denn? Was ist passiert?«

»Sie wollten die Rivière ausnehmen! Aber die haben anscheinend Gewehre!«

»So?!«

»Wir haben drei Tote und vier Verwundete. Die Toten brauchen nichts mehr. Aber vielleicht können Sie noch was für die Verletzten –?«

»Ich komme!« unterbrach der Kaw-djer und ging sofort los. Halg lief zum Haus zurück und holte die Tasche mit dem Chirurgenbesteck.

Unterwegs versuchte der Kaw-djer, von Sirdey Näheres zu erfahren, aber der wußte auch nur, was die Bande berichtet hatte; selber dabeigewesen war er nicht. Es hatte ihn auch niemand zum Kaw-djer geschickt. Er war einfach zum Fluß gelaufen, als er die Prozession mit den drei Leichen und den vier Verletzten gesehen hatte.

»Das war sehr vernünftig von Ihnen«, sagte der Kaw-djer.

Zusammen mit Karroly, Hartlepool und Harry Rhodes hatte er die Brücke längst hinter sich und war schon etwa hundert Meter vom Ufer weg, als er sich umdrehte und sah, wie Halg nun auch über die Brücke ging und sich beeilte, ihn und seine Begleiter einzuholen. Der Junge konnte rasch laufen – in wenigen Minuten würde er bei ihnen sein.

Der Kaw-djer ging weiter – aber nicht mehr lange. Ein Todesschrei vom Fluß her traf ihn wie ein Messer – und es war die Stimme Halgs. Einen Augenblick stand er gelähmt, dann lief er zurück, so schnell er konnte. Er war so blind vor Angst, daß Sirdey sich unbemerkt in Richtung Liberia wegschleichen konnte. Und noch einem zweiten Schatten gelang es, ungesehen in weitem Bogen flußaufwärts in die Nacht zu entkommen.

Einen dritten gab es jedoch, der noch schneller lief als der Kaw-djer und noch schneller spürte, was vorgefallen war: Zol verschwand mit zwei langen Sätzen im Dunkel der Nacht. Wenig später gab er Laut: ein klägliches Heulen, das in wütendes Knurren überging und dann mit wachsender Entfernung immer leiser wurde: Der Hund hatte Witterung aufgenommen und folgte einer Fährte.

Und dann ein zweiter Todesschrei.

Aber ihn hörte der Kaw-djer gar nicht mehr. Er war zu der Stelle gekommen, wo Halg – das Gesicht auf dem Boden – in einer Blutlache lag. Zwischen den Schulterblättern steckte bis zum Griff ein Hirschfänger.

Karroly hatte sich über seinen Sohn geworfen – der Kaw-djer stieß ihn zur Seite. Jetzt war keine Zeit für Klagen – jetzt mußte gehandelt werden.

Er griff nach seinem Besteck und schlitzte zunächst Halgs Jacke von oben bis unten auf. Dann zog er mit größter Sorgfalt die Mordwaffe aus dem Fleisch und legte die Wunde bloß. Sie war furchtbar. Die Klinge war zwischen den Schulterblättern fast durch den ganzen Körper gestoßen worden. Wenn sie auch wie durch ein Wunder das Rückenmark verschont hatte, so war doch die Lunge völlig durchbohrt.

Blaß wie ein Toter lag Halg da, hatte die Augen geschlossen und atmete kaum. Blutiger Schaum quoll von den Lippen.

Der Kaw-djer hatte sich schon seine Jacke aus Guanakofell heruntergerissen. Er schnitt sie in Streifen, stellte einen Notverband her und stillte die Blutung. Dann gab er Karroly, Hartlepool und Harry Rhodes das Zeichen: Sie nahmen den Verletzten hoch und trugen ihn nach Hause.

Erst jetzt hörte der Kaw-djer das Knurren des Hundes – offenbar hatte Zol seinen Feind gestellt. Es konnte nicht weit weg sein, und so folgte der Kaw-djer dem schauerlichen Geräusch, während sich der traurige Zug der drei Männer langsam über die Brücke schob.

Was der Kaw-djer sah, war entsetzlich. Ein Körper – im Mondschein erkannte er Sirk – lag am Boden ausgestreckt. Die Kehle war durchbissen, aus den zerfetzten Adern spritzte das Blut in harten Stößen.

Es war keine Waffe gewesen – Zol hatte die

Wunden geschlagen, und er schlug immer noch weiter zu, biß und zerrte.

Der Kaw-djer riß das Tier von seiner Beute weg und kniete sich neben Sirk in den blutigen Schlamm.

Jede Hilfe wäre zu spät gekommen. Der Mann war schon tot.

Der Kaw-djer betrachtete die Leiche, die aus glasigen Augen in die Nacht starrte. Der Fall war unzweideutig, der Vorgang leicht zu rekonstruieren: Während er Sirdey folgte, der an dem geplanten Verbrechen vielleicht sogar beteiligt war, hatte Sirk dem jungen Indio aufgelauert. Als dieser dann an ihm vorbeikam, schlich er sich von hinten heran und erstach ihn. Und während sich die andern um den Verletzten kümmerten, hatte Zol die Fluchtfährte des Mörders aufgenommen und ihm die Kehle zerfetzt.

In wenigen Minuten lief die Tragödie ab. In Sekundenschnelle hatte sie ihren Höhepunkt überschritten, und wenige Augenblicke später war der Vorhang über den beiden Akteuren gefallen: der eine war tot, der andere lag im Sterben.

Der Kaw-djer mußte wieder an Halg denken. Er sah die Gruppe der drei Männer, die den schlaffen Körper trugen, im Dunkel verschwinden.

Er atmete schwer. Dieses große Kind hatte für ihn all das verkörpert, wofür er sich noch engagieren konnte. Er sah jetzt fast keinen Grund mehr, weiterzuleben.

Bevor er ging, warf er einen letzten Blick auf den Toten. Die Blutlachen waren nicht größer geworden. Je träger das Blut aus der Wunde quoll, desto gieriger sog es die Erde auf. Seit es Leben gibt, ist sie es ja gewohnt, mit Blut getränkt zu werden – und ein paar Tropfen mehr oder weniger spürt sie überhaupt nicht unter diesem unversiegbaren roten Regen.

Die Insel Hoste stand bisher nicht unter diesem überall gültigen Gesetz. Sie war von Menschen nicht bewohnt und von Menschenblut rein geblieben.

Jetzt waren sie gekommen – und mit ihnen die ersten Wolken aus bösem Blut. Und der erste warme, rote Schauer war niedergegangen.

Es sollte nicht der letzte sein.

SECHZEHNTES KAPITEL

EIN CHEF

Nachdem sie den immer noch bewußtlosen Halg auf sein Bett gelegt hatten, wechselte der Kawdjer den provisorischen Verband gegen einen fachgerechten aus. Dabei zitterten schon wieder die Augenlider des Verletzten, und in seine bleigrauen Wangen stieg ein bißchen Farbe. Er stöhnte schwach – dann ging die Ohnmacht in Schlaf über.

Würde er die fürchterliche Verletzung überleben? Vom ärztlichen Standpunkt aus konnte man es nur hoffen. Die Lage war sehr ernst, aber es bestand noch kein Anlaß zu verzweifeln. Vielleicht würde der tiefe Riß in der Lunge vernarben.

Der Kaw-djer tat alles, was er für nötig hielt – verordnete absolute Ruhe und Regungslosigkeit und ging dann nach Liberia hinüber, wo angeblich noch vier Verletzte auf seine Hilfe warteten.

Sein persönliches Unglück, so tief es ihn auch traf, hatte ihn keinen Augenblick seine Pflicht allen andern gegenüber vergessen lassen. Und wenngleich er nicht einmal sicher war, ob ihn Sirdey vielleicht angelogen hatte, um seinem Freund Sirk den Überfall zu ermöglichen – so oder so mußte der Kaw-djer sich über den gegenwärtigen Stand der Dinge unterrichten.

Es war inzwischen fast zehn Uhr abends geworden. Die Neumondsichel begann im Westen unterzugehen, und aus dem Osthimmel rieselte unaufhörlich die Asche der Nacht. In der Ferne lag Liberia unter einem blaßroten Schimmer: es schlief noch nicht.

Der Kaw-djer ging immer schneller. Denn über das stumme Flußtal drang ein unbestimmtes Rauschen – erst fern und leise, dann mit schwindender Entfernung immer lauter und deutlicher.

In knapp zwanzig Minuten hatte er das Lager erreicht. Er fand sich rasch zwischen den schwarzen Häusern hindurch und kam auf den Platz vor dem Gouverneurspalast. Was er dort sah, glich dem Bühnenbild zu einem höchst romantischen Schauspiel:

In einem Lichtkreis rußender Fackeln stand die

gesamte Bevölkerung von Liberia. Alle waren gekommen – Männer, Frauen und Kinder, und sie hatten sich in drei deutlich voneinander abgesetzte Gruppen aufgeteilt.

Die weitaus größte Gruppe lagerte dem Kaw-djer direkt gegenüber. Ein schweigender, ängstlich-neugieriger Haufen, der vor allem sämtliche Frauen und Kinder umfaßte und sozusagen das Publikum bildete, welches auf den Beginn der Vorstellung wartet.

Diese Vorstellung sollte offensichtlich von den beiden andern, kleineren Trupps in Szene gesetzt werden. Der eine davon hatte sich als Verteidiger vor dem Palast aufgestellt, der andere war dabei, in einigem Abstand eine Phalanx zu bilden.

Und Sirdey hatte nicht gelogen: Mitten auf dem Platz lagen sieben Menschen nebeneinander aufgebahrt. Tot oder verwundet? Der Kaw-djer konnte es auf die Entfernung nicht erkennen, denn im Flackern der Fackeln schien alles zu leben.

Aus ihrer Haltung und Schlachtordnung war die Feindschaft der beiden kleinen Gruppen offen ersichtlich. Wenn es noch nicht zu einem Zusammenstoß gekommen war, so lag das an der neutralen Zone, welche durch die Reihe der sieben Tragbahren gebildet wurde – ein Niemandsland, das keines der beiden Heere zu überschreiten wagte. Die Angreifer standen vor dieser Schranke, die Verteidiger Beauvals dahinter – noch war der Augenblick der Bewährung nicht gekommen.

Das große Streitgespräch hatte man jedoch längst begonnen; man war sogar schon in der letzten Phase, wo Argumente zu gräßlichen Drohungen und wilden Schmähtiraden anschwellen.

Über die Toten und Verwundeten hinweg flogen die Kugeln und dröhnten die Salven wortreichen Vernichtungswillens, und die Feuerpause trat erst ein, als der Kaw-djer mitten in den Fakkelkreis trat, so daß ihn alle erkannten.

Er schien sie gar nicht zu bemerken, ging zu den Bahren hin und beugte sich über die erste. Es war ein Toter – er ging zur nächsten. Er öffnete denen, die noch lebten, die Kleider und legte Notverbände an. Sirdey hatte tatsächlich recht gehabt: Es waren drei Tote und vier Verletzte.

Als er fertig war, sah er sich um und mußte beim Anblick von so viel naivem Respekt und kindlicher Neugierde sogar einen Augenblick lächeln. Die Fackelträger beider Streitmächte waren herbeigeschlichen, um ihm bei seiner Arbeit zu leuchten. Und das ganze Volk hatte in einer einzigen Bewegung den Kreis geschlossen und stand nun in friedlichem Durcheinander dicht gedrängt um die Bahren und wagte kaum zu atmen.

Der Kaw-djer bat, ihm zu helfen. Da sich keiner angesprochen fühlte, rief er einige beim Namen, und die kamen denn auch sofort aus der Menge und folgten seinen Anweisungen.

In wenigen Minuten waren die Toten beiseitegeschafft und die Verletzten in ihren Häusern, wo ihnen der Kaw-djer – einem nach dem andern – die Kugeln herausschnitt, die Wunden vernähte und dann ordentliche Verbände anlegte.

Dabei ließ er sich über die Ursachen und Begleitumstände des Massakers informieren und erfuhr jetzt erst die Details über den kläglichen Ausgang der ›Strafexpedition‹.

Und kläglicher hätte sie ja wirklich nicht enden können! Von ein paar Flintenschüssen verjagt – und als einzige Beute Bahren mit ihren toten und verletzten Kameraden!

Welch eine Diskrepanz zwischen Offensive und Rückzug! Berauscht von der eigenen Überlegenheit, in einer Orgie von vorweggenommenem Siegesgeschrei war man ausgezogen; schweigend, mit hängenden Ohren und zusammengepreßten Lippen hockte man nun wieder herum. Aus wilder Aufregung war dumpfe Wut geworden, die nur einen Vorwand suchte, sich gegen den zu entladen, der schuld war.

Aber wer war schuld? Wer hatte sie betrogen: ihre Dummheit – ihre Illusionen? Natürlich – nichts anderes! Aber darauf wären sie nie gekommen. Ach, man weiß es doch: daß man eher die ganze Welt beschuldigt, als den Fehler bei sich selber sucht!

Sie kannten es gut – dieses Gefühl hilfloser Verbitterung, das den fehlgeschlagenen Versuchen folgt, Probleme mit Gewalt zu lösen. Sie hatten diese beschämenden Situationen ja schon so oft erlebt – lange bevor sie auf die Insel Hoste verschlagen worden waren. Sie hatten immer zum Proletariat gehört, und mehr als einmal waren sie Opfer dummer Agitatoren geworden. Hatten ruhig und in guter Haltung gestreikt, bis die Kinder vor leeren Schüsseln weinten und alle Würde zum Teufel ging und sie wütend und fiebrig wurden und schließlich rot sahen und den Kopf verloren und losmarschierten, um zu töten und siegreich zurückzukommen. Wie selten hatten sie gesiegt! Wie oft waren sie geschlagen zurückgekehrt – und dann endgültig am Ende gewesen! Der Fehlschlag hatte wieder die Schwäche undisziplinierter Gewalt aufgedeckt.

So auch diesmal: Ihr Rückzug über verwüstete Felder war genau der letzte Akt eines schlechten Streiks. Und so war auch ihre Stimmung. Man hatte sie an der Nase herumgeführt – aber wie? Wo waren sie, die falschen Propheten – Beauval und Dorick? Bei Gott – weit vom Schuß! Immer und überall das gleiche: Füchse und Hasen – Ausbeuter und Ausgebeutete! Es war zum Aus-der-Haut-Fahren! Aber nichts zu machen!

Übrigens haben blutige Streiks, Aufstände, Revolutionen und so weiter ihren streng rituellen Ablauf, und die Akteure kennen die einzelnen Stadien und exerzieren sie mit penetranter Gewissenhaftigkeit durch.

Einer dieser Gebräuche sieht vor, daß die Opfer fehlgeschlagener Gewaltunternehmen von den Aufständischen als Embleme Verwendung finden.

So waren auch die drei Toten zu Emblemen geworden, und deshalb hatten sie die Plünderer wie blutbefleckte gerettete Standarten unterm Fenster

Beauvals ausgebreitet, der ja als der Tyrann für alles Übel verantwortlich war. Und damit hatte natürlich die Auseinandersetzung mit seinen Parteigängern ihren Anfang genommen.

Daß man sich nicht sofort verhauen hatte, entsprach übrigens auch dem peinlich strengen Protokoll. Das Reglement des Ablaufs einer Revolution schreibt nämlich vor, daß man sich am ersten Abend nur zu beschimpfen hat, bis die Kehle vor Heiserkeit zuschwillt. Dann kehrt man nach Hause zurück und schläft, um ausgeruht zu sein für den Ritus des besonders feierlichen Begräbnisses am nächsten Tag. Denn erst dieses Begräbnis und vor allem die damit verbundenen Ansprachen können die Stimmung so weit hochtreiben, daß sie für den offenen Aufruhr ausreicht.

Hier hatte nun das Dazwischentreten des Kaw-djer dieses Protokoll auf den Kopf gestellt. Man hatte einen aller Revolutionslogik Hohn sprechenden Waffenstillstand geschlossen und sich sogar daran erinnert, daß es Verletzte gab, für die man gemeinsam etwas tun mußte. Man saß in den Hütten, diskutierte noch ein Weilchen und ging schließlich ins Bett. Man war völlig durcheinander.

Der Kaw-djer hatte den letzten Verwundeten versorgt und ging über den leeren Platz. Die Häuser waren verschlossen, die Lichter ausgeblasen. Alle vor zwei Stunden noch Gift und Galle speienden Gemüter hatten sich völlig beruhigt. Man schlief.

Er wanderte durch die Nacht nach Neudorf zurück und dachte über diesen letzten Vorfall nach. Über Beauval und Dorick hatte er noch niemals irgendwelche Überlegungen angestellt; das waren die beiden wohl auch nicht wert. Aber diese Plünderungszüge durfte man nicht länger ignorieren. Das war Diebstahl – das war rohe Gewalt. Und heute hatte es zum erstenmal Tote gegeben. Es war nur noch ein Schritt zum offenen Kampf aller gegen alle – und das bedeutete den raschen Untergang der ohnehin schon arg angeschlagenen Kolonie.

Was blieb von seinen Theorien, wenn sie mit der Realität konfrontiert wurden? Vor ihm lag das Resultat – sichtbar, greifbar und unwiderlegbar.

Sobald man diese Menschen sich selber überließ, erwiesen sie sich als lebensunfähig. Sie waren eine dumme Herde, die ohne den Hirten, der vorausging, und ohne die Hunde, die sie umbellten, ihre Weide nicht fand und verhungern mußte.

Und ihre Moral war nicht besser als ihr Verstand. Alkohol und Hunger, Hitze und Kälte, Anstrengung und Langeweile – alles hatte als Vorwand herhalten müssen, um ihr Versagen zu rechtfertigen.

Dieses Volk bestand ja nur aus einem Konglomerat von Egoismus und Feigheit, Machthunger und Subalternität, Gefräßigkeit und Faulheit. Und sie waren nicht einmal imstande, diese wenig ansprechenden Qualitäten zu einem einzigen Willen zusammenzufassen. Zumindest eine solche Art von kollektivem Selbsterhaltungstrieb hätte man doch erwarten können!

Statt dessen fingen sie jetzt an, sich gegenseitig umzubringen. Und dazu war es in kurzen achtzehn Monaten gekommen. Als hätte die Natur ihre Fehlinvestition eingesehen, gab sie diese Menschen auf, die sich selbst aufgaben. Einen nach dem andern ließ sie verschwinden, gab sie der Erde zurück, warf sie wieder hinein in den großen Schmelztiegel, in dem alles verarbeitet wird – zurückkehrt in den ewigen Kreislauf irdischer Substanzen, aus dem später einmal wieder neue – und ihnen leider ähnliche – Geschöpfe erstehen werden.

Und zu allem Überfluß schienen sie noch der Ansicht zu sein, das große Fallbeil arbeite nicht schnell genug und sie müßten mit eigenen Händen nachhelfen.

Wo der Kaw-djer herkam, lagen Tote. Wo er gerade vorbeiging, starrte Sirks Leiche in die Nacht. In Neudorf wartete auf ihn das tödlich verwundete Kind, dem es beinahe gelungen wäre, ihn wieder zur Menschheit zurückzuführen. Aber es hatte keinen Zweck: überall Blut!

Bevor er zu Bett ging, beugte er sich noch einmal über den Verletzten. Halgs Zustand war unverändert – das heißt, er hatte sich auch noch nicht gebessert. Vor allem waren plötzlich einsetzende Blutungen zu befürchten, und diese Gefahr würde noch mehrere Tage unvermindert fortdauern.

Müde und zerschlagen wachte er am nächsten Morgen erst spät auf. Die Sonne stand schon hoch, als er Halg besuchte, dessen Befinden immer noch zur gleichen Sorge Anlaß gab. Er verließ das Haus, um nach Liberia zu gehen.

Der Nebel hatte sich gehoben, es war schönes Wetter. Der Kaw-djer marschierte schneller; er wollte die verlorene Zeit einholen. In Liberia warteten die vier Verletzten auf ihn und all die andern Kranken, deren Anzahl sich mit dem Beginn des Frühlings kaum verringert hatte.

Vor der Brücke stieß er auf eine lebende Schranke – eine Schranke, von Menschen gebildet. Fünfzehn Männer waren es – alle aus Neudorf. Keiner fehlte – außer Karroly und Halg. Und jeder von ihnen – der Kaw-djer traute seinen Augen nicht – trug eine Flinte.

Sie standen nicht wie Soldaten in Reih und Glied, und doch hatte ihre Haltung etwas Militärisches: in ruhiger Disziplin – Gewehr bei Fuß –, als warteten sie auf einen Befehl.

Harry Rhodes ging dem Kaw-djer einige Schritte entgegen; dieser blieb stehen und sah sich die Leute erstaunt an.

»Kaw-djer«, sagte Harry Rhodes mit Nachdruck, »seit langem beschwöre ich Sie, diesen tausend armen Teufeln auf der Insel Hoste zu helfen.«

»Wie?«

»Indem Sie die Führung – und die Verantwortung – übernehmen. Heute wiederhole ich meine Bitte zum letztenmal.«

Der Kaw-djer gab keine Antwort. Er schloß die Augen, und Harry Rhodes fuhr fort:

»Ich hoffe, die Verbrechen der vergangenen Tage haben Sie endlich dazu gebracht, Ihre Ansichten zu revidieren. Wenn nicht: Wir jedenfalls sind entschlossen. Und deshalb haben Hartlepool, ich und ein paar andere heute nacht diese fünfzehn Gewehre wieder ausgegraben und an unsere Männer von Neudorf verteilt. Damit sind wir als die einzigen bewaffnet und können unsern Willen durchsetzen. Und wir werden ihn durchsetzen. Die Dinge sind an einem Punkt angelangt, wo weitere Geduld zum Verbrechen und zum Selbstmord würde. Von heute an tun wir also, was wir für richtig halten. Wenn Sie das Kommando nicht übernehmen, werde ich mich selber an die Spitze dieser Leute stellen. Leider habe ich weder Ihren Einfluß noch Ihre Autorität. Ich werde mich mit Gewalt durchsetzen müssen, und dabei kann es noch einmal zu Blutvergießen kommen. Bei Ihnen wäre es anders. Ihnen gehorcht man jetzt schon widerspruchslos. Bitte entscheiden Sie sich!«

»Hat es neue Zwischenfälle gegeben?« fragte der Kaw-djer und zwang sich dabei zu der Ruhe, die man von ihm gewohnt war.

»Reicht das nicht?« Mit dieser Gegenfrage deutete Harry Rhodes auf das Haus, in dem Halg immer noch in höchster Lebensgefahr schwebte.

Der Kaw-djer wich den Blicken aus, die auf ihn gerichtet waren.

»Und das dort unten?« fügte Harry Rhodes hinzu, faßte den Kaw-djer am Ärmel und zog ihn mit sich ein paar Schritte flußaufwärts.

Beide stiegen auf die Böschung, von der aus an dieser überhöhten Stelle die rechte Talseite besonders weit zu überblicken war. Vor ihnen lag die Sumpfebene – und dahinter die Hauptstadt Liberia.

Dort war schon in den frühen Morgenstunden eine fieberhafte Aktivität ausgebrochen. Es ging darum, die drei Märtyrer feierlich zu Grabe zu tragen – den Kaw-djer und die Verletzten hatte man die Nacht über natürlich längst vergessen. Es ging nur noch um die würdige Bestattung armer Meuchelopfer kapitalistischer Großjunker, und die Aussicht auf diese vielversprechende Zeremonie brachte die Stimmung bald an den Siedepunkt.

Für die Räuberbande war die Beisetzung ihrer Kameraden eine Massendemonstration, die alles Bisherige in den Schatten stellen sollte; für Beauval und seine Regierungsmannschaft verhieß sie den Weltuntergang; alle anderen versprachen sich ein Mordsgaudi. Dorick hatte für den geplanten Schweigemarsch Dauersprechchöre einstudieren lassen.

In diesem Augenblick folgte die ganze Bevölkerung gerade den drei Särgen, die man zunächst kreuz und quer durch das Lager trug, um sie vor dem Haus des Gouverneurs noch einmal abzusetzen.

Lewis Dorick feuerte eine heftige Salve von Beschimpfungen ab; dann setzte sich der Zug wieder in Marsch zu den offenen Gräbern hin, wo sich Doricks Breitseiten zum Trommelfeuer steigerten.

Einziges Ziel dieser Kanonade war Ferdinand Beauval und seine Verwaltung. Es lag völlig auf der Hand und konnte Punkt für Punkt bewiesen werden, daß einzig und allein die Unfähigkeit des reaktionären Gouverneurs schuld war, wenn sich statt einer glänzenden Zukunft das Massengrab vor ihnen auftat. Und heute war der große Augenblick – und zugleich die letzte Chance, den Versager und Staatsfeind Numero eins zu stürzen und einen neuen Mann an seine Stelle zu berufen.

Dorick hatte durchschlagenden Erfolg. Donnernde Rufe brandeten an der Bockleiter hoch, über der er mit gespreizten Beinen stand. »Es lebe Dorick!« schrie man und heulte dann:

»Zum Palast – zum Palast!«

Und schon setzten sich etwa hundert Männer mit schweren Schritten in Trab. Sie waren in wilder Aufregung. Drohend stießen sie immer wieder die Fäuste in die Luft, ihre Augen waren schmerzhaft aufgerissen, und die haßverzerrten Mäuler standen wie Astlöcher in den Gesichtern.

Die Lawine kam ins Rollen. Sie begannen zu laufen, dann zu rennen. Sie drängten einander voran und stießen sich ins Kreuz – ein von der Schneeschmelze angeschwollenes Wildwasser stürzte auf das Lager zu.

Es brach sich an einem Hindernis: Die Regierungspartei, für die es um mehr ging als um politische Existenz, kämpfte um ihr nacktes Leben. Sie stand auf dem Platz vor dem Palast und hatte sich in aller Eile mit dem bewaffnet, was gerade zur Hand war: Stangen, Prügel, Schaufeln, Steine.

Durch diese technische Überlegenheit konnte Beauvals Mannschaft eine Zeitlang tatsächlich den Strom aufhalten. Dann aber wurden sie doch – Meter um Meter – gegen die Tür zum Palast zurückgedrängt. Und hier entschied sich die Schlacht – natürlich zugunsten der Angreifer, von denen inzwischen mancher seinem Gegner die Waffe entrissen hatte.

Die Verluste wuchsen auf beiden Seiten: Überall lagen sie herum – mit ausgerenkten Kinnladen, eingedrückten Rippen, gebrochenen Schienbeinen.

Die Erbitterung erreichte ihren Höhepunkt, als man die ersten Messer blitzen sah. Nun gab es keinen Pardon mehr: Blut muß fließen!

Nach heldenhaftem Widerstand mußte die Regierung dann doch abdanken. Über ihre teils zusammengeschlagenen, teils abgestochenen Mitglieder hinweg kletterte die Opposition in den Bretterpalast und suchte das Staatsoberhaupt.

Sie wühlten alles durch und heulten wie die Hyänen, denn Beauval war verschwunden. Aber er war natürlich längst mit hängender und ganz undiplomatisch hechelnder Zunge unterwegs in Richtung Neudorf.

Die Ergebnislosigkeit der Bemühungen, den Regierenden fangen und abschlachten zu können, heizte die Wut der Demonstranten verständlicherweise zur Weißglut an. Es liegt ja im Wesen der Masse, daß sie im Guten wie im Bösen jedes Gefühl für Relationen und Dimensionen verliert.

So suchte man zunächst nach Ersatzgegenständen für Beauval und zertrümmerte sie gründlich. Mobilar, Akten, persönliche Habseligkeiten – alles wurde zerschlagen, zerfetzt, schließlich zu den Fenstern hinausgeworfen und vor dem Haus angezündet.

War es Unachtsamkeit oder Absicht? – Ein paar Augenblicke später griff die Flamme des Scheiterhaufens auf den Palast über, und der brannte natürlich wie Zunder.

Vom Rauch vertrieben, quoll die Bande aus Fenstern und Türen. Und jetzt waren sie keine Menschen mehr. Volltrunken von Geschrei, Plünderung und Mord, hatten sie nichts mehr in ihren brausenden Gehirnen als den tiefen, unwiderstehlichen Drang: weiter zuzuschlagen – was anderes anzuzünden, zu morden.

Der Platz war voll von Frauen, Kindern und all dem andern unbeteiligten Publikum dieser grandiosen Moritat. Und dieses Publikum bekam nun, wie es bei dieser Art von Theater im letzten Akt üblich ist, die Schläge zurück, die es selber nicht ausgeteilt hatte.

Natürlich waren sie weit in der Überzahl. Aber als friedliche Bürger hatten sie die Rolle des Ambosses zu spielen, auf dem nun die Hämmer der

Parteimitglieder tanzten. In diesem Fall sogar auch die Hämmer der unterlegenen Partei. Denn auch Beauvals Vasallen hielten es – soweit sie noch oder inzwischen wieder kriechen konnten – für opportun, ihren Gesinnungswandel besonders eifrig zu dokumentieren, indem sie gemeinsam mit der neuen Regierung ihr Volk windelweich prügelten.

Unter Fausthieben und Fußtritten ergossen sich Hunderte von entgeisterten Männern, Frauen und Kindern über die Ebene – verfolgt von einer Raserei ohne Grund und ohne Ziel.

Von der Höhe seiner Böschung aus konnte der Kaw-djer vorerst nur die Qualmwolken sehen, die in schweren Spiralen bis an die Küste rollten. Aber allmählich drangen aus dieser Wolke zuerst einzelne dünne Schreie, dann wie das Grollen fernen Donners Flüche, Schmerzensrufe und Angstgeheul.

Das erste menschliche Wesen, das aus der Wolke auftauchte und mit letzter Kraft dem Fluß zustolperte, war Ferdinand Beauval. Niemand verfolgte ihn, und trotzdem hüpfte er wie eine schwerverletzte Heuschrecke von Busch zu Busch, krabbelte schließlich mit verlöschendem Atem noch über die Brücke und blieb dann liegen.

Für den Kaw-djer und seine Freunde waren die Zusammenhänge nicht schwer zu erraten: Man hatte Beauval mit Schimpf und Schande zum Teufel gejagt, und in Liberia herrschten Aufruhr, Brandstiftung und Mord.

Wofür sollte das alles gut sein? Daß sie Beauval

loswerden wollten, war verständlich. Aber wozu die eigenen Häuser niederbrennen? Diese Leute waren doch selber die Opfer ihrer eigenen Wut! Und warum schlugen sie sich gegenseitig tot? Das waren doch nicht einzelne, deren Geschrei und Gejammer man hörte – das waren doch alle!

So weit also hatten sie es gebracht! Sie brauchten keinen Grund – nicht den geringsten Anlaß brauchten sie mehr: Sie zündeten an, damit es brannte – sie schlugen, damit es weh tat – sie töteten, weil es Spaß machte. Es waren nicht nur Leidenschaft oder Not oder Stolz, was sie zum Henker ihrer selbst machte. Es kam noch ein anderes, geheimnisvolleres *agens* dazu: ein Trieb, der nur im Kollektiv schlummert, als Wahnsinn aufbricht und wie eine Epidemie erst verlöscht, wenn er keine Nahrung mehr findet – wenn die Masse, ohnmächtig im Glück der Selbstzerfleischung, zwischen ihren Ruinen zusammenbricht.

Im Amoklauf dieses Wahnsinns – Heroismus oder Blutrausch, beides ist das gleiche – schlägt der Räuber den Passanten nieder, verschlingt die Revolution unterschiedslos Schuldige wie Unschuldige, folgt die Blüte eines Volkes ihrer Fahne in die Schlacht.

Was blieb im Angesicht solcher Tatsachen von den Träumen des Kaw-djer übrig? Uneingeschränkte Freiheit als angeborenes Recht aller Menschen – galt diese Forderung nicht unter dem Vorbehalt, daß diese Menschen auch Menschen blieben und sich nicht in Tiere verwandelten, so wie die dort unten?

Noch hatte der Kaw-djer keine Antwort gegeben. Aufrecht und starr stand er auf der Böschung und schaute über den Fluß. Sein Gesicht war eine Maske.

Was mußte das für ein Kampf sein, den er in diesem Augenblick durchzustehen hatte! Vor diesem letzten Beweis konnte er nicht mehr die Augen schließen. Er durfte sich nicht länger in seine verlogenen Theorien verkriechen, wenn sich vor seinen Augen Hunderte im Grunde Unschuldiger gegenseitig massakrierten.

Blieb ihm tatsächlich keine Wahl, als vor der Wirklichkeit zu kapitulieren, der Vernunft zu gehorchen und diese armen Bestien gegen ihren Willen zu retten?

Für ihn ein fürchterliches Dilemma: Der gesunde Menschenverstand forderte ihn auf, seiner ganzen bisherigen Philosophie radikal abzuschwören; das Gebäude seiner Ideale bis auf die Grundmauern einzureißen; alles über Bord zu werfen, was ihm das Leben überhaupt noch ermöglichte; einzugestehen, daß er sich einem Hirngespinst geopfert hatte: Welch ein Bankrott!

Plötzlich tauchte aus den Rauchschwaden, die über den Sumpf zogen, eine Gestalt auf – dann zehn – dann hundert, darunter auch viele Kinder.

Einige versuchten, sich in die Hügel zu retten, die meisten aber liefen direkt auf Neudorf zu –

vorwärts geprügelt von Männern: von ihren eigenen Männern, Vätern, Söhnen, Brüdern – wer wollte es sagen? Sie kannten sich ja nicht mehr!

Irgendwo rannte eine Frau. Sie konnte nicht mehr Schritt halten mit der flüchtenden Herde. Da holte sie einer mit wenigen langen Sprüngen ein, packte sie an den Haaren, riß sie zu Boden und schwang über ihr seinen armdicken Holzknüppel –

Der Kaw-djer drehte sich kurz zu Harry Rhodes um:

»Ich bin einverstanden.«

JULES VERNE

Hauptwerke ungekürzt, originalgetreu,
mit allen Illustrationen der französischen Erstausgabe
in Diogenes Taschenbüchern

Reise um die Erde in achtzig Tagen
Roman. Deutsch von Erich Fivian.
detebe 64/I

Fünf Wochen im Ballon
Roman. Deutsch von Felix Gasbarra.
detebe 64/II

Von der Erde zum Mond
Roman. Deutsch von William Matheson.
detebe 64/III

Reise um den Mond
Roman. Deutsch von Ute Haffmans.
detebe 64/IV

Zwanzigtausend Meilen unter Meer
Roman in zwei Bänden. Deutsch von Peter Laneus
und Peter G. Hubler. detebe 64/V–VI

Reise zum Mittelpunkt der Erde
Roman. Deutsch von Hansjürgen Wille
und Barbara Klau. detebe 64/VII

Der Kurier des Zaren
Roman in zwei Bänden. Deutsch von
Karl Wittlinger. detebe 64/VIII–IX

Die fünfhundert Millionen der Begum
Roman. Deutsch von Erich Fivian.
detebe 64/X

Die Kinder des Kapitäns Grant
Roman in zwei Bänden.
Deutsch von Walter Gerull.
detebe 64/XI–XII

Die Erfindung des Verderbens
Roman. Deutsch von Karl Wittlinger.
detebe 64/XIII

Die Leiden eines Chinesen in China
Roman. Deutsch von Erich Fivian.
detebe 64/XIV

Das Karpathenschloß
Roman. Deutsch von Hansjürgen Wille
und Barbara Klau. detebe 64/XV

Die Gestrandeten
Roman in zwei Bänden. Deutsch
von Karl Wittlinger. detebe 64/XVI–XVII

Der ewige Adam
Geschichten. Deutsch von Erich Fivian.
detebe 64/XVIII

Robur der Eroberer
Roman. Deutsch von Peter Laneus.
detebe 64/XIX

Als Sonderbände erschienen:

Zwei Jahre Ferien
Roman. Deutsch von Erika Gebühr

Die großen Seefahrer und Entdecker
Eine Geschichte der Entdeckung und Erforschung der Erde
im 18. und 19. Jahrhundert. Mit zahlreichen Stichen
und Karten. Deutsch von Claudia Schmölders

Das erstaunliche Abenteuer der ›Expedition Barsac‹
Roman aus dem Nachlaß. Deutsche Erstausgabe.
Übersetzung von Eva Rechel-Mertens